Roland Lange

Der Nachfahre

Ein Leben im Schatten des Lichtensteins

Bibliografische Information der Deutschen Nationalbibliothek
Die Deutsche Nationalbibliothek verzeichnet diese Publikation in der Deutschen Nationalbibliografie; detaillierte bibliografische Daten sind im Internet über http://dnb.ddb.de abrufbar.

Verlag Jörg Mitzkat
Holzminden, 2008

Druck: Lönneker, Stadtoldendorf
ISBN 978-3-940751-10-2

Roland Lange

Der Nachfahre

Ein Leben im Schatten des Lichtensteins

autorisiert durch
Manfred Huchthausen

Verlag Jörg Mitzkat

Holzminden, 2008

Vorwort

Als im Jahre 1980 in der Lichtensteinhöhle bei Osterode - Dorste zahlreiche Menschenknochen entdeckt wurden, ahnte noch niemand, dass dieser fast 3000 Jahre alte Fund aus der späten Bronzezeit einst eine weltweite Bedeutung für die archäologische und anthropologische Forschung erlangen sollte. Die zwischen 1993 und 2007 von der Archäologischen Denkmalpflege des Landkreises Osterode am Harz durchgeführten Ausgrabungen ergaben, dass es sich bei den Menschenknochen entgegen den ursprünglichen Vermutungen nicht um die Reste grausamer Opferriten handelt, sondern um den Bestattungsplatz eines gesellschaftlich wohl führenden Familienclans aus der näheren Umgebung der Höhle. Die in den extrem engen Kammern der Lichtensteinhöhle entdeckten Bronzegegenstände und Tongefäße, aber auch die zahlreich erhalten gebliebenen Überreste der Bestattungsrituale zeigen, dass die Menschen einst enge kulturelle Beziehungen zum nördlichen Thüringen unterhielten.
War die Entdeckung der über fast drei Jahrtausende hinweg unversehrt erhalten gebliebenen Bestattungshöhle schon eine Sensation für die Archäologie, macht die überdurchschnittlich gut erhaltene DNA in den Menschenknochen die Lichtensteinhöhle auch zu einem weltbedeutenden Fundort für die Anthropologie. Allen voran der Anthropologin Susanne Hummel und ihren Kollegen Felix Schilz und Tobias Schultes vom Anthropologischen Institut der Universität Göttingen gelang es in den letzten Jahren, für fast alle Menschen aus der Lichtensteinhöhle den individuellen genetischen Fingerabdruck sowie die väterliche und mütterliche Familienlinie zu ermitteln.
24 der insgesamt 40 Toten aus der Lichtensteinhöhle waren direkt miteinander verwandt und repräsentieren heute nicht nur den weltweit größten menschlichen Genpool aus der Bronzezeit, sondern auch die älteste auf molekulargenetischem Weg identifizierte Großfamilie der Welt.
Besonders spannend war für die beteiligten Wissenschaftler die Frage, ob noch heute Nachfahren der „Lichtensteiner“ in der Region um die Lichtensteinhöhle leben. Ein groß angelegter DNA-Speicheltest mit fast 300 Teilnehmern brachte dann die nächste Sensation: Nach mehr als 100 Generatio-

nen wurden noch zwei Männer – Manfred Huchthausen und Uwe Lange – gefunden, deren genetisches Muster mit einer der Erblinien aus der Lichtensteinhöhle weitestgehend übereinstimmte. Sie haben heute den längsten genetisch belegten Familienstammbaum der Welt.
Der Autor Roland Lange schildert im ersten Teil dieses Bandes auf spannende und unterhaltsame Weise die Erlebnisse, Emotionen und persönlichen Gedanken des Nachfahren Manfred Huchthausen seit seiner Teilnahme am DNA-Test, der ein weltweites Medienecho fand. Der Tatsachenbericht des Autors beruht auf intensiven Gesprächen mit Manfred Huchthausen und den beteiligten Wissenschaftlern sowie Recherchen an den Originalschauplätzen in Osterode und Göttingen.
Im zweiten Teil wird der Leser in die fast 3000 Jahre zurückliegende Zeit der „Vorfahren" entführt. Was den Fachleuten, die sich an die nüchternen Fakten halten müssen, verwehrt ist, gelingt Roland Lange auf beeindruckende Weise. Er erweckt die wissenschaftlichen Fakten, die dem Laien meist nur schwer zu vermitteln sind, mit viel Phantasie und Sachkenntnis zum Leben. Inspiriert von den konkreten Ergebnissen der archäologischen Ausgrabungen und der einzigartigen Karstlandschaft rund um die Lichtensteinhöhle entsteht in einer fesselnden Erzählung ein lebendiges Bild vom Leben derjenigen Menschen, die später in der Lichtensteinhöhle bestattet wurden. So, wie es sich einst im Sösetal rund um den Lichtenstein zugetragen haben könnte ...
Die Illustrationen stammen aus der Feder von Ferdinand Leja, der die archäologischen Ausgrabungen in der Lichtensteinhöhle über viele Jahre begleitet hat und die Lichtensteinhöhle wie auch den Berg Lichtenstein aus eigener Anschauung kennt.

Stefan Flindt
Archäologe des Landkreises Osterode am Harz

Die Lichtensteinhöhle

Der Brief

Da lag er vor mir, der Brief.
Ich hatte schon lange mit seinem Eintreffen gerechnet. Es war ein unscheinbares Kuvert, das ebenso eine Aufforderung zur Steuernachzahlung, einen Bußgeldbescheid oder Schlimmeres enthalten könnte.
Manche verdrängen den möglichen Inhalt solch eines Schreibens und dessen Folgen einfach aus ihren Gedanken. Andere wiederum versuchen, sich darauf vorzubereiten und alle Möglichkeiten durchzuspielen, in der Hoffnung, besser mit den Konsequenzen klarzukommen und sind dann doch überrascht, vielleicht sogar fassungslos, wenn sie den Brief tatsächlich lesen.
So war es mir ergangen. Ich wusste, das Schreiben würde kommen. Eines Tages. Und ich wusste, welche Nachricht es enthalten würde. Zumindest glaubte ich, es zu wissen. Viele Varianten gab es ja nicht. Im Grunde nur diese zwei: „Ja“ und „Nein“. Ich hatte mich innerlich auf das „Nein“ vorbereitet, hatte die Möglichkeit eines positiven Bescheides erst gar nicht in Betracht gezogen, weil er mir unwahrscheinlicher erschien, als ein Millionengewinn im Lotto. An Spekulationen, wie sie seit geraumer Zeit im Dorf kursierten, hatte ich mich daher auch gar nicht beteiligt. Das war nicht meine Art und die ganze Diskussion empfand ich ohnehin als skurril.
Jetzt lag das erwartete Schreiben des Instituts für Zoologie und Anthropologie der Universität Göttingen auf unserem Küchentisch und ich versuchte zum wiederholten Mal, mir die Bedeutung dieses einen Satzes vor Augen zu führen:
„Daher sind Sie einer der beiden Männer der Studie, die mit größter Wahrscheinlichkeit Nachfahren zweier Männer (M1 und M2) aus der Lichtensteinhöhle sind.“
Ich hatte das Schreiben geöffnet und zunächst nur oberflächlich gelesen, hatte den Inhalt wie ein Scanner erfasst, ohne ihn zu verarbeiten. Die Informationen, die mir auf mehreren Seiten entgegen geflutet waren, hatte ich nicht sofort verstanden. Vor allen Dingen konnte und wollte ich nicht begreifen, was das alles mit mir zu tun haben sollte, obwohl es dort schwarz auf weiß geschrieben stand, ausführlich und wissenschaftlich begründet.

Ich hatte den Brief weggelegt und versucht, mich mit anderen Dingen zu beschäftigen.
Nichts war geschehen. Alles war wie immer. Lediglich ein Schriftstück lag auf dem Küchentisch, das mich nicht mit Namen ansprach, sondern mit der Anrede „Lieber Teilnehmer“ begann. Unpersönlich, nüchtern, kalt.
„Lieber Teilnehmer“, damit waren auch andere Adressaten gemeint. Ich war einer davon. Einer von fast dreihundert! Warum sollte ich mich verrückt machen? Ich war freiwilliger Teilnehmer einer Studie gewesen und hatte als eben jener Teilnehmer einen Bescheid präsentiert bekommen. Das war zu erwarten gewesen. Jedoch nicht, dass das Schicksal ausgerechnet mich auserkoren hatte. War das jetzt ein Grund, die Fassung zu verlieren? Sicher nicht! Ich war immer noch derselbe und würde es auch nach diesem Brief bleiben, oder ...?
„ ... einer der beiden Männer, die Nachfahren der zwei Männer aus der Lichtensteinhöhle sind.“
„Wir sind alle Nachfahren“, hatte Susanne Hummel einmal gesagt. Frau Dr. Hummel war jene Wissenschaftlerin, die die Studie betreut und das Schreiben an mich gesandt hatte. „Jeder Mensch stammt von den Menschen der Bronzezeit ab, wie auch von den Steinzeitmenschen ...“
„ ... und wie von Adam und Eva“, hatte ich die Zeitreise gedanklich vervollständigt.
Das klang fast ein wenig, wie der berühmte Satz:
„Alle Menschen sind gleich.“
Dummerweise gibt es da immer noch diejenigen, die ein wenig gleicher als gleich sind. Mit der Nachricht vom Göttinger Institut hatte ich es nun schriftlich, dass ich wohl zu den beiden Menschen gehöre, die aus diesem Meer von Gleichen herausragen. Ich bin nicht nur gleicher als gleich, ich bin etwas Besonderes. Eine Rarität, eine Sensation. Verdammt, was hatte das alles zu bedeuten? Was würde da auf mich zukommen? Auf was hatte ich mich eingelassen?
Eine banale Speichelprobe hatte genügt, ein kurzer Abstrich mit einem Wattestäbchen aus meiner Mundhöhle. Schon konnten sie meine Herkunft über drei Jahrtausende zurück verfolgen. Hin zu ein paar Skeletten aus der Bronzezeit. Die Skelett-DNA und meine Speichel-DNA, das passte zusammen.

Einige von denen, die da in der Höhle unter dem Lichtenstein gelegen hatten, gehören zu meiner Sippe. Mit denen bin ich verwandt! Das muss man sich einmal vorstellen! Und ebenso muss ich dann ja auf verschlungenen Wegen auch mit dem Menschen verwandt sein, der als zweiter Nachfahre identifiziert worden war, und den ich bisher nicht kannte. Einfach absurd. Es wollte nicht in meinen Kopf, es war alles so unwirklich!
Hätte ich den Aufruf zur Speichelentnahme im Januar 2007 einfach ignoriert, wäre ich genau an jenem Tag krank gewesen oder verreist oder sonst irgendwie unabkömmlich – niemand hätte meinen Speichel jemals für eine DNA-Analyse zur Verfügung gehabt. Niemand hätte davon erfahren, dass ich ein direkter Nachfahre dieser Bronzezeit-Menschen bin, deren Gebeine über dreitausend Jahre hinweg im Gipsgestein der Höhle überdauert hatten, so gut erhalten, dass sie den Anthropologen und Archäologen wie ein offenes Buch erschienen waren, das zu lesen schon spannend genug gewesen sein muss. Aber das war ihnen nicht genug gewesen. Sie hatten eine Fortsetzung der Story haben wollen. Mit meinem Speicheltropfen hatte ich sie ihnen geliefert. Und jetzt sollte ich also ganz allein hinausgehen auf die große Bühne namens Öffentlichkeit. Ich sollte ins Rampenlicht treten und mich einem Publikum präsentieren, das eine Sensation erwartete.
Was sollte ich tun? Was sagen? Wie mich bewegen? Ich hatte keine Ahnung! Würden Sie mich anstarren, mich mit ihren Augen abtasten, mich sezieren und genauestens untersuchen? Meine Fantasie gaukelte mir Szenen aus Filmen wie „King-Kong“ vor und ließ mich unwillkürlich schaudern.
Ich wusste nicht, wie ich es durchstehen sollte. Ich war völlig unvorbereitet in etwas hineingeschlittert, das nicht rückgängig gemacht werden konnte. Für mich gab es keine andere Möglichkeit, als es offensiv anzugehen. Ich musste mich der Situation stellen. Ich musste mich mit meiner Gegenwart, meiner Vergangenheit und Zukunft auseinandersetzen.

Wer bin ich?

Mein Leben war bisher über den Status einer Allerweltsbiografie nicht hinausgekommen. Ich habe nichts vorzuweisen, was das öffentliche Interesse auf mich lenken könnte. Mein Bekanntheitsgrad bewegt sich im üblichen Rahmen; ich habe meine Familie, meine Verwandten, meine Freunde und Bekannten. Es gibt die Schüler in den Berufsschulklassen, die ich unterrichte, es gibt die, die mich mögen und die, die mich nicht mögen. Das ist alles und mir reicht es vollkommen. In meinem kleinen Kosmos kenne ich mich aus, hier fühle ich mich wohl und sicher.

Und Förste, das kleine Dorf am Harzrand, ist mein Stützpunkt, meine Fluchtburg, mein Zuhause. Hier wurde ich 1949 geboren und hier ging ich neun Jahre lang zur Schule. Auch meine anschließende Maurerlehre führte mich nicht hinaus ins Land, sondern gerade mal nach Osterode, unsere Kreisstadt. Später, nachdem mich ein studienbedingter Abstecher schon nach Hannover verschlagen hatte, wohnte ich von 1986 an in Langenholtensen bei Northeim. Auch nicht gerade das, was man die „große, weite Welt" nennt, aber immerhin. Doch bereits zwei Jahre später zog es mich zusammen mit meiner Frau wieder zurück nach Förste in mein Elternhaus.

Bin ich deshalb etwa ein Landei mit beschränktem Horizont? Habe ich mich fernab jeglicher Zivilisation in einem gepflegten Hinterwäldler-Dasein eingerichtet? Irgendwie würde das doch passen – zu meiner neuen Rolle als genetisch nachgewiesener Nachfahre von Menschen aus grauer Vorzeit: An mir haftet eben immer noch die Patina bronzezeitlichen Menschseins – ein wenig gebeugter als der normal entwickelte Mensch, ein wenig behaarter, ein wenig flachstirniger, ein wenig unterentwickelter bezogen auf Motorik und geistigen Horizont.

Ich habe das Gefühl, dass viele der Menschen, die sich nie mit der Menschheitsgeschichte im Allgemeinen und mit der Geschichte der Bronzezeit im Speziellen beschäftigt haben, genau das denken! Ihnen schwebt bei der Vorstellung von Menschen, die vor Christi Geburt lebten, das Bild eines affenähnlichen Urviechs vor. Folglich muss ein Nachfahre dieser Affenmenschen bestimmt die eine oder andere Ähnlichkeit mit ihnen aufweisen.

Bei dem Gedanken daran wird mir angst und bange. Die Zukunft erscheint mir, trotz, oder gerade wegen meiner neuen Berühmtheit, überhaupt nicht rosig.
Werde ich weiterleben können, wie bisher? Wird man mir überhaupt gestatten, mein altes Leben fortzusetzen? Ich fühle mich als Faustpfand der Wissenschaft und der Medien – als Bindeglied zwischen dem Heute und einer vorgeschichtlichen Zeit. Ich bin nicht etwa einer von unzähligen alten Knochen oder eine mumifizierte Leiche. Ich bin lebendig, in mir pulsiert das Blut. In mir ist Lachen, Weinen, Fühlen, Reden und Handeln. Aber in mir sind auch Merkmale, die zu einem großen Teil mit denen übereinstimmen, die zwei Männer in sich trugen, deren Lebenslicht vor etwa dreitausend Jahren erloschen ist und deren Gebeine man in der Lichtensteinhöhle gefunden hat. Mein Speichel hat es ans Licht gebracht. Ich habe gute Chancen, einen Vitrinenplatz in einem Völkerkundemuseum zu ergattern – und das schon zu Lebzeiten! Auf jeden Fall werde ich es wohl in die Studios einiger TV-Anstalten und vor die Fernsehkameras schaffen, werde einigen Moderatoren Rede und Antwort stehen müssen und mit etwas Glück werde ich dabei auf meinem behaarten Urzeitkörper ganz normale Kleidung tragen dürfen und werde ihn nicht, entblößt bis auf die Unterhose, der sensationsgierigen Meute präsentieren müssen.
Sollte ich die Wahl haben, ich werde mich wohl für ein Leben hinter Glas im Völkerkundemuseum entscheiden ...
Möglicherweise werde ich später einmal über mich selbst lachen – weil alles viel harmloser verlaufen ist, als ich es mir ausgemalt habe. Vielleicht werde ich nicht viel mehr Interesse auf mich ziehen als ein abgehalfterter Sänger bei einem Auftritt im Supermarkt. Ein flüchtiger Blick, ein kurzes Aufhorchen, ein gelangweiltes Gähnen. Schon nach wenigen Minuten wieder vergessen. Das würde mir dann sicher auch nicht gefallen. Ich kenne mich! Ein wenig mehr Aufmerksamkeit dürfte es schon sein.
Ich merke, während ich darüber nachdenke, wie sehr ich mich schon von mir und meinem Ursprung entferne. Ich sehe mich plötzlich im Rampenlicht der Öffentlichkeit, sehe die Scheinwerfer auf mich gerichtet und fühle mich wie ein Star.

Ruhm ist verführerisch. Ruhm schmeckt süß und ich ahne etwas von der Suchtgefahr. Mir gefällt dieses Kribbeln, ausgelöst durch das Spannungsfeld, in dem ich mich befinde. Ich bin hin- und hergerissen zwischen meiner ruhigen Existenz und dem möglichen neuen, aufregenden Leben im Fokus der Öffentlichkeit. Ich sehe meine Zukunft und habe keinen Blick für meine Vergangenheit.

Dabei ist es doch gerade meine ganz persönliche Vergangenheit, die mich dank einer DNA-Übereinstimmung zu einem der bisher zwei weltweit einzigen Menschen macht, die nicht nur Nachfahren der Bronzezeitmenschen sind, wie alle anderen auch. Nein, meine Vorfahren sind nicht diese anonymen Menschen aus jener Epoche, die etwa zweitausend Jahre vor Christi Geburt begann, und von denen in vielen wissenschaftlichen Abhandlungen die Rede ist. Meine Vorfahren sind zwei Männer, deren Knochen noch heute existieren, die Dank der wissenschaftlichen Analysen so etwas wie eine Persönlichkeit erhalten haben. Und ich kann hingehen und sagen: „Schaut her! Das sind die Gebeine meiner Verwandten!"

Ist das denn nicht die eigentliche Sensation? Ich mag interessant sein für diejenigen, die mit Quoten ihr Geld verdienen und in einer schnelllebigen Zeit täglich neue Kuriositäten präsentieren müssen, um ihr offensichtlich gelangweiltes und übersättigtes Publikum zufrieden zu stellen. Brot und Spiele – alte Rezepte gegen den Überdruss.

Und ich? Ich sehe mich schon als Zulieferer dieses Brot-und-Spiele-Systems, anstatt mich um das wahre Abenteuer, nämlich um meine Geschichte zu kümmern!

Wer bin ich? Dank des Ergebnisses der DNA-Analyse meines Speichels muss ich mir diese Frage ganz neu stellen. Die Rückschau auf meine Ahnentafel endet plötzlich nicht mehr, wie bei vielen meiner Bekannten und Freunde irgendwo zwischen Großeltern und Urgroßeltern, vielleicht auch noch eine oder zwei Generationen davor. Ich muss neuerdings eine Zeitspanne von dreitausend Jahren überbrücken – eine Ewigkeit. Gedanklich nicht zu fassen, wenn ich mich nicht daran mache, zu begreifen, was in dieser Zeit in meiner Heimat passiert ist, oder wenigstens passiert sein könnte. Ich möchte es herausfinden. Ich werde nach meinen „Höhlenverwandten" kaum weitere Personen finden, an die ich meine persönliche Vergangenheit knüpfen kann.

Aber ich werde versuchen, die Geschichte ihrer, und damit auch meiner Heimat über die Jahrtausende hinweg kennenzulernen, um so zu verstehen, wie meine „unbekannten Verwandten“ in ihrer jeweiligen Zeit gelebt haben.
Ich glaube, dass ich mich nur über diesen Zugang kennenlernen kann, um zu wissen, wer ich bin und warum ich bin, wie ich bin.
Eine lange Reise. Ein Abenteuer, dem ich gespannt entgegenfiebere.

Der Lichtenstein

Die „Eingeborenen“ der beiden, nur durch eine Brücke und die „Söse“ voneinander getrennten Dörfer Förste und Nienstedt und der Lichtenstein – das ist eine sehr emotionale Verbindung.
Dabei stellt dieses Waldareal, das vornehmlich mit Buchen bewachsen ist, an sich nichts Besonderes dar. Es ist ein sanft ansteigendes Gelände, das sich zu einer 216 Meter hohen Bergkuppe erhebt, auf deren höchstem Punkt, von einigen uralten Buchen umstanden, der armselige Mauerrest der Burg „Lichtenstein“ seinem völligen Zerfall entgegensieht.
Dieser Berg, der nicht einmal im rechtmäßigen Besitz der „Förster“ und „Nienstedter“ ist, sondern zum Eigentum der Nachbargemeinde Dorste zählt, entfaltet seine Wirkung erst, wenn man sich ihm von der richtigen Seite nähert. Wer, von Osterode kommend, am „Feldbrunnen“ nach rechts abbiegt und die Landstraße L525 nimmt, wird nichts merken von der magischen Ausstrahlung des Waldstücks, das er links liegen lässt, wenn er zu Tal rauscht. Eine erste Ahnung bekommt, wer von Dorste aus über die Kreisstraße K31 nach Förste fährt. Doch um wirklich verstehen zu können, was die Einwohner aus Förste und Nienstedt mit „ihrem“ Lichtenstein verbindet, muss man sich den Dörfern am besten von Norden, von Westerhof oder von Eisdorf kommend, nähern. Erst jetzt sieht man den Lichtenstein so, wie er wirklich ist: Majestätisch und voller Würde erstreckt sich seine Silhouette im Süden und die Spitzen der Buchen auf seiner Kuppe berühren den Himmel. Er ist sanft und stark zugleich, alt und voller Geheimnisse, im Frühling wiederum jung, frisch und voller Elan. Der Lichtenstein ist der Schutzwall, an dessen Fuß sich die Dörfer Förste und Nienstedt mit ihren umliegenden Feldern und Weiden schmiegen. Der Lichtenstein vermittelt Geborgenheit. Nichts kann ihn überwinden und den Frieden in „seinem“ Sösetal stören! Im Schatten des Berges lebt man sicher.
Wenn ich in den Wetterberichten hin und wieder von der „gefühlten Temperatur“ höre und lese, dann denke ich, man kann diesen Begriff in abgewandelter Form auch auf das Verhältnis der Förster und Nienstedter zum Lichtenstein anwenden: Egal, was die Besitzurkunden aussagen – der Lich-

tenstein befindet sich in unserem „gefühlten Eigentum“. Wir haben eine besonders innige Beziehung zu dem Berg, vielleicht weil uns ja im Gegensatz zu den Dorstern der Blick auf das herrliche Waldpanorama vergönnt ist.
Mir geht es ebenso, wie vielen anderen in unseren beiden Dörfern: Der Lichtenstein und ich, das ist eine Einheit. Zwar ist die liebevolle und manchmal auch sehr engagiert gelebte Beziehung zu meinem „Hausberg“ im Laufe der Zeit einer abgeklärten Partnerschaft gewichen, die auch ein gewisses Maß an Gleichgültigkeit in sich birgt; eine Heimat ohne Lichtenstein habe ich mir aber in all den Jahren nie vorstellen können! Und plötzlich überschlagen sich die Ereignisse, reißen mich aus meiner Lethargie und frischen die Liebe zu „meinem“ Berg auf kuriose Weise wieder auf.
Wir Leute aus dem Sösetal und insbesondere aus Förste sind mit dem Berg groß geworden. Alle, die ich dort kenne, haben ihre eigenen Erlebnisse mit ihm oder tragen unauslöschliche Bilder von ihm in ihren Herzen. Seien es die

Himmelschlüsselchen, die im Frühling die Wiesen direkt am Waldrand übersäten und von denen manche gar nicht genug pflücken konnten, um sie ihren Müttern in die Vasen zu stopfen. Oder die Maiglöckchen, die auf den Karstböden im Schatten der Buchen den idealen Nährboden fanden und ebenso begehrte Beute waren. Ich glaube allerdings, es waren hauptsächlich die Mädchen, die sich am leuchtenden Himmelschlüsselgelb und am Maiglöckchenduft berauscht haben. Wir Jungen fanden es interessanter, als Indianer durch das Unterholz zu streifen, bewaffnet mit unseren „Flitzebögen". Das waren biegsame Haselnussruten, die wir mit Sackbändern gespannt hatten. Mit ihnen verschossen wir Schilfpfeile, die wir an einem Ende eingekerbt hatten, um sie in die „Sehne" einlegen zu können, während am anderen Ende ein kleines Aststückchen des Holunderstrauches, von uns „Kiesecken" genannt, den Pfeil beschwerte. Dank des weichen Marks im Inneren der Kiesecken brauchten wir die flaschenkorkengroßen Stücke nur auf die Schilfpfeile zu drücken. Sie verliehen ihnen das nötige Gewicht und ließen sie wunderbar weit und hoch durch die Luft fliegen.

Es war nur natürlich, dass der Lichtenstein auf uns Jungen eine magische Anziehungskraft ausübte. Allein die Burgruine oben auf der Kuppe gab zu vielen Spekulationen Anlass. Wie mochte die Burg früher ausgesehen haben? Mächtig und wehrhaft musste sie gewesen sein, bewohnt von furchtlosen Kämpen unter der Herrschaft des Ritters von Letgast, der mit ihnen in den dicken, kalten Gemäuern wüste Gelage feierte und seine Beutezüge von dort oben in das Land unternahm.

Später beschäftigte uns die Legende von einem geheimen Tunnel, der angeblich von der Burg aus bis zum Dorf führte und den Burgbewohnern einst als Fluchtweg gedient haben soll. Zudem sollten in dem Tunnel Schätze von unermesslichem Wert versteckt worden sein.

Wir waren besessen von der Idee, den Eingang zu dem Tunnel zu finden und das verborgene Beutegut der Lichtenstein-Ritter zu bergen. Dieser geheime Gang musste existieren, das stand für uns unverrückbar fest. Wann immer es ging, durchstreiften wir den Wald und untersuchten die Erdfälle und Trichter, denen wir allerlei geheimnisvolle Ursprünge andichteten und in denen nach unseren Vorstellungen irgendwo, unter Humus und Buchenlaub verborgen, der Eingang zum geheimen Tunnel lag.

Wir wussten nichts von der geologischen Beschaffenheit, die das Areal des Lichtensteins so besonders macht, die eine einmalige Vegetation gedeihen lässt, von der wiederum die faszinierendsten Kleinstlebewesen angelockt werden. Wir wussten natürlich auch nichts von den Hohlräumen, die sich im Gestein unter unseren Füßen in den Jahrtausenden vor unserer Zeit entwikkelt hatten, als am Harzwestabbruch aufsteigende Tiefenwässer in die Gipsablagerungen eindrangen und eine Höhle schufen, die, beginnend mit ihrer Entdeckung zum Ende des 20. Jahrhunderts, die Wissenschaftler in Atem halten sollte! Konnten wir ahnen, dass wir auf unserer Suche nach dem geheimen Tunnel immer um Haaresbreite an einer archäologischen Sensation vorbeigebuddelt hatten?
Niemand, weder wir Kinder, noch die Erwachsenen, konnte sich seinerzeit auch nur annähernd ausmalen, welche Schätze tatsächlich unter dem Lichtenstein ruhten. Nur gut, dass wir es nicht wussten! So blieb uns Kindern die Enttäuschung erspart, dass es sich dabei nicht um Gold und Silber, sondern um ein paar uralte Knochen handelte, und den Wissenschaftlern blieb genügend Zeit, Analyseverfahren zu entwickeln, mittels derer ihnen jetzt die komplette DNA-Rekonstruktion der „genetischen Fingerabdrücke" gelungen ist. Wären die Knochen geborgen worden, als wir noch Kinder waren, niemand hätte etwas von den heutigen Möglichkeiten gewusst, niemand hätte zu einem freiwilligen Speicheltest aufgerufen und ich wäre nie mit den knöchernen Überresten meiner Vorfahren konfrontiert worden!
Nein, es war damals alles richtig, so, wie es war. Wir Kinder erlebten unsere Abenteuer, genährt durch unsere Fantasien. Wir genossen im Sommer unsere Streifzüge durch die Söseauen bis hinauf zum Lichtenstein und im Winter wagten wir die riskanten Ski-Abfahrten am „Kuhbusch" und durch die engen Hohlwege des Waldes. Unsere Väter wiederum nutzten die kalte Jahreszeit, um im Lichtenstein „Holz zu machen". Wir wollten ja auch im nächsten Winter eine warme Wohnung haben. Es gab kaum einen Haushalt im Dorf, der nicht mit Lichtenstein-Holz heizte. Um an das wertvolle Buchenholz zu gelangen, nahmen wir stolzen Förster sogar in Kauf, dass uns die Dorster Lichtenstein-Eigentümer vorschrieben, welche Bäume wir wann, wo und in welcher Menge für unseren Eigenbedarf schlagen durften. Welche Demütigung! Aber wir Förster nahmen es gelassen. Sollten die Dorster uns gegen-

über ruhig ihre Macht ausspielen. Wir hatten ihnen etwas voraus, was sie nie haben würden. Im Rückblick betrachtet ist es übrigens sehr interessant, wie sich angesichts stetig steigender Ölpreise und Energieknappheit heute die Geschichte des „Holzmachens" wiederholt ...

Unabhängig davon, wie intensiv der Einzelne sich „seinem" Lichtenstein verbunden fühlte, einmal im Jahr waren sich alle einig und hatten nur die Bergkuppe mit der Burgruine im Visier:

Am Himmelfahrtstag zog es die Sösetalbewohner, vornehmlich aus Förste und Nienstedt in Scharen zum Lichtenstein. Sorgenvoll ging schon frühmorgens der Blick zum Himmel. Alles konnte man an diesem Tag gebrauchen, nur keine Gewitter- oder Regenwolken, die am Horizont aufzogen. Blieb es bis zum Mittag trocken, folgte das große Aufatmen: Mann und Maus, Kind und Kegel setzten sich in Bewegung. Ziel des Fußmarsches war die leicht abschüssige Waldwiese direkt unterhalb der Burgruine.

Besonders die Männer und die männlichen Jugendlichen belegte der Lichtenstein an diesem Tag stets mit einem unwiderstehlichen Zauber. Gingen sie mittags noch aufrecht und festen Schrittes mit einem Bollerwagen voller „Proviant" im Schlepptau in den Wald hinein, so kamen sie am frühen Abend meist schwankend aus dem Wald wieder heraus. Oft hatten sie jede Kontrolle über Körper, Geist und Stimme verloren und ganz schwer Gebeutelte ließen sich einfach am Wegrand ins Gras fallen. Dort blieben sie liegen, bis die Wirkung des Zaubers nachgelassen hatte und sie ihre Beine wieder gebrauchen konnten.

Es war regelmäßig ein erlebnisreicher Tag für die Kleinen und Großen, nur noch vom Förster Pfingstfest übertroffen. Allein vereinzelte Ehefrauen wünschten das Himmelfahrtsfest, genau wie Pfingsten, zum Teufel. Sie fürchteten jene Tage und machten, jedes Jahr aufs Neue, drei Kreuze, wenn sie es geschafft hatten, ihre volltrunkenen Gatten nach ausgiebigem Alkoholgenuss mit gutem Zureden und allerlei Tricks zurück zum heimatlichen Hof zu lotsen.

Doch nicht alles, was im und um den Lichtenstein herum geschah, war Kinderspiel, Brennholzbeschaffung oder ausgelassenes Feiern. Schon sehr früh wusste man um die geldwerten Schätze des Lichtensteins und seines Umfeldes. Wie die meisten Schätze ruhten und ruhen auch diese unter der Erde.

Nicht tief. Unter einer dünnen Humusschicht findet man sie bis heute, rein und weiß. Gips heißt das Zauberwort und es mobilisierte einen ganzen Industriezweig, der dieses Gestein bis heute abbaut und verarbeitet. Lebten der Lichtenstein und die gipsabbauenden Betriebe lange Jahre in friedlicher Koexistenz, so kam die Zeit, als der Hunger der Bagger und Raupen immer größer wurde und die Sprengungen schmerzhafte Wunden in das Fleisch des Berges schlugen. Das war Frevel! Das überstieg das tolerierbare Maß! So durfte niemand mit einem guten Freund umgehen! Es war ein Angriff auf ein Stück Identität, mehr noch, es war ein Dolchstoß ins eigene Herz. Es tat allen weh und eine kleine Gruppe, zu der auch ich gehörte, machte ihren Schmerzen lautstark Luft. Es konnte nicht sein, dass wirtschaftliche Interessen, zu allem Überfluss vertreten durch Ortsfremde, das Sösetal seines Kleinodes beraubten. Wir mussten uns wehren, auch wenn wir dafür von etlichen Nutznießern des Raubbaus als verblendete Spinner hingestellt wurden.
„Gipsabbau kontra Lebensqualität" hieß die schlichte Formel, die die Bevölkerung polarisierte. Der Natur eine Stimme zu gegeben, gegen die arbeitsplatzschaffenden Betriebe, das war gerade in ländlichen Gegenden so etwas, wie eine linke, zumindest aber eine grüne Revolution, ein Aufbegehren gegen Recht und Ordnung. Naja, ich denke, im Nachhinein tat es allen weh, mit ansehen zu müssen, wie der Lichtenstein Stück für Stück zerfleddert wurde. Aber bis heute ist es immer nur eine Handvoll Menschen, die das laut und deutlich sagt, was alle denken.
Nun, das Ergebnis nachdrücklichen Widerstandes gegen die ebenso nachdrücklich vorgebrachten und vertretenen Abbaupläne der Gipsindustrie war, wie nicht anders zu erwarten, ein nur schwer hinnehmbarer Kompromiss – zumindest aus unserer Sicht als Lichtenstein-Verteidiger.
Die Industrie bekam einen Großteil ihres so vehement eingeklagten Gipsbedarfs zugesprochen und dem Lichtenstein blieb ein geschütztes Areal rund um die Burg, zu wenig, um von einem guten Ergebnis sprechen zu können, fanden wir Mitglieder unseres kleinen Vereins „Rettet den Lichtenstein". Da half weder Fernsehpräsenz, noch politische Prominenz. Die Abbaupläne wurden in die Tat umgesetzt und die tiefen Wunden haben heute das Antlitz des Berges ein für allemal verändert. Ein verkrüppelter Invalide – aller Renaturierung zum Trotz.

Für immer verloren sind die Wege, die mehr oder weniger verschlungen zur Burgruine hinführten. Für immer verloren ist auch die beliebte Holzbank, die die Förster Gipsbrucharbeiter ihrem Kollegen August Oppermann, genannt „Hannichen“, vor etlichen Jahren mitten im Wald unter einer mächtigen Buche errichtet hatten, damit er sich auf seinem Fußweg zur Arbeitsstätte quer durch den Lichtenstein ausruhen und auf sie warten konnte. Der Älteste unter den Arbeitern hatte es sich nämlich zur Gewohnheit gemacht, immer etwas früher loszumarschieren, als die anderen. Vielleicht war es ja die Sorge gewesen, mit den jüngeren Kollegen nicht mehr Schritt halten zu können, denn der Weg durch den Lichtenstein führte beträchtlich bergan und erforderte eine gute Kondition. Da tat eine kleine Pause zwischendurch sicher gut, um nicht schon erschöpft an der Arbeitsstätte anzukommen.
Ich erinnere mich noch sehr gut, wie dieser Ort, „Hannichens Ruh“ genannt, auch mir und meinen Eltern als Rastplatz diente, wenn wir unsere Spaziergänge in den Wald unternahmen.
Keine Frage, die Erinnerung an einige liebgewordene Flecken im Lichtenstein schmerzt sehr. Es ist immer wieder deprimierend, über die Abbruchkanten des Steinbruches auf eine öde Mondlandschaft zu blicken.
Zum Glück ist aber, wie wir heute wissen, ein überaus wichtiges Territorium vor dem Zugriff der Gipsindustrie verschont geblieben. Zum Glück haben nicht nur wir Kinder an den geheimen Gang unter der Lichtenstein-Burg geglaubt, sondern auch jene, die als Archäologen ihr Geld verdienen oder auch nur ihrem Hobby, der Höhlenforschung, nachgehen. Sie sind den Sagen gleichermaßen mit wissenschaftlicher Akribie und Forscherdrang auf den Grund gegangen und haben mit ihrer Stimme maßgeblich dazu beigetragen, dass nicht der gesamte Lichtenstein dem Gipshunger zum Opfer gefallen ist. Sie wurden belohnt, als sie rein zufällig den Zugang zu einer Höhle entdeckten, die zwar nichts mit dem sagenhaften Tunnel zu tun hatte, deren Inhalt sich aber – zumindest für die Wissenschaft – von unschätzbarem Wert erweisen sollte. Oder war es der Lichtenstein selbst, der sich auf diese Weise bei seinen „Rettern“ bedanken wollte? Auf jeden Fall sollte sich dieser Höhleneingang im Laufe der folgenden Jahre zu einer Art „Stargate“ entwickeln, dem Zugang zu einer anderen, weit zurückliegenden Zeit.

Vor diesem „Stargate“ stehe ich jetzt, mit meinem ganz persönlichen, nicht übertragbaren Fahrschein für eine Reise in meine eigene, aufregende Vergangenheit. Mir ist ein kleines bisschen mulmig zumute. Was werde ich entdecken auf dem Weg zu meinen Wurzeln?

Die Entdeckung

Natürlich habe ich sie nicht entdeckt, die Lichtensteinhöhle. Das waren andere. Leider? Ich weiß nicht so recht. Vielleicht wäre es ein erhabenes Gefühl gewesen, hätte ich mit stolzgeschwellter Brust vor die Öffentlichkeit treten und ausrufen können:

„Hier stehe ich, Manfred Huchthausen. Ich habe das Geheimnis des Tunnels gelüftet, der eigentlich eine Höhle ist. Hiermit taufe ich meine Höhle auf den Namen ‚Huchthausen-Höhle'!"

Aber für diesen Triumph hätte ich nach der Höhle oder dem geheimen Tunnel suchen müssen. Das habe ich nicht getan, denn in dem Maße, wie ich den kurzen Hosen entwuchs, kam mir auch die Abenteuerlust meiner Kinderzeit und damit das Interesse an dem sagenumwobenen Tunnel unter der Burg abhanden und andere Dinge in meinem Leben wurden wichtiger.

Nein, ich empfinde keinen Neid gegenüber jenen, denen das Entdeckerglück hold war. Ich bin ihnen sogar dankbar. Schließlich war nicht Ruhm und Ehre eines Einzelnen die Triebfeder für die Suche, sondern die Neugier und die Hoffnung, ein wenig Licht in das Dunkel unserer Vergangenheit zu bringen. Wie fast alles im und um den Lichtenstein, haftete auch der Entdeckung der Höhle etwas Sagenhaftes, Mysteriöses an. Auch wenn es Anfang nur ein paar knappe Informationen waren, die an die Öffentlichkeit drangen, emotionslos und nüchtern, so spürte ich doch, dass sie das Zeug zu einer wahrhaft großen Geschichte in sich bargen.

Zunächst war da die Burg auf der Kuppe des Lichtensteins. Wissenschaftlich kaum erforscht, ließ sie der Fantasie schon immer genügend Freiraum und so hielten sich die Geschichten und Mythen, die sich um die Burg selbst und um den geheimen Tunnel rankten, hartnäckig aufrecht. Die Suche nach diesem Tunnel kam manchmal der Jagd nach unerfüllten Jungenträumen gleich, erzeugte Hoffnung, Herzklopfen und Enttäuschung. Einmal jedoch, im Jahr 1972, da muss das Herzklopfen ganz besonders stark gewesen sein, da muss sich jede Faser im Körper der „Schatzsucher" bis zum Äußersten gespannt haben: Eine kleine Felsspalte am Nordwesthang des Lichtensteins hatte ihre Aufmerksamkeit erregt. Nun ist eine Felsspalte im Gipsgestein nichts Weltbewegendes – aber dieser kräftige Windzug, der aus der Spalte wehte, direkt aus dem Inneren des Berges, der elektrisierte die Suchenden, der ließ ihren Puls rasen. Wenn ein Berg atmet, dann ist das wie beim Menschen: Die Luft kommt aus einer Höhle.

So konnte, nein, so musste es auch hier sein! Für den Windzug gab es nur eine Erklärung: Hinter der Spalte, etwa elf Meter über der Sohle des Sösetals musste sich ein größerer Hohlraum befinden. Der sagenumwobene Tunnel? Gab es ihn tatsächlich? Würde der Mythos entzaubert werden, der die Erzählungen an langen Winterabenden bestimmt hatte, gefolgt vom Wispern und Flüstern der Kinder unter der Bettdecke, ehe sie in ihren Träumen zu Sagenhelden wurden, mittendrin in einer aufregenden Abenteuergeschichte?

Doch es war nicht der erwartete und erhoffte Tunnel, der sich hinter der Felsspalte verbarg. Für die Freunde mittelalterlicher Ritter- und Sagengeschichten, für alle Drachenbezwinger und Schatzgräber mag es eine Enttäuschung gewesen sein, als sie hörten, was sich den Entdeckern bot, nachdem sie die Spalte etwas erweitert hatten und in den dahinter liegenden Hohlraum eingedrungen waren.

Nicht so für die Entdecker selbst. Sie waren nicht in ihren Erwartungen gefangen und konnten wie kleine Kinder staunen über die Höhle, die sie erkundeten. Sechzig Meter lang und natürlichen Ursprungs war sie, mit zickzackartig verspringenden Klüften. In unzähligen Gipskristallen an den engen Wänden brach sich das Licht ihrer Karbidlampen und tauchte die Höhle in magisches Glitzern.

Dort unten lagen keine Schätze aus Gold, Silber oder Edelsteinen. Stattdessen waren die Entdecker einem einzigartigen Naturgebilde auf die Spur gekommen, das unbedingt geschützt werden musste. Mit einer Stahltür wurde der Zugang zur Höhle umgehend gesichert.

Vielleicht wäre mit dem Riegel vor dem Höhleneingang auch der Geschichte ein Riegel vorgeschoben worden, denn die Höhle war eng, verwinkelt und in keiner Weise „zu gebrauchen“. Weder war sie begehbar, noch gab es archäologische Funde, die der Höhle und unseren Dörfern über die Region hinaus Aufmerksamkeit verschafft hätten. Kein Vergleich mit den anderen Harzhöhlen, wie etwa der Einhornhöhle bei Scharzfeld oder der Iberger Tropfsteinhöhle bei Bad Grund. Die galten schon lange als touristische Attraktio-

nen. Hier konnte man den Besuchern Erdgeschichte vor Ort präsentieren. Das war gut für das Image der Region und auch wirtschaftlich interessant. Aber wir hier unten im Sösetal? Wir hatten einfach Pech gehabt. Von uns würde die Welt auch in Zukunft keine Notiz nehmen. Warum also sollten wir Ortsansässigen uns jetzt noch um die Höhle kümmern? Hatte sie irgendeinen Wert für uns, für unsere Geschichte? Kein Tunnel, kein Bezug zur Burg und ihren Bewohnern, kein Schatz – kein Interesse. Das war's. Jetzt waren wir sogar unserer letzten Illusion beraubt worden. Es gab nur eine wenig interessante Höhle, aber keinen geheimen Gang! Also wandten wir uns ab und kümmerten uns wieder um die Tagesgeschäfte. Unseren Lichtenstein ließen wir weitgehend in Ruhe. Wir ließen die Gipsabbauer sprengen und buddeln, wir schlugen unser Holz und wir wanderten an Himmelfahrt zur Burg. Aber es war nicht mehr wie früher. In dem Maße, wie die verschlungenen Wege des Lichtensteins dem Gipsabbau zum Opfer fielen, ließ unser Interesse an den jährlichen Burgwanderungen nach.
Wissenschaftler und Höhlenforscher aber legen zum Glück andere Maßstäbe an ihre Forschungsergebnisse an. So bewerteten sie auch die Entdeckung der Höhle anders. Weitgehend unbeachtet kamen und gingen sie und zwängten sich ein ums andere Mal durch die schmalen Gänge bis zu der Engstelle, an der ein Weiterkommen bisher unmöglich gewesen war. Sie wussten schon seit längerer Zeit, dass hinter jener unpassierbaren Stelle noch etwas sein musste, denn auch hier hatten sie den Hauch des Berges gespürt, der ihnen ins Gesicht blies. Im Februar 1980 gelang es dann endlich, auch diese Engstelle zu überwinden und in die dahinterliegende Spalte einzudringen; ein Unterfangen, das sogar für recht schmal gebaute Höhlenforscher zur Tortur werden sollte und ihnen bei stellenweise kaum 30 Zentimeter lichter Weite ein hohes Maß an physischer und psychischer Stabilität abforderte.
Dann jedoch raubte den Forschern nicht nur die bedrückende Enge der Höhle in diesem hinteren Abschnitt den Atem. Völlig unerwartet bot sich ihnen hier ein grausiges Bild: Menschenknochen! Ein kleiner Haufen Röhrenknochen und ein Unterkiefer. Szenen wie aus einem Horror-Film!
Plötzlich war es wieder da, dieses Knistern, diese Spannung. Das war auf einmal nicht mehr die langweilige Lichtensteinhöhle, an der nur eine Handvoll Verrückter, die sich Geologen und Höhlenforscher nennen, Interesse

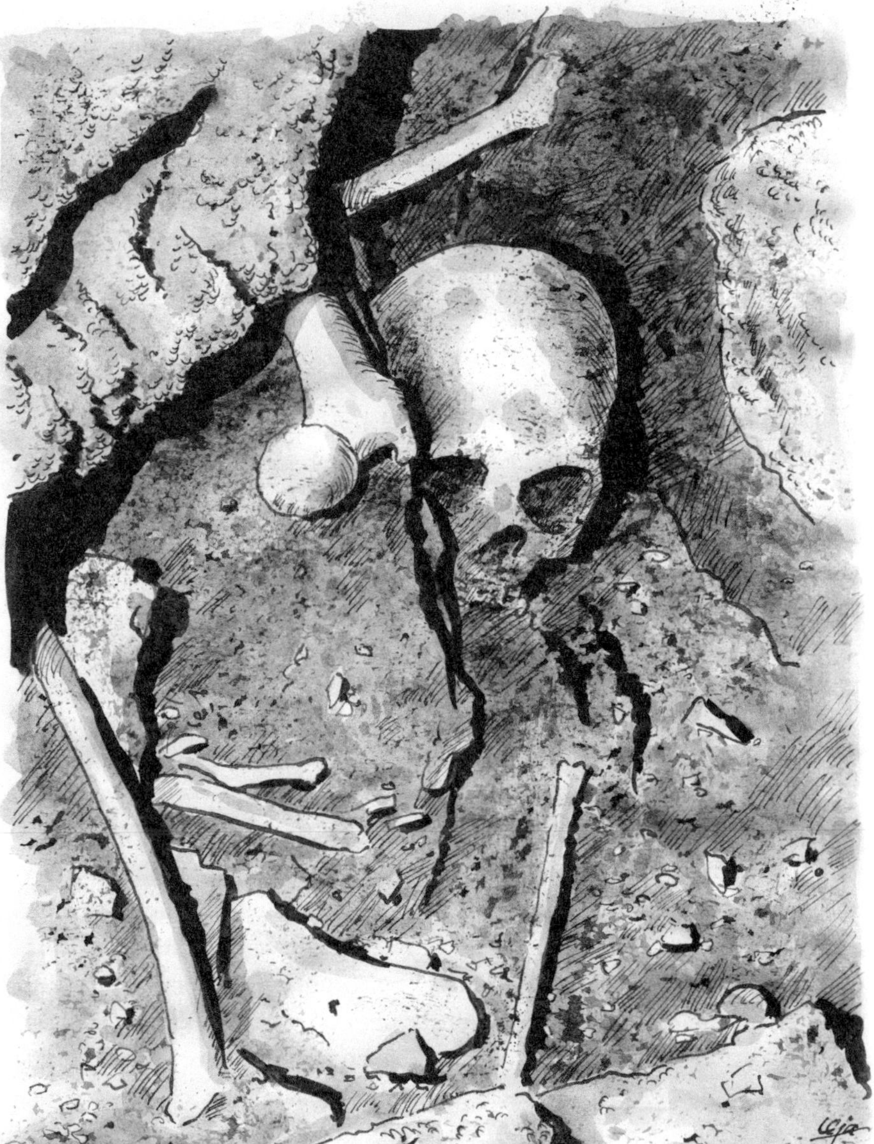

fanden. Die Höhle war schlagartig wieder in aller Munde. Im Sösetal und weit darüber hinaus.

Menschenknochen! Die waren genau der Stoff, der Fantasien beflügelt. Was konnte dieser Fund alles bedeuten! Dabei ahnten zu dem Zeitpunkt noch nicht einmal die Forscher etwas von den sensationellen Geheimnissen, die die Höhle über diese „Vorboten“ hinaus tief in ihrem Inneren verborgen hielt. Je weiter die Geologen in das Innere der Höhle vordrangen, desto mehr verzweigte sie sich, es öffneten sich weitere Räume, Kammern und Verästelungen. Und die Höhle gab mehr und mehr ihre grauenhaften Schätze frei: menschliche Skelette in ungestörtem anatomischen Verband und Skelettteile, die durcheinander gewürfelt und zu wirren Paketen zusammengeschoben an den Seiten der Höhlenkammern lagerten.

Bronzene Ringe, Spiralröllchen, Fibeln und andere Schmuckstücke schließlich machten klar: Der Todeszeitpunkt all dieser Menschen, deren Knochen den Höhlenboden bedeckten, lag knapp dreitausend Jahre zurück. Man war auf die Überreste bronzezeitlicher Menschen gestoßen! Urplötzlich hob sich der Vorhang für ein neues Stück aus dem Zyklus „Der Mensch und seine Geschichte“.

Doch anstatt Klarheit zu schaffen, stiftete jeder neue Knochen neue Verwirrung und gab den Forschern mehr Rätsel auf, als er ihnen Antworten bescherte.

Wenn die Knochenfunde die Geologen und Archäologen auch vor Rätsel stellten und sie zu noch intensiveren Forschungsarbeiten antrieben, so lieferten sie uns Laien den Stoff, aus dem Gruselfantasien erwachsen. Mit wohligem Schauer hörten wir von kultischen Handlungen, lasen von Menschenopfern, von Ritualmorden und ähnlich entsetzlichen Deutungen der Skelettfunde. Wir überhörten und überlasen sehr gern die Fragezeichen, die die Archäologen hinter jede ihrer Deutungen der Funde setzten. Sie wussten nicht, sie vermuteten. Wir jedoch, und neben uns direkt betroffenen Sösetalbewohnern noch eine ganze Menge anderer Sensationshungriger, nahmen die Mutmaßungen der Forscher dankbar auf und münzten sie zu Tatsachen um. Mord und Totschlag in der Bronzezeit. Vielleicht auch ein bisschen Kannibalismus. Und das alles in unserem unmittelbaren Umfeld! Es war einfach herrlich und so schön schaurig! Das Tor ins Reich unserer Fantasie war dank der Ergebnisse unermüdlicher Forscherarbeit wieder sperrangelweit geöffnet.

Knochenjäger, Raubgräber und Anthropologen

Menschenknochen!

Allein der nackte Begriff löst vielfältige Empfindungen und Assoziationen aus. Es sind eben nicht die Knochen eines Huhnes, das von einem Fuchs geraubt und mit der Zeit irgendwo in Wald, Feld oder Flur verwest ist. Es sind auch nicht die prähistorischen Knochen eines Mammuts oder eines Sauriers. Sicher, alle diese Knochen haben, im richtigen Zusammenhang gesehen, wohl ihre Bedeutung und sind ein wichtiger Beleg für das Jagdverhalten des Fuchses und für die Evolution.

Aber Menschenknochen – das ist doch etwas ganz anderes! Wo Menschenknochen ins Spiel kommen, tauchen Fragen auf; laut ausgesprochen oder hinter vorgehaltener Hand geflüstert. Es sind die Fragen nach den Abgründen unseres Menschseins, es sind Fragen nach Hass und Liebe, nach Gier und Niedertracht, nach Ruhm und Ehre, Glaube und Aberglaube, Tod und Auferstehung. Es sind die Fragen, die sich um die Art und Weise drehen, wie jene Menschen zu Tode gekommen sind, deren Knochen man entdeckt hat.

Ob es sich dabei um Zeitgenossen handelt, die vor Kurzem noch unter den Lebenden geweilt haben, oder um Menschen aus der Bronzezeit, das ist beinahe nebensächlich. Solche Knochenfunde bringen die Gemüter in Aufruhr, Gedanken an Mord und Totschlag in allen Varianten tauchen auf; insbesondere, wenn die Knochen außerhalb von Friedhofsmauern liegen.

Einmal abgesehen von den Spezialisten, die sich derartigen Gebeinen routiniert und ohne Aufregung nähern, ziehen wir „normalen" Zeitgenossen, sofern wir einen Menschenknochen zu fassen bekommen, einen natürlichen Tod immer erst dann in Betracht, wenn alle anderen Möglichkeiten ausscheiden. Das liegt sicher daran, dass wir uns über die Gebeine von Unseresgleichen mehr Gedanken machen, als über Tierknochen, die wir eklig finden mögen, zu denen wir aber nicht die gleiche Beziehung haben, wie zu den Überresten unserer Artverwandten.

Da versteht es sich fast von selbst, dass der Fund der Knochen in der Lichtensteinhöhle verdächtig war. Höchst verdächtig sogar! Er passte nicht so recht in eins der bekannten Muster. Natürlich war bekannt, dass auch die Menschen

der Bronzezeit ihre Toten auf die eine oder andere Art bestattet hatten. Leichenverbrennung und die anschließende Bestattung war zum Beispiel in der späten Bronzezeit, der Urnenfelderzeit, eine bekannte Methode, sich seiner Leichen zu entledigen. Und auch die Körperbestattung, wie sie die Unstrut-Leute von ihren Vorfahren aus der älteren Bronzezeit übernommen hatten.
Aber eine Bestattung von Toten in dieser Höhle? Die Lichtensteinhöhle eine Grabstätte? Dieser bizarre, enge und beinahe unüberwindliche Hohlraum unter dem Lichtenstein hatte bisher jedem einzelnen der Forscher das Leben schwer gemacht und seine Begehung war zu einer Tortur auf allen Vieren geworden. Und hier sollten die Bronzezeitmenschen ihre Toten hergeschafft und bestattet haben? Mann muss nur einmal allein oder zu Zweit einen Menschen transportieren, der sich, schlaff wie ein nasser Sack, jeder Mithilfe widersetzt. Das ist Schwerarbeit, selbst wenn es keine zusätzlichen Hindernisse zu überwinden gilt.
Wie also sollte es einem oder vielleicht auch zwei bronzezeitlichen „Bestattungsunternehmern" gelungen sein, einen Toten durch die engen Spalten zu bugsieren, um ihn dann in seinem Höhlengrab standesgemäß beizusetzen? Das hätte extrem abgemagerte und gelenkige Bestatter und ebenso elastische Leichen erfordert! Eine biologisches Unmöglichkeit, die auch vor dreitausend Jahren nicht funktionieren konnte. Blieb also nur noch eine Schlussfolgerung: Die Menschen, deren Knochen den Höhlenboden übersäten, waren eines unnatürlichen Todes gestorben. Sie waren auf die eine oder andere Art zu Opfern geworden. Opfer eines Gewaltverbrechens? Opfer eines kultischen Rituals? Freiwilliger Tod? Erzwungener Selbstmord? Kranke oder Behinderte, von der Sippe isoliert?
Die Knochenfunde ließen viele Rückschlüsse zu. Eins jedoch schien in jedem Fall sicher: Die Menschen mussten noch gelebt haben und aus eigener Kraft in die Höhle gelangt sein, wo sie dann starben.
Oder war doch alles ganz anders?
Jeder weiß, mit Vermutungen geben sich Forscher selten zufrieden. Sie suchen und untersuchen, bis alle nur möglichen Fragezeichen beseitigt sind. Und hinter den Funden in der Lichtensteinhöhle standen zu viele Fragezeichen, als dass sie sich mit den oberflächlichen Funden und den ersten Erkenntnissen abgefunden hätten. Die Höhlenschätze mussten alle ausgegraben, geborgen und eingehend untersucht werden!

So etwas funktioniert jedoch nur, wenn auch das nötige Kleingeld vorhanden ist. Das aber fehlte! Nach der Frage, wie die Menschen damals in die Höhle gelangt waren, stellte sich nun eine weitere, mindestens ebenso wichtige Frage: Wie bekommen die Forscher sie wieder heraus?
So, wie sich der Fundort darstellte, war eine Bergung von Knochen und anderen Gegenständen nicht mal eben aus der Portokasse zu bezahlen, sondern würde Millionen verschlingen! Nur gut, dass es die schwere Eisentür vor dem Höhleneingang gab. Dahinter konnten die Knochen, die dreitausend Jahre im Gipssinter überdauert hatten, ruhig noch ein paar Tage, Wochen, Monate, oder, wenn es sein musste, auch ein paar weitere Jahre herumliegen. Wenn der Geldbeutel irgendwann wieder voll war, würde es die Knochen in der Höhle noch immer geben. Das war nicht der einzige Irrtum im Zusammenhang mit den Höhlenfunden, aber leider ein recht folgenschwerer!
Schätze, wie die in der Lichtensteinhöhle ließen sich eben nicht auf Dauer unter Verschluss oder gar geheim halten. Und die Mitwisser waren auch nicht nur ein paar harmlose Dörfler, wie wir Sösetalbewohner, die wir unsere kriminelle Energie, sofern sie überhaupt vorhanden war, sicher an andere, in unseren Augen lukrativere, Ziele verschwendet hätten.
Eines Tages jedenfalls, im Jahr 1992, machte eine katastrophale Nachricht die Runde: Die Tür vor der Lichtensteinhöhle war aufgebrochen worden!
Ich hatte bis dahin ja keine Ahnung, dass es in der Zunft der Räuber und Diebe auch eine Unterabteilung „Raubgräberei" gab, in der offensichtlich einige völlig durchgeknallte Typen aktiv waren. Diese schrägen Vögel, gemäß ihrer Fachrichtung Raubgräber genannt, hatten sich an der eisernen Höhlenpforte zu schaffen gemacht, sie überwunden und im Inneren der Höhle nicht nur etliche der archäologischen Wertstücke auf sinnlose Weise zerstört, sondern auch Schädel und Bronzeschmuck aus der Höhle geschleppt. Weiß der Kuckuck, was sie damit vorhatten!
Als ich die Schreckensmeldung vernahm, dachte ich noch, dass diese Typen wohl die Schmuckstücke an irgendwelche Hehler verkaufen wollten, aber was war mit den Schädeln? Kenner der Szene klärten mich und alle anderen Ahnungslosen schließlich auf: Solche menschlichen Überreste stellen unabdingbares Beiwerk für Schwarze Messen dar. Sicher würden die Raubgräber ebenfalls solche Zeremonien praktizieren oder ihre Beute an Anhänger diver-

ser Satanskulte verhökern. Welch gespenstische Vorstellung! Ich war schokkiert angesichts der Dinge, die da außerhalb unserer heilen Dorfwelt geschahen. Wie es schien, hatte es erst einiger prähistorischer Knochen bedurft, um mir und allen anderen „Eingeborenen“ die Augen für die Abgründe „da draußen“ zu öffnen. Wieder einmal wurde mir klar, dass es nicht immer gut sein muss, über alles informiert zu sein. Ahnungslosigkeit kann auch nützlich sein; für ein ausgeglichenes Seelenleben, zum Beispiel.
Es herrschte helle Aufregung. Unschätzbare Werte waren unwiederbringlich verloren! Wie hatte so etwas passieren können? Alles Fragen, Klagen und Jammern hatte keinen Zweck. Was passiert war, war passiert und die Forscher gaben die Parole aus: „Rettet, was zu retten ist!“
Was kurz zuvor noch am fehlenden Geld scheitern sollte, wurde plötzlich zur Chefsache erklärt. Ein Stollen war die Lösung. Mehrere Meter lang, wurde er 1993 binnen weniger Wochen direkt vom Steilhang in den für die Ausgrabungen wichtigen Höhlenabschnitt getrieben. Das schnelle Handeln sollte sich im Nachhinein als goldrichtig erweisen. Einzigartige Funde waren der Lohn und die Schäden, die die Raubgräber angerichtet hatten, erwiesen sich bei genauem Hinsehen erfreulicherweise als nicht ganz so schlimm, wie zunächst angenommen.
Dr. Flindt, dem neuen Osteroder Kreisarchäologen, muss in jenen Tagen in der Enge der Höhle ein besonders großer Stein vom Herzen gefallen sein. Als er im Januar 1993 nach Osterode kam, stand sein Dienstantritt unter einem äußerst schlechten Stern. Bereits am ersten Diensttag fand er die Nachricht über den Einbruch in die Lichtensteinhöhle auf seinem Schreibtisch.
Solch ein Nackenschlag kann einen Archäologen, der eigentlich auf Schliemanns Spuren hatte wandeln wollen und sich bei uns in der Provinz ein archäologisches Eldorado erträumt hatte, schon schwer zusetzen und an dem Sinn seiner Arbeit zweifeln lassen.
Aber dann gaben ihm seine Untersuchungen in der Höhle sehr schnell neue Hoffnung und er wusste schon bald, dass er einen ganz besonderen Fundplatz vor sich hatte, der eine kleine Sensation versprach.
Tatsächlich bargen Dr. Flindt und seine Mitarbeiter in den kommenden zwölf Jahren die Gebeine von vierzig Menschen, also rund achttausend Knochen! Und immer noch stand die Vermutung im Raum, dass es sich bei den Toten um

Opfer ritueller Tötungen handelte. Wir im Sösetal waren natürlich fasziniert von den Entwicklungen und verfolgten mit Spannung den Fortgang der Arbeiten. Und als wir dann eines Tages hörten, dass ein unbekannter Bote beim Landkreis in Osterode ein ganz besonderes Päckchen abgegeben hatte, konnten wir uns ein kollektives Schmunzeln nicht verkneifen. In dem Päckchen befanden sich, so unglaublich es auch klingt, die aus der Höhle entwendeten drei Menschenschädel und einige Bronzegegenstände! Das waren genau die Teile, die dem Kreisarchäologen zu seinem Glück und zur Vollständigkeit seiner Höhlenschätze noch gefehlt hatten.
Ich muss zugeben, ich fand es recht makaber, als ich hörte, was da von manchen Kurieren so alles kreuz und quer durchs Land gekarrt wird. Liebend gern hätte ich den Boten gefragt, wie ihm zumute gewesen ist, nachdem er vom Inhalt des Päckchens erfahren hat, das er dem Landkreis zustellen musste. Oder hatte er vielleicht zu jeder Zeit von seiner „heißen" Fracht gewusst?
Zum Glück stand als Schlusspunkt hinter dieser Episode ein „Ende gut – alles gut!" Die Raubgräber wurden zwar nie gefasst, aber wie mir scheint, hatte auch niemand mehr ein großes Interesse daran, sie dingfest zu machen. Ob es aus Reue geschah, oder aus kühlem Kalkül, die Knochenräuber hatten ihre Beute zurückgegeben. Das war das Wichtigste. Wem sollte es da noch etwas nützen, sie aufzuspüren und hinter Schloss und Riegel zu bringen?
Die ganze Aufmerksamkeit richtete sich nach all diesen Irrungen und Wirrungen nun auf das Wesentliche, nämlich die Knochen. Und an denen zeigten neben den Archäologen jetzt auch die Göttinger Anthropologen größtes Interesse. Solch fantastisches Material, wie es die Lichtensteinhöhle hergegeben hatte, landete nicht alle Tage in den Laboren der Menschenwissenschaftler.
Also karrte der Archäologe seine achttausend Knochen, sicher verpackt in Pappkartons, zur Anthropologie nach Göttingen, wo sie bei minus 20 Grad im Institutsgefrierschrank eingelagert wurden. Hier, im Institut für Zoologie und Anthropologie der Göttinger Universität, sollten Antworten auf offene Fragen gefunden und Vermutungen entweder bestätigt oder verworfen werden. Die Chancen standen gut, denn, wie der Zufall es wollte, erprobten die Anthropologen des Göttinger Instituts gerade eine neue Methodik zur Analyse alter DNA. DNA – das waren die drei Buchstaben, die den Blick auf eine Weltsensation öffnen sollten.

Ermittlungen, Analysen, Höhlenkrimi

Schon verrückt, aber je länger ich darüber nachdachte, desto mehr schien es mir, als sei das Sösetal durch die Knochenfunde in einen bronzezeitlichen Kriminalfall geraten. Und jetzt, nach dreitausend Jahren stand die Aufklärung des Falles bevor. Sherlock Holmes hätte seine helle Freude gehabt!

Alle Zutaten stimmten. Es gab Leichen, oder zumindest das, was noch von ihnen übrig geblieben war. Es gab den Fundort der Knochen, der nicht auf eine Grabstätte für Menschen hindeutete, die eines natürlichen Todes gestorben waren. Die Rolle der Kriminalbeamten hatten in diesem Fall die Archäologen übernommen, die akribisch an ihre Aufgabe herangingen, den Leichenfundort zu sichern, Beweisstücke zusammenzutragen, Indizien zu sammeln, zu recherchieren und zu kombinieren. Den Anthropologen wiederum war, wie den Pathologen in jedem guten Kriminalroman, die beinahe wichtigste Aufgabe zugedacht worden: Sie würden die Toten und deren Gebeine bis zur letzen Gewebefaser, bis hin zur letzten Knochenzelle durchleuchten und untersuchen. Sie würden versuchen, alle Geheimnisse der Toten aufzudecken, würden die bleichen Knochen unter ihren Mikroskopen zum Leben erwecken, würden sie erzählen lassen, bis sie alles wussten über das Leben und Sterben der Menschen aus der Lichtensteinhöhle, die einst mit diesen Knochen im Leib vermutlich bei uns im Sösetal ihr Leben gelebt hatten, bis zu jenem schicksalhaften Tag, der ihnen eben dieses Leben raubte. Die vermeintlichen Täter würden die Ermittler allerdings nicht mehr dingfest machen können. Angesichts der Zeit, die seit jenen mysteriösen Todesfällen vergangen war, ein durchaus erklärbarer und verzeihlicher Schönheitsfehler in einer sonst beinahe perfekten Kriminalgeschichte. Immerhin bestand Hoffnung, die Indizien zu einem Täterprofil verdichten zu können, untermauert und erhärtet durch die Erkenntnisse der Anthropologen. Und auf den Untersuchungen der Göttinger Wissenschaftler ruhten ab jetzt alle Hoffnungen.

Das große Warten begann. Fiebrige Anspannung machte sich breit; nicht nur unter denen, die direkt mit dem „Fall" zu tun hatten, sondern ebenso unter uns Zaungästen aus dem Sösetal und natürlich auch unter den mittlerweile

hellhörig gewordenen so genannten „Medienvertretern". Was würden die Untersuchungen der Knochen ans Licht bringen? War man tatsächlich einem Verbrechen auf die Spur gekommen? Sollte unser Sösetal ausgerechnet durch einen Mordfall die Aufmerksamkeit der Weltöffentlichkeit erregen?
Im Präparationssaal und in den Laborräumen des Göttinger Instituts scherte sich währenddessen niemand um unsere Imageprobleme. Es sei nicht unüblich, so hieß es, dass ihnen dann und wann alte Knochen auf den Tisch kämen, die sie zu untersuchen hätten. Nun ja, etwas mehr Begeisterung hatte ich mir schon erhofft. Das, was uns Sösetaler erregte und bewegte, waren für die Anthropologen nur ein paar „olle" Knochen, aus denen man die üblichen Informationen herauslesen konnte. Tagesgeschäft eben.
Irgendwann aber muss bei Dr. Susanne Hummel, der für die Untersuchung der Höhlenknochen verantwortlichen Anthropologin, wohl doch das Herz gehüpft sein. Ich kann mich erinnern, dass sie genau das gesagt hat, als sie später von einer Rundfunkreporterin gelöchert wurde. Ja, sie hatte gesagt, ihr Herz sei in dem Moment gehüpft, natürlich vor Freude, als sie und ihr Team nach den ersten DNA-Tests festgestellt hatten, wie ungewöhnlich gut das Erbmaterial dieser alten Knochen tatsächlich erhalten war.
Auch Susanne Hummel muss sich wie in einem Krimi vorgekommen sein, denn das Erbgut soll dem eines ... Wie nannte es die Reporterin doch gleich ...? Genau, es soll dem eines „frischen Tatorts um die Ecke" entsprochen haben. Dreitausend Jahre alt und nahezu ohne Schäden!
Ich war fasziniert. Von DNS, nicht von der allgemein üblichen englischen Bezeichnung DNA, hatte ich natürlich gehört. Schon während meiner Schulzeit hatte ich Probleme, das Wort in seiner ganzen Länge unfallfrei auszusprechen – Desoxyribonukleinsäure. Ich frage mich noch heute, welcher Folterknecht sich solch ein Kunstwort ausgedacht hat, nur um die Trägerin der Erbinformationen zu benennen. Immerhin, wenn heute von DNA die Rede ist, weiß ich, worum es geht und kann zumindest verstehend zuhören. So ist natürlich auch bekannt, dass geschulte Menschen mit entsprechenden Geräten und Methoden aus der DNA eines Lebewesens alle nur denkbaren Informationen herauslesen können. Nichts bleibt den Forschern verborgen! Dagegen mutet die Datensammelwut behördlicher Stellen, um den „gläsernen Menschen" zu schaffen, beinahe dilettantisch an. Wer wirklich etwas

über einen Menschen erfahren will, muss dessen DNA untersuchen! Alter, Größe, Geschlecht, Ernährungszustand, Krankheiten – das sind nur einige der Informationen die das Erbgut hergibt. Normalerweise. Normal wäre es demnach auch gewesen, wenn die Lichtenstein-Knochen für eine DNA-Analyse nicht mehr getaugt hätten. Dreitausend Jahre! Da geht im Laufe der Zeit einiges an Informationen verloren.

Wie man sich doch täuschen kann! Bei den Fundstücken aus unserer Höhle war mal wieder alles ganz anders! Die waren regelrecht konserviert worden, denn gipshaltiges Wasser war in schöner Regelmäßigkeit von der Höhlendecke getropft und eine Gipsschicht hatte sich im Laufe der Zeit wie eine schützende Haut um die Knochen gelegt. Die Temperaturen in der Höhle, die bis heute konstant bei kühlschrankgerechten acht Grad liegen, hatten ihr Übriges dazu beigetragen.

Und dann gab es da noch die neueste Erfindung der modernen Genetik, die so genannte Methode der PCR, mit der sich die Göttingern Anthropologen zu der Zeit gerade befassten und sofort auf die DNA aus den Höhlenknochen anwandten.

PCR ist ein englischer Begriff, der zu Deutsch so viel heißt, wie Polymerase-Kettenreaktion. Da ich mittlerweile auch vom „Knochenfieber" befallen war und alles begierig aufsog, was mit „unseren" Skeletten zu tun hatte, suchte ich nach einer halbwegs verständlichen Erklärung der PCR-Methode.

Nach und nach kam ich dem Geheimnis auf die Spur. Wenn ich es richtig verstanden hatte, verbirgt sich hinter den drei Buchstaben PCR die Möglichkeit, auch geringe DNA-Reste aus Proben, wie sie in den Zahnwurzelstücken der Höhlenschädel zu finden waren, herauszulösen und so stark zu vermehren, dass eine umfassende Analyse möglich ist. Je nachdem, welche DNA-Abschnitte vervielfältigt und analysiert werden, lassen sich damit verschiedenste Fragen beantworten. Da war es im Fall unserer Bronzezeitmenschen sogar möglich, die einzelnen Knochen wieder einander zuzuordnen, so, wie sie auch schon zu deren Lebzeiten zu einem Körper gehört hatten.

Das funktionierte nicht etwa, wie bei einem Hobby-Mechaniker, der in seiner Garage einen VW-Käfer aus den Teilen verschiedener alter Modelle neu zusammenschraubt. Oh nein, die Bestimmung des so genannten „genetischen Fingerabdruckes" machte es möglich, die Skelette der Höhlenmenschen ori-

ginalgetreu zu rekonstruieren. Da geriet nichts durcheinander, denn alle Knochen, die zu einer Person gehörten, mussten ein und dasselbe DNA-Muster besitzen. Nur so ließ sich das Puzzle zusammensetzen.
Es wurde spannender. Nicht genug damit, dass die Anthropologen viele der achttausend Einzelknochen in seinen Skelettverbund zurückführen konnten, sie fanden auch sehr schnell heraus, dass es sich bei der Mehrzahl der Toten um die Angehörigen einer Familie handelte, verteilt über drei Generationen. Das war nun wirklich die Sensation! Alle, die bisher die Mord- und Totschlag-Theorie verfolgt hatten – und das war fast jeder, den ich kannte – konnten einpacken. Keine Menschenopferstätte, kein Tatort, kein Krimi, sondern, jeder existierenden Theorie zum Trotz, wahrscheinlich doch nur eine Familiengruft!
Aber was hieß schon „nur"? Urplötzlich hatte sich das Blatt mit der Mordthese gewendet und auf seiner Rückseite stand, was niemand auch nur im Traum erwarten konnte: Die Knochen der Bronzezeitmenschen aus der Lichtensteinhöhle bargen Erbgut in sich, das sie zur ältesten genetisch nachweisbaren Familie der Welt machte. In der Höhle waren also tatsächlich Eltern mit ihren Kindern und Kindeskindern bestattet worden! Eine nicht für möglich gehaltene Erkenntnis.
Aber es sollte noch besser kommen!
Ausschlaggebend für die folgende Aktion, die das Gefühlsleben der Sösetalbewohner gänzlich durcheinander wirbeln sollte, war aber nicht nur besagter genetischer Fingerabdruck, den man von der Knochen-DNA der Höhlenmenschen hatte erstellen können, sondern die Tatsache, dass man auch die väterliche und mütterliche Erblinie bestimmen konnte – wie bei einem Vaterschaftstest.
Jeder weiß, wie die Sache mit dem genetischen Fingerabdruck und dem Vaterschaftstest funktioniert. Zum Beispiel bei der Aufklärung von Kriminalfällen: Da hat ein Täter am Tatort kaum wahrnehmbare Spuren hinterlassen. Das kann ein Blutstropfen sein, etwas Speichel, ein Hautfetzen, ein Haar oder ähnlich verwertbares „Material". Rechtsmediziner erstellen dann mittels DNA-Analyse einen genetischen Fingerabdruck. So weit, so gut. Aber das reicht nicht, um einen Täter zu überführen. Es fehlt noch die Vergleichs-DNA. Ohne diese kann die Polizei einem Tatverdächtigen nur schwer nach-

weisen, dass es sich bei den Spuren vom Tatort um seine Spuren handelt. Also muss etwas her, das vom Verdächtigen stammt und womit sich ein weiterer, für einen Vergleich tauglicher, genetischer Fingerabdruck bestimmen lässt. Alle professionellen Freitagabend-Fernsehkrimi-Gucker wissen natürlich, wovon ich rede und wie das funktioniert. Das Ermittlergespann sucht den Tatverdächtigen in dessen Wohnung auf. Dort verwickelt der Kommissar den vermeintlichen Bösewicht in ein unverfängliches Gespräch, während sein Assistent vorgibt, die Toilette zwecks dringenden Geschäfts aufsuchen zu müssen. Der Assistent geht da auch tatsächlich hin, aber nicht, um zu pinkeln, sondern um vom Kamm des Verdächtigen ein paar Haare zu entwenden. Die dienen dazu, später im Labor einen genetischen Fingerabdruck zu erstellen und eventuell auch die Erblinie zu ermitteln. Die genetischen Informationen werden dann mit dem DNA-Bild verglichen, das die Rechtsmediziner von den Spuren am Tatort erstellt haben. Sollten die beiden DNA übereinstimmen, ist der Fall gelöst und der Täter ermittelt. Zumindest im Freitagabend-Krimi. Im wirklichen Leben kommt es aber eher vor, dass die Polizei, zum Beispiel im Zusammenhang mit einem Gewaltverbrechen, gleich ganze Völkerscharen aus dem Kreis verdächtiger Personengruppen zur freiwilligen Abgabe einer Speichelprobe bittet, in der Hoffnung, der Speichel des Täters möge darunter sein oder jemand käme trotz Einladung nicht zum Abgabetermin. Der wäre dann ganz besonders verdächtig.

Genau diese Ermittlungsmethode musste den Göttinger Anthropologen im Hinterkopf herum gespukt sein, als sie auf die Idee kamen, die vorhandenen genetischen Fingerabdrücke der Bronzezeitmenschen mit denen der lebenden Sösetalbewohner zu vergleichen.

Sie wollten also den Speichel möglichst vieler im Sösetal ansässiger Menschen einsammeln und daraus genetische Fingerabdrücke erstellen. Die Erklärung für dieses Ansinnen lieferten sie gleich mit: Genau wie man mit der DNA-Analyse einen Täter aus einer ganzen Reihe Tatverdächtiger zweifelsfrei herausfiltern kann, so kann man auch feststellen, ob es im Sösetal eventuell noch lebende Nachfahren der Bronzezeitmenschen gibt. Die Erblinie der Bronzezeitmenschen oder zumindest eines dieser Menschen muss nur mit der Erblinie eines lebenden Sösetalbewohners übereinstimmen.

So einfach war das!

Es gab viele, die das Vorhaben zunächst für eine völlig verrückte Idee hielten. Ich gehörte dazu. Nachfahren von Bronzezeitmenschen! Verwandt mit Knochen aus grauer Vorzeit! Wie sollte das denn funktionieren? Es lagen Jahrtausende dazwischen, in denen nicht weniger passiert war als Völkerwanderungen, ein paar Kriege, Seuchen und noch einiges mehr. Aber Verwandtschaft bedeutete doch, dass nichts die Familienbande durchtrennt haben durfte. Oder sollte ich mich da irren? Na schön, dachte ich mir, wenn seriöse Wissenschaftler auf so eine absurde Idee kommen, dann ist sie vielleicht gar nicht so absurd. Möglicherweise hat die Welt über die Jahrtausende einfach keine Notiz vom Sösetal genommen, ebenso wie seine Bewohner von der Welt keine Notiz genommen haben. Wir haben eben von Alters her im eigenen Saft geschmort. Ich wusste es zwar besser, aber wie anders sollte der mögliche Erfolg einer solchen Aktion begründet werden?
Es kam dann, wie es fast immer kommt: Wenn eine Idee erst einmal in den Köpfen steckt, besonders, wenn sie völlig verrückt erscheint, dann lässt sie sich kaum mehr vertreiben. Die Zweifel schwinden und sie entfaltet eine enorme Dynamik. Genau wie ein Sommergewitter. Wo eben noch Windstille herrschte und die Sonne aus allen Knopflöchern schien, überziehen urplötzlich schwarze Wolken den Himmel, Sturm kommt auf, Blitze zucken, Donner grollt und jeder, der die Himmelszeichen nicht früh genug erkannt hat, wird vom niederprasselnden Regen überrascht und binnen Sekunden bis auf die Haut durchnässt.
So müssen es auch einige bei uns im Dorf empfunden haben, als sie sich, kaum dass die Speichelprobe überstanden war, völlig unerwartet etlichen Reportermikrofonen gegenübergesehen haben und zu den neuesten Entwicklungen Rede und Antwort stehen sollten. Förste war plötzlich nicht mehr der berühmte weiße Fleck auf der Landkarte; Förste war über Nacht zum Mekka der Presse geworden und jeder, der irgendwie den Eindruck schuf, er habe eine Position oder ein Amt im Dorf inne, wurde interviewt.
Ich bin im Nachhinein froh, dass ich zu der Zeit bei den Journalisten noch nicht auf der Liste der VIPs aufgetaucht war, denn als bekannt wurde, dass die Anthropologen eine Speichelproben-Aktion in Förste durchführen wollten und welche Ergebnisse sie sich davon erhofften, fanden Leute, wie unsere engagierten Heimatforscher, keine Ruhe mehr. Ein Interview-Termin

jagte den nächsten. Die Armen mussten die Reporter zur Höhle führen, wurden zu ihren heimatkundlichen Aktivitäten befragt und natürlich immer wieder zu der bevorstehenden Speichelprobenaktion. Wie sie denn ihre eigenen Chancen sähen, mit den Bronzezeitmenschen aus der Lichtensteinhöhle verwandt zu sein und was das für Empfindungen bei ihnen auslöse, das waren die Fragen, die den Reportern wohl am heftigsten unter den Fingernägeln brannten. Verständlich, denn die Antworten darauf konnten nur spekulativ und mit Emotionen behaftet sein. Einblicke in das Gefühlsleben von Menschen, die möglicherweise dreitausendjährige Verwandte in Form von Skeletten in den Kühlkammern der Göttinger Anthropologen liegen hatten, das musste die anteilnehmenden Zeitungsleser, Radiohörer und Fernsehgukker einfach interessieren. Schicksale fremder Menschen waren schon immer der Quotenbringer!
Andererseits war es natürlich auch ein gewisses Hochgefühl, plötzlich vor Mikrofonen und Kameras zu stehen. Es gibt genügend Menschen, die ihr Leben lang versuchen, ins Rampenlicht zu kommen, und wenn sie es dann tatsächlich schaffen, machen sie sich einfach nur lächerlich.
Die neuen Förster Medienstars hingegen hatten sich nicht um Popularität gerissen, sie war ihnen beinahe aufgedrängt worden. Und sie wurden ernst genommen mit dem, was sie sagten! Schließlich ging es um ein ernstes Thema von großer Bedeutung. Deutschland suchte den Superstammbaum!
Es war eine aufregende Zeit und wir fieberten alle dem Termin der Speichelprobe entgegen. Fast alle Gespräche im Dorf drehten sich um die Fragen, wer an dem Termin teilnehmen würde und wer nicht, wie die Chancen stünden, verwandtschaftlich mit den Knochen verbandelt zu sein und so weiter und so weiter ...
Kleine Eifersüchteleien und alte Rivalitäten brachen sich Bahn. Einige rangelten um die Vorherrschaft vor den Reportermikrofonen, andere zogen sich scheu zurück und misstrauten dem ganzen Rummel. Besonders aber der alte Konkurrenzkampf um den Lichtenstein standen plötzlich wieder im Mittelpunkt der Förster: Seit feststand, dass nicht nur Einwohner aus Förste und Nienstedt, sondern auch die aus Eisdorf und aus Dorste am Probentermin teilnehmen sollten, kochten die Emotionen sowohl in Förste, wie auch in Dorste hoch, genüsslich geschürt von den Reportern, die ihre Hausaufgaben

gemacht hatten und sehr wohl über den alten Zwist um das Waldstück und den Berg informiert waren. So schwärmten sie in beide Richtungen aus und stellten ihre verfänglichen Fragen.
Ich fand es erstaunlich, mit welcher Gelassenheit und Diplomatie die Befragten aus Förste und auch aus Dorste den Fallstricken auswichen und dem jeweiligen Gegner um die Lichtensteinvorherrschaft den möglichen Triumph gönnten, mit ein paar Uraltknochen verwandt zu sein. Aber ich war mir sicher, hinter den gönnerhaften Fassaden brodelte es. Für uns Förster wäre es eine Katastrophe gewesen, einen Dorster als Verwandten der Bronzezeitmenschen akzeptieren zu müssen. Und ich denke, den Dorstern ging es genauso.

Die Speichelprobe und das lange Warten

Der Termin war auf den 20. Januar 2007 angesetzt. Das war ein Samstag und das Göttinger Projektteam, das die Speichelproben einsammeln wollte, hoffte natürlich auf möglichst viele Freiwillige. Wenn es gelänge, vierzig oder fünfzig Personen zum Test zu bewegen, dann wären der Aufruf zur Speichelprobe und die Vorbereitungen nicht umsonst gewesen. So viele Teilnehmer waren die Voraussetzung für ein halbwegs aussagekräftiges Ergebnis der Analyse.

In der Nacht vom Donnerstag zum Freitag hielt aber erst einmal der Orkan Kyrill ganz Norddeutschland und insbesondere den Harz in Atem. Angesichts der vorhergesagten Orkanstärke und den damit einhergehenden Gefahren richteten sich die Gedanken der Menschen in unserer Region natürlich auf die Zerstörungen, die Kyrill möglicherweise anrichten würde. Die Speichelprobe wurde für eine Nacht zur Nebensache und drang erst wieder in den Vordergrund, als feststand, dass sich die Sturmschäden hauptsächlich auf den Harz konzentrierten und Kyrill das Vorland, einschließlich des Sösetals weitgehend verschont hatte.

Nach dem kollektiven Aufatmen stand der Teilnahme an der Speichelproben-Aktion nichts mehr im Weg und etliche Sösetaler, natürlich in der Mehrzahl aus Förste, machten sich auf zur Förster Grundschule, wo seit dem Morgen bereits ein geschäftiges Treiben herrschte. Es waren wirklich viele, die kamen! Niemand, am allerwenigsten das Göttinger Anthropologenteam, hatte mit einer derart überwältigenden Resonanz auf den Aufruf zur Speichelspende gerechnet. Fast dreihundert Personen, Frauen, Männer und Kinder, ließen keinen Zweifel daran, dass sie es wissen wollten! Gab es den oder die Nachfahren der Bronzezeitmenschen tatsächlich? Und wenn ja, wer würde es sein? „Nein, nein, ich bin es bestimmt nicht!“ ließ jeder wissen, der nach seinen Erwartungen gefragt wurde. Aber insgeheim hofften alle, auf sie möge das Los fallen. Es mutete ein wenig an, wie der Sturm auf die Lotto-Annahmestelle, wenn wieder mal ein besonders hoher Millionengewinn im Jackpot lag. Mir ging es nicht anders. Ich winkte ab, erklärte, dass es da einige Teilnehmer gebe, deren Biografie einschließlich ihres bekannten Stammbaumes sie zu ganz heißen Kandidaten in der Nachfahrenfrage mache. Und doch hoffte ich auf eine gewisse Chancengleichheit. Ach was! Natürlich hoffte ich darauf, selbst die besten Chancen von allen zu haben. Aber das hoffte jeder! Mal ehrlich, was hätte mich, oder auch alle anderen Teilnehmer, denn sonst dazu bewegen sollen, unseren Speichel in die Hände von wildfremden Forschern zu geben, wenn uns nicht die Erwartung getrieben hätte, auf diesem Wege unsere Blutsverwandtschaft zu den Bronzezeitmenschen nachgewiesen zu bekommen. Es war ein eigenartiges Kribbeln, das meinen Körper durchzog, wenn ich nur daran dachte. Es war diese Art von Traumbild, das man sich in Gedanken malt, schön und in leuchtenden Farben, mit sich selbst im Mittelpunkt. Was aber würde passieren, sollte der Traum Wirklichkeit werden? Weder ich, noch sonst jemand konnte in jenen Tagen die Folgen auch nur erahnen.

Egal, warum sollten wir uns die schönen Träume mit Zweifeln und unnützen Fragen zerstören? Warum sollten wir weiter denken, als über den Tag hinaus? Es war Speichelprobentag. Es war ein außergewöhnlicher, ein spannender Tag. Solche Tage muss man genießen, man muss sie feiern! Wir in Förste konnten das schon immer sehr gut. Es lag uns einfach im Blut. Kein Wunder, dass die Speichelproben-Aktion ein Erfolg werden musste!

Ich war gespannt, was mich hinter den Mauern der Grundschule erwartete, als ich am Samstag gegen 14 Uhr die Stufen zum Haupteingang hinaufging und gleich hinter der gläsernen Eingangstür auf etliche Informationstafeln stieß, die mir die Geschichte der Lichtensteinhöhle von ihrer Entdeckung bis zu jenem Probentag in anschaulichen Bildern und informativen Texten näher brachte. Ich war natürlich mittlerweile mit den Entwicklungen bestens vertraut und hielt mich daher nicht lange an den Tafeln auf. Aber es gab ja immer noch diejenigen, die sich aus den etwas abseits des Lichtensteins liegenden Dörfern Ührde, Schwiegershausen, Marke oder auch Wulften zur Abgabe ihres Speichels auf den Weg gemacht hatten. Unter diesen Freiwilligen gab es sicher noch Informationsbedarf, wie auch unter den allgegenwärtigen Vertretern von Presse, Funk und Fernsehen.

Ich steuerte den Musiksaal an. Hier hatte sich das Anthropologenteam eingerichtet und sein provisorisches Labor aufgebaut. Susanne Hummel, die

Teamchefin, ließ es sich nicht nehmen, alle Teilnehmer persönlich zu begrüßen und mit der Prozedur der Speichelprobenentnahme vertraut zu machen. Ich hatte mir den Ablauf komplizierter vorgestellt. Gemessen an der Bedeutung der Aktion erschien mir das Verfahren geradezu banal. Einen Fragebogen musste ich ausfüllen, mit allen meinen persönlichen Daten und natürlich mit Angaben zu meinen Vorfahren, soweit ich dazu in der Lage war. Danach durfte ich mich in die Reihe der wartenden Testpersonen einreihen, durfte mein Wattestäbchen in Empfang nehmen und höchstselbst in meiner Mundhöhle von der Wangeninnenseite einen Abstrich meiner Mundschleimhaut nehmen. Das Verfahren glich dem der Massenveranstaltungen der Polizei, wenn ein Täter per DNA ermittelt werden sollte und wurde genauso bei einem Soloauftritt zum Vaterschaftstest angewandt, hatte ich mir sagen lassen. Mit dem kleinen Unterschied, dass niemand in Förste Angst vor dem Ergebnis haben musste.

Natürlich hatte ich noch kurz, bevor ich zur Grundschule aufgebrochen war, ordentlich meine Zähne geputzt. Zähneputzen sei wichtig, stand im Einladungsschreiben, damit es in der Speichelprobe keine Verunreinigung durch bakterielle DNA gebe. Das leuchtete mir ein, obwohl mir solch ein Zähneputzen außer der Reihe immer ein wenig Bauchschmerzen bereitet, lässt es mich doch an einen bevorstehenden Zahnarztbesuch denken.

Wie auch immer, in der Förster Grundschule ging alles völlig harmlos und schmerzfrei über die Bühne. Wenigstens der Mundschutz der beiden Studentinnen, die uns die Wattestäbchen überreichten, sie wieder entgegennahmen, in Reagenzgläschen steckten und die Proben registrierten, deutete darauf hin, dass hier keine Spaßveranstaltung abgehalten wurde. Ganz im Gegenteil! Unser aller Speichel war neben der grundsätzlichen Bedeutung für die Ahnenforschung auch der Stoff, der den beiden Studentinnen vom Anthropologischen Institut für ihre wissenschaftlichen Abschlussarbeiten dienen sollte. Wir konnten also dazu beitragen, dass zwei jungen Mädchen der Weg ins Berufsleben geebnet wurde. Ehrensache, dass wir uns da gerne zur Verfügung stellten.

Wie schon angedeutet, war jener Samstag im Januar auch für die Medien ein wichtiger Termin. Vielleicht gab es keine neuen Erkenntnisse zu sammeln, aber den Kameras bot sich die einmalige Möglichkeit, der ländlichen Bevölkerung aus der Vorharz-Region nicht nur aufs, sondern endlich auch mal ins Maul zu schauen. Was normalerweise unseren geliebten Zahnärzten vorbehalten ist, bekam die Welt wenige Tage später frei Haus geliefert – den Blick in die Mundhöhlen eingeborener Sösetaler, die zudem noch eine ununterbrochene mütterliche oder väterliche Stammbaumlinie zu den Bronzezeitmenschen der Lichtensteinhöhle nachweisen konnten ... zumindest der eine oder andere, möglicherweise.

Als am Spätnachmittag des 20. Januar das provisorische Forschungslabor in Förste wieder abgebrochen wurde, als Kreisarchäologe Flindt und Anthropologin Hummel der Stadt Osterode für ihre unbürokratische Hilfe im Zusammenhang mit der Bereitstellung der Schulräume gedankt hatten, begann das große Warten.
Wie lange würde es dauern, bis es Nachricht aus Göttingen gäbe? Wann würde bekannt gegeben, ob tatsächlich jemand mit den Bronzezeitmenschen verwandt war? Wenigstens ein paar Zwischenergebnisse hätte man uns bestimmt innerhalb kürzester Zeit liefern können! Das konnte doch nicht so schwer sein, oder?
Aber es geschah nichts. Lange Zeit regte sich niemand von den Göttinger Forschern und so überbrückten wir das Warten mit Spekulationen. Natürlich mischten, wie immer, die Reporter und Journalisten der unterschiedlichsten Sender und Magazine kräftig mit und hielten die Debatte am Kochen. Wahrscheinlich glaubten sie, dass die Mitglieder der Familie Binnewies allein wegen unseres ehemaligen Dorfchronisten Werner Binnewies und ihres eigenen unermüdlichen Engagements in Sachen Heimatkunde wesentlich tiefere Spuren in der Förster Dorfgeschichte und der Geschichte des Sösetals hinterlassen hatten, als andere. Folgerichtig nahmen sie an, im Binnewies-Clan müsse sich demnach auch der Nachfahre der Bronzezeitmenschen finden. Also hingen sie besonders Bernd, dem Sohn von Werner Binnewies und Helga Häusler, der Vorsitzenden des örtlichen Arbeitskreises für Kultur, Tradition und Volkskunde und zudem einer geborenen Binnewies, am Hosen- und Rockzipfel und bekamen dafür einen Binnewies-Stammbaum präsentiert, der bis zum Jahr 1535 zurückreicht. Alle „Binnewiese“ waren und sind echte Förster und besonders die väterliche Binnewies-Linie gilt als kernig,

zupackend, bestimmend, teilweise sogar als streitbar. Wenn das nicht alles Attribute waren, die die vermeintlichen Verwandten der Bronzezeitmenschen auszeichneten! Den Reportern schienen derartige Biografien jedenfalls wunderbar in das Bild zu passen, das sie sich wohl schon lange vorher von den Nachfahren gemacht hatten: urwüchsig, keulenschwingend – die perfekte dörfliche Steinzeitromantik.

Zum Glück hatte das Reportervolk aber auch andere Themen im Visier, was ihren bevorzugten Interviewpartnern etwas Luft verschaffte. Wie es schien, wollten sie die Wartezeit bis zur Bekanntgabe des Analyseergebnisses auf unterhaltsame Weise verkürzen, indem sie den alten Konflikt zwischen Förstern und Dorstern ausgruben und ordentlich anheizten. Sie glaubten offensichtlich, einige explosive Details zu erfahren, wenn man nur energisch nachbohrte. Also suchten sie sich in den beiden Dörfern neue Opfer, bei denen sie mit ihren Fragen Öl ins Feuer gossen, in der Hoffnung auf Antworten, die Zündstoff in sich bargen, um das mediale Sommerloch in Sachen Lichtenstein-Nachfahren zu sprengen.

Na ja, was die Öffentlichkeit dann letztendlich so alles zu hören und zu lesen bekam, schien durchaus zu bestätigen, dass es nicht immer und unbedingt harmonisch zwischen unseren beiden Dörfern zugegangen ist und zugeht. Angeblich hätten wir Förster den Dorstern ihre Schulkinder weggeholt, war zu hören und zu lesen. Ich fand die Behauptung schon etwas gewagt, denn wir Förster sind keine Rattenfänger. Wenn die Kinder aus den umliegenden Dörfern aber nach Förste kommen müssen, weil wir hier eine Schule haben, dann ist das Schulpolitik, die auf höherer Ebene gemacht wird. Ich hole jedenfalls niemandem die Kinder weg, obwohl ich Lehrer bin!

Und jetzt auch noch die Speichelproben und der DNA-Test. An den Dorstern soll das angeblich alles irgendwie vorbeigegangen sein. Von dem Test hatten sie, wie es schien, erst sehr spät erfahren. Das orientiert sich mehr auf Förste, die hatten da vielleicht nähere Beziehungen, tönte es aus Dorste. Das klang überhaupt nicht gönnerhaft.

Über so viel kindisches Getue konnte ich nur den Kopf schütteln. Ich überlegte, ob man solche Zwistigkeiten nicht wieder auf herkömmliche Weise lösen könnte. Man sollte das alljährliche Treffen der Dorster und Förster am Himmelfahrtstag unter der Burgruine wieder zu dem machen, was es früher einmal war: ein Ort und ein Tag, um sich mal so richtig unter Nachbarn auszusprechen, mit schlagenden Argumenten auf beiden Seiten. Dann hätte niemand mehr Grund und wahrscheinlich auch keine Lust, seinen Unmut vor Reportermikrofonen hinaus zu posaunen. Jeder würde sich auf Himmelfahrt freuen, wüsste er doch, nach diesem Tag und dem Treffen an der Burgruine wäre das eigene seelische Gleichgewicht wieder hergestellt. Für mindestens ein Jahr.

Aber nicht nur die Dorster, auch wir Förster waren es einfach nicht gewohnt, dass sich das öffentliche Interesse, besonders nach dieser Speichelprobenaktion so intensiv auf uns richtete. Plötzlich im Rampenlicht zu stehen, ständig Interviews geben zu müssen, das bereitete schlaflose Nächte. Nicht nur denen, die vor den Mikrofonen ihre Empfindungen, Träume und Hoffnungen zum Besten geben sollten, sondern auch denen, die im Schatten standen und dort nicht wahrgenommen wurden. Das konnte schon nerven, fühlte man sich doch mindestens genauso in Förste verwurzelt, wie einige „Vorzeige-Förster". Allerdings überwog zu guter Letzt doch die Neugier und die aufgeheizte Stimmung kühlte wieder etwas ab.

Und endlich, im Juli war es soweit. In der Uni Göttingen wurde eine Pressekonferenz anberaumt. Die Anthropologin, Susanne Hummel, konnte der Öffentlichkeit mitteilen, dass sie und ihr Team bei fünf Männern auffällige Übereinstimmungen mit der DNA der Bronzezeitmenschen entdeckt hatten. Sie warnte jedoch vor voreiligen Schlussfolgerungen, da man ein endgültiges Ergebnis erst nach weiteren, sogenannten biostatistischen Analysen erhielte. Und bis dahin sei nichts sicher.

Mehr wollte sie zu dem Thema nicht sagen. Wenn jemand darauf gehofft hatte, Namen zu erfahren, so wurde er enttäuscht. Trotzdem wurden die Erklärungen der Anthropologin in Förste wie eine Sensation aufgenommen und die Spekulationen erhielten reichlich neue Nahrung. Wenn nun ein Nachfahre der Bronzezeitmenschen tatsächlich aus Förste käme. Nicht auszudenken, was dann los wäre! Förste wäre berühmt und ginge womöglich in die Geschichte ein!

In Dorste hatten sie natürlich auch gehört, was auf der Pressekonferenz gesagt wurde. Und schon flackerte er wieder auf, der alte Zwist. Eigentlich hätte man in Dorste ja mehr Anrecht auf so einen Nachfahren, wegen der

ganzen Eigentumsgeschichte und überhaupt, wenn da nur nicht die Familie Binnewies wäre ...
Ich fand diese Animositäten einfach nur noch lustig. Als ob rechtliches Eigentum entscheidend war für eine genetische Übereinstimmung mit der Knochen-DNA der Bronzezeitmenschen!
Egal was die Dorster fühlten oder dachten, in Förste war man sich sicher, dass der Nachfahre nur ein Förster sein konnte. Einige schienen sogar mehr zu wissen, als andere. Im „Schwarzen Bären", so glaubten nicht wenige, saßen die Hellseher an den Stammtischen und lasen die Namen des oder auch der Nachfahren aus ihren Biergläsern.
Förstes stellvertretender Bürgermeister Fröhlich brachte die Angelegenheit schließlich auf den Punkt:
„Ich denke, wir sehen das sportlich", gab er bekannt und nahm damit allen Heißspornen in beiden Dörfern den Wind aus den Segeln.

HöhlenErlebnisZentrum

Dem „Eseltreiber“, unserem Osteroder Online-Magazin war es schließlich vorbehalten, mich als Nachfahren der Bronzezeitmenschen öffentlich bekannt zu machen.
Nachdem die Göttinger Anthropologen ihre Untersuchungen abgeschlossen hatten und mit größter Wahrscheinlichkeit zwei männliche Nachfahren der Bronzezeitmenschen vorweisen konnten, taten sie das zunächst im Verborgenen und unterrichteten nur die Betroffenen darüber. Die Öffentlichkeit sollte etwas später im Rahmen einer Präsentation in der Förster Mehrzweckhalle informiert werden.
Ganz Förste, oder wenigstens ein Großteil der Förster Einwohner freute sich auf diese Veranstaltung und es hieß, es solle eine zünftige Party geben. Mir fielen gleich diese so genannten „Release-Partys“ ein, wie sie von Musikern veranstaltet werden, die ihre neu auf den Markt gebrachte CD vorstellen möchten. Was Förste angeht, so wunderte es mich überhaupt nicht, dass eine schlichte Ergebnis-Präsentation zur Mega-Fete umgestaltet werden sollte. Mit so etwas hatte man in Förste eine gewisse, historisch gewachsene Erfahrung. In unserem Dorf war seit jeher schon der geringste Anlass Grund für eine ausschweifende Feier gewesen.
Hier ging es aber nicht gerade um einen geringen Anlass. Hier wurde Geschichte geschrieben und lebende Personen waren davon betroffen. Das musste den Verantwortlichen reichlich Sorgen bereitet haben und auch mir war etwas mulmig zumute, obwohl ich mich klar dazu bekannt hatte, mich mit meiner Nachfahrenschaft in den Dienst meines Heimatdorfes zu stellen und nicht vor der Öffentlichkeit zu kneifen.
Außerdem gab es da noch den zweiten Kandidaten, dem seine Privatsphäre zu dem Zeitpunkt wahrscheinlich wichtiger war. Das musste man respektieren und Datenschutz war und ist nun einmal ein heikles Thema.
Kurz und gut, die für den 24. November 2007 vorgesehene Veranstaltung wurde abgesagt, die „Weltpresse“ konnte ihre „Bluthunde“ zurückpfeifen, Förste wurde um eine aufregende Veranstaltung gebracht und alle Neugierigen mussten sich weiterhin in Geduld üben.

Um dem Warten ein Ende zu bereiten, gab ich dem Betreiber des Eseltreibers, Lutz Pusecker, schließlich grünes Licht zur Veröffentlichung meines Namens. Allen Stammtischspekulationen im „Schwarzen Bären“ konnte ich so ein Ende bereiten und manch einer würde sich wohl wundern, wie sehr er mit seiner Prognose daneben gelegen hatte. Ich hoffte nur, dass ich mir nicht sämtliche Dorster zu Feinden machte, war aber letztendlich überzeugt, dass diese hochgespielte Neiddiskussion wenig mit dem realen Zusammenleben unserer beiden Dörfer zu tun hatte. Bestimmt konnten wir wieder zur Tagesordnung übergehen, wenn sich nach der Bekanntgabe meines Namens die Wogen geglättet hatten.

Lutz Pusecker ließ die Leser des Eseltreibers allerdings noch eine Weile zappeln, präsentierte ihnen täglich eine kurze Information, eine Andeutung oder eine Bildmontage und erzeugte so zusätzlich Spannung, die den Topf mit Spekulationen natürlich wieder zum Überkochen brachte. Als es dann aber heraus war, als mein Name endlich genannt war, kam die Reaktion darauf lediglich einer großen Seifenblase gleich, die mit einem leisen „Plopp“ zerplatzte.

„Hab ich's doch gewusst“, tönte es aus einigen Ecken, doch mehr war da nicht. Ich hatte zwar meinen Titel weg, ich war offiziell „der Nachfahre“, wurde spöttelnd „der Dreitausendjährige“ genannt, doch wirklich zu interessieren schien es niemanden mehr. Das wunderte mich schon, denn gemessen am Staub, den die Geschichte zuvor aufgewirbelt hatte, blieb es jetzt ungewöhnlich ruhig. Nun mag es sein, dass ein regionales Online-Magazin nur von einer Handvoll Landkreisbewohnern genutzt wird und auch überregional kaum Beachtung findet. Aber weder hatte die berühmte Mundpropaganda meinen Namen in Windeseile unter die Leute getragen, noch war die „Weltpresse“ aufmerksam geworden, die sonst bekanntlich einen Floh husten hört. Es schien fast, als sei das Thema, nachdem das Ergebnis der DNA-Analyse feststand, keinen Pfifferling mehr wert.

Auch unser Kreisarchäologe Dr. Flindt hielt sich sehr bedeckt und scheute ein wenig davor zurück, mich der Fachwelt vorzustellen. Er erklärte mir, als ich ihn bei meinem Antrittsbesuch als „Nachfahre“ danach fragte, dass er erst noch einige sehr wichtige und dringliche Arbeiten zu Ende bringen müsse, ehe er sich dem zu erwartenden Ansturm der Medien stellen könne. Außer-

dem gäbe es da noch den zweiten Nachfahren, der sich immer noch nicht entschlossen habe, seinen Namen preiszugeben.
Gut, sagte ich mir, du hast es nicht allein in der Hand und solltest dem Mann ruhig das Handeln überlassen. Er kennt sich mit diesen Dingen besser aus, als du.
Also gab ich mich zunächst zufrieden, auch wenn ich einigermaßen enttäuscht war von der mäßigen Resonanz, die ich erfuhr. Das ganze Gerede der Leute, die im Nachfahren der Bronzezeitmenschen schon den neuen Popstar der Wissenschaft gesehen hatten, die sich den Ruhm und die Ehre gegenseitig missgönnt hatten, all dieses Getöse hatte mich doch nicht unberührt gelassen und geheime Wünsche und Hoffnungen in mir geweckt, die nun wohl unerfüllt bleiben sollten.

Doch so, wie mich die Woge der Begeisterung zuvor nicht in höchste Höhen getragen hatte, so sank ich jetzt auch nicht in das tiefste Wellental. Bei aller vorangegangenen Euphorie und allem Lärm, so sagte ich mir, sei die Suche nach dem Verwandten der Bronzezeitmenschen doch ausschließlich im Dienste der Wissenschaft geschehen und habe anderes im Blickfeld gehabt, als nur den Ruhm einer einzelnen Person. Niemand war auf der Suche nach einem neuen Superstar gewesen, auch wenn es einigen sehr gut in den Kram gepasst hätte.
Dafür gab es aber eine ganz neue Perspektive. In Bad Grund wurde schon seit einiger Zeit an dem sogenannten HöhlenErlebnisZentrum gebaut. Das sei ein Leuchtturmprojekt für den Harz, tönte es aus etlichen berufenen Mündern. Und tatsächlich, nach vorausgegangenen harten Kämpfen auf politischer Ebene und nachdem eine fünfjährige Planungs- und Finanzierungsphase abgeschlossen war, hatte man mit dem Bau dieses mit Mitteln der Europäischen Union und Spendengeldern öffentlicher Einrichtungen geförderten Ausstellungsbaus begonnen. Das Gebäude sollte direkt an die Iberger Tropfsteinhöhle angedockt und somit ein Museum „am“ und „im“ Berg werden. Einmalig würde das HöhlenErlebnisZentrum in Europa sein, hieß es. Einmalig, außergewöhnlich, sensationell – das waren Superlative, die uns inzwischen schon wie selbstverständlich über die Lippen kamen.

Aber wenn wir schon von so viel Einmaligkeit überschwemmt wurden, dann konnten wir auch stolz sein auf unsere Heimat. Ich war es jedenfalls, besonders, weil ich indirekt ein Teil dieser Einmaligkeit werden sollte. Das hört sich vielleicht komisch an, aber der Clou des HöhlenErlebnisZentrums und der erwartete Publikumsmagnet sollte die Lichtensteinhöhle werden! Mitsamt einer kompletten Bronzezeitfamilie, rekonstruiert aus den Knochen, die man in der Höhle gefunden hatte!

Trotz allem, was ich in den zurückliegenden Wochen und Monaten gehört, gesehen und erlebt hatte, konnte ich immer noch staunen. Natürlich wollte ich unbedingt mehr wissen!

Ich erinnerte mich, dass man die Lichtensteinhöhle nach ihrer Entdeckung vermessen hatte. Ausgehend von Vermessungspunkten, die das Katasteramt im Außenbereich um die Höhle herum bestimmt hatte, waren die Höhlenforscher in der Lage gewesen, auf diese Punkte Bezug zu nehmen und das Innere der Höhle präzise aufzumessen und zu kartieren. Dank dieser „Vorarbeit" schließlich konnte der international renommierte Modellbauer Yves-Michel Moscato aus Münster zusammen mit einer Stahlbaufachfirma aus Osnabrück die Lichtensteinhöhle auf einer Länge von fünfzehn Metern in Originalgröße nachbilden. Dieses Modell sollte seinen Platz im HöhlenErlebnisZentrum bekommen, aufgehängt unter der Decke im Obergeschoss der Vorhalle, und zwar so tief, dass Besucher durch die Höhle hindurchkriechen und so etwas von der Enge würden spüren können, die in der Original-Höhle herrscht. Schon faszinierend, fand ich.

Aber was ist schon ein Stück Höhle, nachgebaut aus Kunststoff, Stein und Stahl, gegen eine Bronzezeitfamilie, bestehend aus Mama, Papa und Tochter? Rekonstruiert anhand der vorliegenden Knochen und Schädel würden sie aussehen, als seien sie geradewegs der Bronzezeit entsprungen und ohne Umwege in die Gegenwart geraten. Die Aussicht, diesen Figuren eines Tages leibhaftig gegenüberzustehen und zu wissen, das sind meine Vorfahren – da blieb mir doch die Spucke weg! Ein unbeschreibliches Gefühl war das, so eine seltsame Mischung aus Angst, Neugier und Zweifel. Das erschien mir alles so unwirklich, dass ich befürchtete, an der Vorstellung möglicherweise irre zu werden. Ich konnte mir die Schlagzeile schon vorstellen:

Nachfahre begrüßt im HöhlenErlebnisZentrum seine Ahnen aus der Bronzezeit!
Krasser ging es nun wirklich nicht! Es würden ja keine Puppen sein, von irgendeiner schrägen Fantasie zum Leben erweckt. Nein, Basis der Nachbildungen würden die Knochen jener Menschen aus der Höhle sein, echte, uralte Knochen! Die Knochen meiner Ahnen! Wie sollte ich das jemandem beibringen, der eines Tages vielleicht völlig unbedarft in diese Geschichte hineinstolperte? Der Vorharz, ein Irrenhaus der besonderen Art?
Zum Glück entdeckte ich auch ein paar Mut machende Aspekte in diesen wirren Zukunftsaussichten. Durch die Nachbildungen der Bronzezeitmenschen konnte endlich mit der Mär vom gebeugten, dicht behaarten, keulenschwingenden und Grunzlaute von sich gebenden Urzeit-Menschen aufgeräumt werden. Dieses Vorurteil, das immer wieder mal aufgetaucht war, verschwände endgültig im Reich der Fantasie und jedermann würde sich mit eigenen Augen von dem hohen körperlichen Entwicklungsstand überzeugen können, der dem heutiger Menschen in nichts nachstand. Ich hoffte inständig, dass damit auch sämtliche Fragen nach der Beschaffenheit des Nachfahren-Körpers verstummten. Bei allen Schandtaten, zu denen ich im Dienste der Wissenschaft und zum Wohle meines Heimatdorfes bereit war, hatte ich doch überhaupt keine Lust, vor jedem Neugierigen meinen Oberkörper zu entblößen, nur um zu beweisen, dass daran rein gar nichts „steinzeitmäßig" anmutet.

Eine Zeitreise

Meine Sippe

Demnächst würde ich also meinen Vorfahren, oder wenigstens einigen Angehörigen meiner Bronzezeit-Sippe leibhaftig gegenüberstehen. Aber ich wusste, es wäre mir nicht genug, sie nur zu betrachten, wie sie als modellierte Nachbildungen stumm und starr in einem Museum ihr Dasein fristeten. Ich wollte mehr. Ich wollte mir ein Bild von ihrer Zeit und von ihnen selbst machen, wollte sie beim Namen nennen und sie in meinen Gedanken zum Leben erwecken. Ich hatte es mir in den Kopf gesetzt, in ihre Welt einzutauchen und sie ein wenig zu „beobachten".

Natürlich war mir klar, dass ich mit Fantasie allein nicht weit käme, doch mit dem Wissen und den Erkenntnissen eines Archäologen und einer Anthropologin, auf die ich jederzeit zurückgreifen konnte, dazu mit einer Menge Informationen aus dem Internet und aus Büchern, hatte ich keine Sorge, mir aus all den kleinen Puzzleteilchen die ganz große „Familien-Saga" zusammensetzen zu können.

Meine Reise in die Vergangenheit konnte beginnen. Voller Neugier fragte ich mich, wem ich wohl als erstes begegnen würde? Ich war gespannt auf die Mitglieder meiner Sippe, auf ... ja, auf wen eigentlich? Wie hatten sie denn nur geheißen, die bronzezeitlichen Huchthausens? Diese Familie, bestehend aus Vater, Mutter und Tochter und sicher noch weiteren Anverwandten? Dummerweise weiß bis heute niemand etwas Genaues über die Namen der Menschen jener Zeit, oder etwa darüber, wie sie Tiere, Gebirge, Landschaften und Flüsse nannten. Es gibt nun mal keine schriftlichen Überlieferungen aus jener Zeit, die in unseren Breiten die Schrift noch nicht kannte. Immerhin weiß man, dass indogermanische Einflüsse ihre Sprache geprägt haben sollen. Ein recht breit gefächertes Sprachenspektrum, aber wenigstens ein Anhaltspunkt. Was soll's, dachte ich mir, ich werde sie Gisil, Agilatrud und Igwa nennen. Vielleicht gab es auch noch einen Durin und einen Eldi. Die Namen klingen gut und für meine Begriffe auch ziemlich „bronzezeitlich". Soll mir erst einmal jemand beweisen, dass meine Verwandten nicht so hießen.

Zu ihnen also machte ich mich auf den Weg, etwa dreitausend Jahre vor unserer Zeit.

Ich traf sie auf einem Plateau am Nordhang des Lichtsteins, der heiligsten ihrer heiligen Stätten. Dem Ort, wo sie Leben zurückgaben und wo sie um neues Leben baten. Dem Ort, wo sie der Göttin des Lebens am nächsten waren, jener Macht, die den Lauf der Sonne bestimmte und deren Schoß die Erde war, die alles Leben gebar.

Wieder einmal standen sie dort oben; Gisil und neben ihm Agilatrud, seine Frau. Etwas abseits die Priester mit ihrem Höchsten in der Mitte, dazu die Ältesten und etwas im Hintergrund die Lurenbläser und weitere Angehörige der Siedlungsgemeinschaft. Allein die Kinder, Gisils Sohn und seine Tochter, waren aus der andächtigen Starre ausgebrochen und streunten durch das dichte Unterholz am Hang des Lichtsteins.

Soeben hatten sie ein weiteres Mitglied ihrer Sippe der Göttin zurückgegeben. Gisils Onkel war nach nur wenigen Monden seinem Vater in die Höhle gefolgt. Außer ihm hatte keiner von den Alten mehr unter den Lebenden der Sippe geweilt. Nun hatte auch er seine letzte Reise angetreten und Gisil wusste, dass die Angehörigen seiner Generation jetzt zu den Ältesten der Siedlung gehörten und er selbst oder seine Frau die Nächsten sein würden, die für immer hinab ins Reich der Erdgöttin stiegen, wenn nicht die bösen Geister mit zerstörerischer Macht dem jungen Leben ihrer Kinder noch vor ihnen ein Ende setzten. Die Geister und Dämonen waren unersättlich. Sie machten vor niemandem Halt, schlugen wahllos zu; ob armer Bauer oder reicher Kaufmann, ob Herrscher oder Untertan, jeden konnte es treffen. Sie kamen am Tag und in der Nacht, unsichtbar, unfassbar. Sie schlichen sich in ihre Körper, verunstalteten sie, verbrannten sie, saugten sie aus. Ob jung oder alt, sie waren nicht wählerisch. Aber wenn sie die jungen Leben holten, war es besonders schlimm. Schon einige Male hatten Eltern aus der Siedlung und von den Gehöften an den Hängen rings um das Tal um ihre Kinder getrauert, die schwach und hilflos auf ihrem Lager dahingesiecht waren und deren Augenlicht in wenigen Tagen verblasst war. Auch der Heiler aus der Mitte der Priesterschaft hatte ihnen mit seinen Kräutern, Salben und Säften, mit all seinen Beschwörungen, Gebeten und Heilungsritualen nicht helfen können. Am größten war die Verzweiflung jedoch immer dann gewesen, wenn er einigen von ihnen nur deshalb hatte keine Heilung bringen können, weil er und seine

Priesterbrüder zu spät auf deren Höfe gekommen waren. Lange Wege um das Tal im Westen herum hatten sie in Kauf nehmen müssen, wenn ihnen die Nachricht von einem neuen Krankheitsfall zu Ohren gekommen war. Und diese Nachricht hatte dann bereits einen ebenso langen Weg hinter sich gehabt. Zeit, die vertan war im Kampf um das Leben eines Clanangehörigen. Doch es gab kaum eine andere Möglichkeit, die Gehöfte zu erreichen. Kein Pfad führte durch die verfluchten Sümpfe im Tal. Und wer es dennoch versuchte, auf direktem Weg zu den Westhängen zu gelangen, begab sich in Gefahr – in tödliche Gefahr!

Ein kalter Schauer überzog Gisil, als er daran dachte, dass er vielleicht den Tod seiner eigen Kinder würde erleben müssen, dass er wieder hier würde stehen müssen, noch bevor er sie alles gelehrt hatte, was wichtig war, um einmal an seine Stelle treten zu können, sein Andenken würdig zu bewahren und sein Erbe zu neuem Glanz und Ruhm zu führen.

Gisil glaubte fest daran, dass die Göttin die Toten gnädig bei sich aufnahm. Alles Leben kam von ihr. Sie gab es für eine kurze Zeit aus ihrer Hand, dann nahm sie es zu sich zurück. So war der ewige Lauf. Aber war sie auch gegenüber den Lebenden zu Beginn der bevorstehenden warmen Tage wieder gnädig gestimmt? War sie zufrieden mit dem Tun ihrer Kinder, die sie zwar aus ihrer Obhut entlassen hatte, über die sie aber zu allen Zeiten wachte? Waren ihr die Opfer genug gewesen, die ihr die Sippe, gemäß den überlieferten Ritualen, dargebracht hatte? Würde sie ihnen Wohlstand, Gesundheit und eine reiche Ernte schenken, bis dann die kalten Tage wieder Mühsal und Entbehrung brachten?

Schon zu Zeiten seines Großvaters hatte die Sippe der Erdgöttin hier im Lichtenstein regelmäßig geopfert, wenn im ewigen Rhythmus der Zeiten nach Frost und Schnee die warmen Tage Einzug hielten. Es waren die bekannten Opferspeisen gewesen, aus Hirse und Weizen zubereitet, die sie nach dem Ritual ebenso in der Höhle zurück gelassen hatten, wie die geweihten Gerätschaften und Krüge, vorher zerschlagen, damit die Göttin sie behalten musste und sie ihnen, wenn sie die Höhle verließen, nicht hinterherwerfen konnte, als Zeichen ihrer Missgunst und Ablehnung. In der engen Grotte, durch alle Zeiten hindurch der geheiligte Ort für ihre Rituale und Bestattungszeremonien, hatten auch die Vorväter gekauert, gebetet und gehofft, die Erdgöttin

möge ihr Opfer annehmen und ihnen nicht nur eine gute Ernte bescheren, sondern sie auch vor den bösen Geistern beschützen. Sie hatten ihr gegeben, was ihr zustand, also war sie ihnen eine Gegenleistung schuldig.
Doch nicht immer hatte die Göttin aus ihrem fruchtbaren Schoß neues Leben geschenkt, nicht immer hatte sie junges Leben wachsen lassen. Manchmal hatte sie zu Beginn der warmen Tage wiederholt keinen Regen geschickt, so dass Hirse und Weizen erneut am Halm zu vertrocknen drohten und die Aussicht immer geringer wurde, genügend Vorräte für die kalten Tage beschaffen zu können. Dann hatte eine Katastrophe bevorgestanden, denn nach dem Vieh auf den verbrannten Weiden wären auch die Menschen verhungert.
Gisil dachte an die Erzählungen der Alten, an die überlieferten Geschichten, in denen von grausamen Menschenopfern die Rede gewesen war: Immer, wenn Getreide, Speisen, Schmuckstücke und geweihte Ton- und Keramikgefäße als Beweis der Dankbarkeit und Gehorsamkeit nicht ausgereicht hatten und die Gier der Göttin unermesslich zu sein schien, so hatten sie berichtet, war nur noch das größte Opfer geblieben, das Menschen bringen konnten – ein Mitglied aus ihren eigenen Reihen. Ein junges Mädchen für die Göttin. Als Vorschuss für ihre Gnade. Ein Leben für das Leben vieler.
Gisil ahnte, dass es nur erfundene Geschichten waren, dazu angetan, die Zuhörer in der Zeit der kalten Tage ans abendliche Feuer zu fesseln, ihnen Schauer des Grauens zu bescheren und sie anschließend einer traumgeplagten Nacht zu überlassen. Trotzdem fragte er sich hin und wieder und besonders an Tagen wie heute, ob der Ursprung jener Geschichten nicht vielleicht doch in den Handlungen und Riten seiner Vorväter verborgen lag. Auch von einigen Händlern hatte er schon gehört, dass die Menschen im fernen Süden ähnliche Rituale pflegten, wie die Menschen aus den Erzählungen der Alten. Aber Händler erzählten manchmal Geschichten, deren Wahrheitsgehalt nur schwer zu überprüfen war.
Gisil erwischte sich ab und zu dabei, dass er sich wünschte, zu den vermeintlichen Bräuchen der Urväter zurückzukehren. Die oftmals schwer lastende Verantwortung als Oberster seines Clans und die Angst vor den bösen Geistern nährte in ihm dann eine trügerische Hoffnung. Nur mit einem Mädchenopfer, so gaukelten im seine Gedanken vor, ließe sich die Göttin, wie zu Zeiten seiner Großväter, wirklich gnädig stimmen und würde seine Sippe und

diejenigen, die ihm untertan waren, vor allem Übel schützen. Aber er wusste aus den Geschichten auch, solch ein Opfer konnte jeden aus dem Clan treffen. Sogar seine Sippe! Allein die Priester hatten darüber zu bestimmen. Sie hatten in diesen Fragen die Macht – die absolute Macht! Was, wenn sie seine Tochter als Gabe für die Göttin aussuchten? Könnte er dann immer noch sagen: Ein Leben für das Leben vieler?

In der Höhle, deren Einstieg sich nur wenig unterhalb des Plateaus befand, auf dem sie in diesem Augenblick standen, hatte die Sippe in den früheren Zeiten die Mädchen geopfert, hieß es in den Geschichten. Durch den Schacht am Hang waren sie hinab gestiegen in die geweihten Kammern, die Mädchen zusammen mit den Priestern und den Ältesten, begleitet von den klagend dröhnenden Klängen, die die Lurenbläser ihren Instrumenten entlockt hatten.

In der größten der Kammern hatten sie die Erdgöttin mit beschwörenden Worten und vorgeschriebenen Formeln gnädig zu stimmen versucht, hatten ihr allerlei wertvolle Schmuckstücke und Keramikgefäße als zusätzliche

Geschenke überreicht in der Hoffnung, sie möge die Opfer annehmen und ihnen als Gegenleistung dieses Mal den ersehnten Regen senden. Ohne Regen würde es eine Missernte geben, in deren Folge Hunger, Krankheit und Tod standen. Zuerst starben die Tiere, die den Menschen als Lieferanten wichtiger Rohstoffe, wie Milch und Wolle dienten, die aber auch für den Verzehr geschlachtet wurden. Am Ende der Leidenskette standen die Menschen selbst. Nur eine gnädig gestimmte Göttin konnte solche Unglücke verhindern.
Die Mädchen waren nach der Zeremonie allein in der Höhle zurückgeblieben. Sie waren berauscht gewesen von den betäubenden Elixieren, die ihnen die Priester verabreicht hatten. Sie hatten in ihren leinenen Opfergewändern auf dem steinigen Boden gehockt, hatten weder Dunkelheit noch Kälte gespürt und sich mit ihren Oberkörpern träge im Rhythmus ihrer eigenen monotonen Gesänge bewegt. Der Geist hatte den Leib der Mädchen für einige Zeit verlassen, so erzählten die Alten, und sie waren sich ihrer aussichtslosen Lage erst bewusst geworden, wenn die Wirkung der berauschenden Säfte nachgelassen hatte und niemand mehr in der Nähe der Höhle gewesen war, um ihr angstvolles Schreien zu hören. Dann waren sie in der Höhle auf allen Vieren herumgekrochen, hatten sich in der Dunkelheit an den scharfkantigen Felssteinen blutig geschlagen und waren irgendwann nach nicht allzu langer Zeit verhungert oder erfroren. Niemand hatte sie je wieder lebend gesehen. Ihre mehr oder weniger verwesten Körper waren alles, was die Ältesten und Priester vorgefunden hatten und zur Seite räumen mussten, wenn sie wieder hinabgestiegen waren, um der Göttin zu opfern.

Gisil riss sich aus seinen dumpfen Gedanken und blickte Agilatrud an. Er versuchte ein Lächeln, scheiterte damit jedoch kläglich. Es hätte auch keinen Zweck gehabt. Sein Weib konnte in sein Herz blicken. Manchmal, so schien es, kannte sie ihn besser, als er sich selbst. Unmöglich, ihr etwas vorzumachen. Und natürlich kannte sie auch den Grund seiner Sorgen. Sie wusste, genau wie er, dass ihnen schwere Zeiten bevorstanden, denn wieder einmal war der Regen ausgeblieben und die Saat auf den Feldern wollte nicht aufgehen. Allen Opfern zum Trotz. Dennoch hätte sie Gisils geheimen Wunsch nach einem Menschenopfer nie geteilt. Sie war eine Mutter, sie hatte Leben geboren und neues Leben wuchs auch jetzt wieder in ihrem Bauch heran. Das Leben war

ihr heilig. Die vermeintlichen Mädchenopfer waren Teil der Legenden, die sie verabscheute. Einst hatten diese Legenden für Gruselgefühle am Lagerfeuer gesorgt. Doch das war lange vorbei. Und so sollte es bleiben.
In die Höhle trugen sie die Mitglieder der Sippe nur, wenn sie bereits tot waren. Hier betteten sie ihre unversehrten Körper mit allen Ehren und mit ihrem persönlichen Bronzeschmuck, für die letzte Reise ins Reich der Ahnen. So, wie sie es auch heute getan hatten. Anders als die Clans in den Nachbarregionen hatten Gisils Sippe und die Menschen in seinem Machtbereich ihre Toten schon immer in Höhlen bestattet, anstatt sie zu verbrennen und die Asche in tönernen Urnen auf den Bestattungsfeldern beizusetzen. In diesen Dingen waren sie von alters her ihren Wurzeln treu geblieben.
Die Lurenbläser ließen ein letztes Mal ihre Instrumente erklingen. Mit einem leisen Seufzer drehte sich Gisil um und lenkte seine Schritte den schmalen Pfad um die Kuppe des Berges herum und dann hinunter, durch den Buchenwald, der das Plateau vollständig einrahmte. Ebenso standen die Buchen dicht an dich auf der Bergkuppe und der Wald bedeckte auch den Nordhang, der steil bis zum Weg am Fuß des Lichtsteins abfiel. Im Süden, genau wie im

F. Leja

Westen und Osten wurde der Wald dort, wo er in etwas flacheres Gelände überging, von Weiden und Äckern aufgebrochen, die sich an den heiligen Berg schmiegten. Es war karges Land, das schwer zu bewirtschaften war und nur mäßigen Ertrag brachte. Allein die Ziegen und Schafe hatten auf den mageren Weiden ihr Auskommen. Immerhin, die Böden waren trocken. Für manche Nutzung sogar zu trocken. Nur wenig weiter allerdings, dort wo sich der Fluss Susia von Norden kommend am westlichen Rand des Berges durchs Tal schlängelte, gab es im Gegensatz dazu mehr als genug Feuchtigkeit. Sumpf, tückisches Moor, undurchdringliches Gestrüpp und nasse Wiesen mit saurem, ungenießbarem Gras waren wahrhaftig kein Ort, wo es sich gut leben ließ.
Agilatrud ging dicht hinter ihrem Mann, würdevoll, mit erhobenem Haupt und ernster Miene. Mit ein wenig Abstand folgten die Ältesten und Priester und zum Schluss die Bläser und der Rest der Trauergesellschaft.
Als sie den Schatten der Bäume verließen und unter dem Dach aus jungen Buchenblättern hervortraten, wurden sie von der hellen Sonnenscheibe empfangen, die am wolkenlosen Himmel stand. Noch verlief ihre Bahn, wie immer um diese Zeit, weit im Süden. Dennoch glich sie schon jetzt einem Schmelztiegel, über dessen Rand kochendes, flüssiges Gold zu tropfen schien. Eine ungewöhnliche Wärme hatte sich viel zu früh über das Land gelegt. Die Luft flirrte.
Sie hatten den kleinen Platz erreicht, von dem aus sich der Pfad etwas verbreiterte und um das Bergplateau herum hinunter zum Hauptweg am Nordhang des Lichtsteins schlängelte. Dieser vielgenutzte Hauptweg, der auch als Handelsweg von großer Bedeutung für Gisils Clan war, führte durch Buchen- und Eichenhaine, unterbrochen von Weiden und eingefriedeten Äckern und am Rande kahler Karstfelsen entlang, ehe ein etwas schmalerer Weg zu ihrem Zuhause, der Siedlung an den östlichen Steilhängen in greifbarer Nähe zum Hard-Gebirge abzweigte.
Uneben und holperig war der Weg, ausgefahren von den schmalen Radscheiben der Ochsenkarren, mit denen die Bauern die Ernte von den Feldern einfuhren oder Gerätschaften, wie die hölzernen Hakenpflüge, zu den Feldern hinaus transportierten. Wie oft schon waren die zerbrechlichen Radscheiben auf dem Weg hin zu den Feldern oder zurück unter der Last der Karren geborsten. Wütend hatten die Männer, die die Karren führten, dann auf ihre

Ochsen eingeprügelt, wohl wissend, dass es den Tieren unmöglich war, die Karren mit den zerbrochenen Rädern auch nur noch einen Schritt zu bewegen. Ohnmächtig hatten sie die bösen Geister verflucht, die ihnen dieses Schicksal beschert hatten. Doch alles Prügeln und Fluchen hatte nichts genutzt und es war ihnen nichts weiter übrig geblieben, als sich auf den beschwerlichen Weg zurück zur Siedlung zu machen, um sich vom Radmacher Ersatz zu besorgen und die Karren zu reparieren. Wertvolle Zeit hatte das stets gekostet, Zeit, in der die Äcker unbestellt blieben, Zeit, in der keine Ernte eingefahren werden konnte.

Es war ein beschwerliches Vorankommen auf diesem, wie auch auf den meisten anderen Verkehrswegen. Man brauchte kräftige, gesunde Beine, um die Löcher und Steine in den Fahrspuren mit festem Tritt zu überwinden, wenn man zu Fuß unterwegs war. Nur wenige Bewohner der Höhensiedlung und der am Rande des Sösetals verstreuten Gehöfte besaßen die teuren Reitpferde und damit das Privileg, sich über alle Unebenheiten tragen zu lassen.

Gisil und Agilatrud gehörten zu diesen Privilegierten. Als Clanfürst stand es Gisil zu, für sich und seine Frau diese bequeme Art der Fortbewegung zu nutzen. Die anderen Mitglieder seines Clans gingen ebenso zu Fuß, wie die Priester, deren Oberster zwar aufgrund seiner Position ebenfalls ein Reitpferd hätte beanspruchen können, dies aber nicht tat, da es ein ungeschriebenes Gesetz unter den Priestern gab, das Demut forderte. Die Priester sahen sich als direkte Untertanen der Göttin, als das Bindeglied zwischen ihr und den Menschen und als diejenigen, die die göttlichen Wünsche und Befehle in Worte fassten und unter die Menschen trugen. Das verlangte Gehorsam und eine Ergebenheit, die auch nach außen sichtbar werden musste. Wie konnte das besser geschehen, als durch den Verzicht auf Bequemlichkeit?

Durin und Igwa, der Sohn und die Tochter von Gisil und Agilatrud, waren schon lange vor den anderen auf der Lichtung angekommen. Lachend und kreischend rannten sie über das junge Gras, das wie alles Wachstum unter dem fehlenden Regen litt und dünn und spärlich stand. Die beiden Kinder kümmerte weder der Zustand des Grases, noch die sorgenvollen Gedanken der Erwachsenen. Sie freuten sich, nach den kalten Tagen endlich wieder die warmen Sonnenstrahlen genießen zu können. Auch dass der Anlass für ihren Besuch auf dem Lichtstein eigentlich ein sehr trauriger war, berührte sie nicht

sehr. Der Mann, den sie in der Höhle bestattet hatten, war uralt gewesen, der Onkel ihres Vaters, ein strenger Mann, dem sie Zeit ihres jungen Lebens aus dem Weg gegangen waren. Er war weder ein Geschichtenerzähler gewesen, noch hatte er sein Wissen und seine Erfahrungen aus einem langen Leben an die Heranwachsenden der Sippe weitergegeben. Ziegen hüten und auf den Feldern arbeiten, das hatten sie tun sollen und sich ansonsten aus den Geschäften der Erwachsenen heraushalten. Wie oft hatte er Durin und dessen Freunde barsch zurechtgewiesen, wenn sie in seine Werkstatt gekommen waren, in der er Ton bearbeitete, um daraus Schalen, Krüge, Töpfe und andere Gefäße zu formen, zu brennen und kunstvoll zu bemalen und zu verzieren. Nie hatten die Jungen ihm bei seiner Arbeit zusehen dürfen. Er hatte sich gestört gefühlt und sie wütend weggejagt. Nützlich machen sollten sie sich und sich ihr Essen verdienen! Und die Mädchen? Sie schienen für ihn noch nicht mal so viel wert zu sein, wie die Schafe und Ziegen auf den Weiden. Er hatte sie nie beachtet, außer sie hatten ihm irgendwann einmal im Weg gestanden und er war in seiner stolzen und hochtrabenden Art durch die Siedlung zu schreiten, über sie gestolpert. Das hatte ihnen dann manchmal sogar ein paar Stockschläge eingebracht. Warum also hätten Durin und Igwa ihm nachtrauern sollen?
Gisil und Agilatrud bestiegen die Pferde, die unter der Aufsicht eines Hirten aus ihrem Clan für die Dauer der Trauerzeremonie auf dem Plateau und die anschließende Bestattung in der Höhle auf der Lichtung gegrast hatten. Dann setzte sich der Zug in Bewegung, mit Gisil an der Spitze. Jetzt, wo sie den Verstorbenen bei seinen Ahnen und in der Obhut der Göttin wussten, hatten sie die rituelle Ordnung des Trauerzuges aufgehoben, der noch auf dem Weg hin zum Lichtstein geprägt gewesen war von andächtigem Schweigen und immer wieder unterbrochen von den vorgeschriebenen Trauergesängen.
Die Priester hatten die Prozession angeführt, mit ihrem Obersten an der Spitze. Ihnen waren die sechs Träger gefolgt, zwischen sich die hölzerne Totenbahre mit den reichen Verzierungen an den Holmen und dem Toten, den man auf dem kunstvoll gewebten Leichentuch aus Leinen gebettet hatte, das die Bahre überdeckte. Den Trägern, die von den Priestern eigens für diese Aufgabe ausgewählt wurden und sie zeitlebens bei allen Bestattungen ausübten, waren die Ältesten des Clans gefolgt, mit den Gegenständen, die bei

den Totenriten benötigen würden, und natürlich den Töpfen, Krügen, die der Tote zu Lebzeiten so kunstvoll zu formen und zu verzieren wusste. Erst danach, hinter den Ältesten, hatten sich Gisil und Agilatrud auf ihren Pferden in den Zug eingereiht, mit ihren Kindern, die links und rechts neben ihnen gegangen waren. Den Abschluss des Zuges hatten schließlich die vielen Mitglieder der Siedlungsgemeinschaft gebildet, die an den Feierlichkeiten auf dem Lichtstein teilnehmen wollten. So waren sie zum heiligen Berg gegangen, ein festlicher Zug, der Strenge, Ehrfurcht und Würde ausstrahlte.
Dagegen lag auf ihrem Rückweg zur Siedlung eine beinahe heitere Stimmung über der Gruppe. Plappern und sogar Gelächter war zu hören. Kein Wunder, wartete doch noch der angenehme Teil der Trauerfeier auf sie, das große Mahl im Haus des Clanfürsten.

Die Siedlung

Sie erreichten die Hochebene, die fast zur Hälfte von der Siedlung eingenommen wurde. Dichte, hohe Hecken aus Dornengestrüpp und einem wirren Geflecht aus dicken und dünnen Ästen bildeten einen undurchdringlichen Schutzwall und verhinderten den Blick auf die sechs Hauptgebäude des Clans und die kleineren Nebengebäude, die Ställe und Werkstätten. Direkt vor dem Wall schlossen sich die Weiden und kleine Ackerflächen an. Die Äcker bildeten für die Bewohner der Siedlung die Grundlage zum Überleben. Hauptsächlich zum Schutz gegen Wildtiere, aber auch gegen die eigenen Weidetiere und die freilebenden, halbwilden Schweine in den Hutewäldern waren sie mit undurchdringlichen Hecken umgeben. Hier bauten sie ihr Getreide an und verschiedene Gemüsesorten, wie Ackerbohnen, Erbsen und Mohrrüben. Sie hatten gelernt, sich mit der Vielfalt ihrer Ackerfrüchte zumindest ein wenig auf das launische Verhalten der Göttin einzustellen und für kurze Zeit genügend Vorräte zu haben, wenn sich Sonne und Regen, Kälte und Hitze nicht im erforderlichen Maß miteinander abwechselten. Aber das Risiko aufeinander folgender Missernten blieb trotzdem groß und damit auch die immer wiederkehrende Sorge um das Überleben von Mensch und Tier.
Mitten durch diese Felder und Weiden hindurch, vorbei an teils ausgedehnten, dichten Eichen- und Buchenhainen führte der Weg vom Lichtstein, auf dem sich die kleine Karawane mit Gisil und Agilatrud an der Spitze der Siedlung näherte. Vom üblichen geschäftigen Treiben auf den Feldern war heute nichts zu sehen, denn viele der Clan-Angehörigen hatten an den Beisetzungsfeierlichkeiten am Lichtstein teilgenommen und sich daher nicht um ihre Tagesgeschäfte kümmern können. Nur Wenige waren zurückgeblieben. Unter ihnen auch die Wachposten an den Toren im Schutzwall. Nicht einmal die Beisetzung eines Mitgliedes der Siedlungsgemeinschaft hätte es gerechtfertigt, die Siedlung für die Dauer der Feierlichkeiten am Lichtstein ohne Schutz zu lassen. Wer konnte schon wissen, ob nicht doch niederträchtige Kreaturen, Mensch oder Tier, solch eine Gelegenheit beim Schopfe packen würden? Eine Handvoll Kranke und drei Neugeborene mit ihren Müttern hätten sich kaum gegen Eindringlinge zur Wehr setzen können.

Auch die Kinder, die heute zum Hüten der Schafe und Ziegen eingeteilt waren, hatten den Trauerfeierlichkeiten fern bleiben müssen. Sie waren jedoch nicht enttäuscht darüber gewesen. Ganz im Gegenteil, für die Kinder der Siedlung waren viele der Zeremonien und Feiern am Lichtstein, besonders, wenn jemand bestattet wurde, eine einzige Quälerei, der sie nur zu gern aus dem Weg gingen. Sie konnten nicht verstehen, was den Erwachsenen so an den strengen Ritualen gefiel, an den klagenden Gesängen und den monotonen Melodien, die die Lurenbläser ihren Instrumenten entlockten. Die reichhaltigen Speisen, die es während der Beisetzungsfeierlichkeiten stets zu essen gab, ja, damit hätten sie sich anfreunden können und natürlich mit den berauschenden Getränken, die von den Priestern verabreicht wurden. Aber gerade die Getränke blieben den Kindern vorenthalten und auch sonst hatten sie unter den engen Regeln zu leiden und konnten sich nicht so bewegen und benehmen, wie sie es gewohnt waren. Warum also sollte ihnen solch eine Beisetzungszeremonie gefallen? Die Feiern zur Sonnenwende, die den längsten Tag und die kürzeste Nacht im ewigen Rhythmus zwischen den warmen und den kalten Tagen markierten, ja, das waren Feste, auf die sich alle Kinder des Clans lange vorher freuten. Hier standen sie im Mittelpunkt, waren den Erwachsenen zumindest ebenbürtig. An diesen Tagen, so schien es, wartete die Göttin besonders auf sie und auf die Opfer, die sie ihr darbrachten. Gnädig schaute sie auf ihre Gaben, die sie lange Zeit vorher für diese Tage vorbereitet hatten, seien es eigene, fantasievoll geformte Backwerke, selbst gefertigte Töpferwaren oder die Ergebnisse erster Versuche als Bronzegießer.
Heute jedoch konnten die Kinder, die die Ziegen und Schafe hüten mussten, sicher sein, dass sie von Durin und Igwa beneidet wurden. Nur zu gern hätten die mit ihnen getauscht, das war gewiss.
Natürlich waren auch die beiden Frauen mit ihren Männern in der Siedlung zurückgeblieben, die dafür zu sorgen hatten, dass das Festmahl vorbereitet war, wenn der Trauerzug vom Lichtstein eintraf. Sie hatten gute Arbeit geleistet, denn noch bevor Gisil sein Gefolge durch das Haupttor in die Siedlung führte, trug ihnen der Wind, der stetig und oft auch sehr kräftig aus nördlichen und westlichen Richtungen wehte, bereits die wohlriechenden Düfte kommender Gaumenfreuden entgegen. Aus dem offenen Abzug des strohbedeckten Langhausdaches in der Mitte der Siedlung stiegen dünne Rauchfäden

auf, die vom Herdfeuer in der Mitte des Hauses herrührten. Schinken- und Lendenstücke der beiden frisch geschlachteten Schweine mussten unterdessen über dem Feuer eine schmackhafte braune, krustige Schwarte bekommen haben. Darüber hinaus waren die Tische sicher mit all den Köstlichkeiten beladen, mit denen die Vorratskammern auch nach der kalten Zeit immer noch ausreichend gefüllt waren. Es hätte keinen Zweck gehabt, die eingelagerten Speisen für kommende Notzeiten aufzubewahren. Sie wären über kurz oder lang ohnehin verdorben, warum sie also nicht für ein Festmahl zu Ehren des Verstorbenen auftischen? Für die Zeit der Feier sollten die Sorgen an eine mögliche Hungersnot vergessen sein und wer wusste es schon – vielleicht würde die Göttin sich ja doch noch gnädig zeigen und im Laufe der kommenden Nacht schwerbeladene Wolken schicken, die erst dann die Hard-Berge überwinden konnten, wenn sie ihre Wasserlast über dem Tal und den angrenzenden Hügeln abgeladen hatten.

Der Leichenschmaus zog sich den ganzen Nachmittag hin. Erst als die Sonne schon sehr tief im Westen stand und die Hütekinder die Ziegen und Schafe durch das Tor im Schutzwall und zurück zu ihren Ställen führten, kamen auch die ersten Teilnehmer an der Feier aus dem Haus des Clanfürsten. Nicht mehr ganz sicheren Schrittes wankten einige von ihnen durch die ausgetretenen und ausgefahrenen Wege in der Siedlung, welche die Langhäuser, Werkstätten, Tierpferche und Ställe miteinander verbanden.

Gerade noch sahen die Kinder den Radmacher, einen der ehrenwertesten Männer der Siedlung, wie er sich aus der Zisterne in der Mitte des Siedlungsplatzes einen Eimer des brackigen Wassers herausschöpfte, um ihn sich gleich darauf über den Kopf zu schütten.

Die Hütekinder verharrten einen Augenblick, kicherten und warfen sich ahnungsvolle Blicke und spöttische Bemerkungen zu, ehe sie den Tieren nachliefen, die ihnen bereits in die Ställe vorausgeeilt waren. Trotz ihres jungen Lebens und ohne selbst schon Erfahrungen gemacht zu haben, wussten die Kinder doch um die verheerenden Wirkungen mancher Trünke, die, von den Priestern gebraut, zu allen festlichen Anlässen gereicht wurden. Zu oft schon hatten sie besonders die Männer der Siedlung gesehen, wie sie sich nach übermäßigem Genuss der Priester-Trünke zu seltsamen Reden und Handlungen hatten hinreißen lassen. Zu derart gedankenlosen Handlungen gehörte sicher auch die Verschwendung des fauligen Zisternenwassers, nur um sich den vernebelten Kopf zu kühlen. Bei klarem Verstand hätte der Radmacher natürlich um den hohen Wert des Wassers gewusst, der noch höher einzuschätzen war, wenn man bedachte, wie lange schon kein Regen gefallen war und welche Mühsal es bereiten würde, in Zeiten der Trockenheit neues trinkbares Wasser aus dem Tal heraufzuholen, das allein der Fluss Susia mit sich führte. Alle anderen Rinnsale, Bäche, Tümpel und Wasserlöcher lagen in der undurchdringlichen Wildnis des westlichen Tales und wurden zum großen Teil aus den salzhaltigen Quellen gespeist, deren Wasser nicht zu genießen war.

Aber über solches Erwachsenenverhalten mochten sich die Kinder der Siedlung keine Gedanken machen. Sie hatten ganz andere Sorgen. So fragten sich besonders die größeren und kräftigeren unter den jungen Kerlen, wem von ihnen es vergönnt sein würde, Urs, den Bären zu erlegen und sich mit dieser Heldentat die Anerkennung des gesamten Clans zu sichern. Der zottelige Riese bestimmte ihren Tagesablauf und obwohl ihn noch niemals jemand, weder Jung noch Alt, zu Gesicht bekommen hatte, war er doch allgegenwärtig im Denken und Reden der Jungen.

„Soll es nur kommen, das braune Ungeheuer. Ich werde es draußen auf den Weiden erwarten, wenn es versuchen will, meine Ziegen zu fressen. Ich werde Urs töten!"

So prahlten sie, wenn sie wieder einmal zum Hüten der Tiere eingeteilt waren. Sie machten sich Mut mit ihren großspurigen Reden und gleichzeitig schlich ihnen die Angst vor einer solch schicksalhaften Begegnung durch Mark und Bein. Aber das vor den anderen Jungen, oder gar den Mädchen zuzugeben, wäre eine fürchterliche Schande gewesen, die schlimmer wog als die Aussicht, von den Pranken des Bären, der sich in ihrer Fantasie zum riesenhaften Ungeheuers entwickelt hatte, zerfetzt zu werden. Also würden sie erhobenen Hauptes und mit festem, mutigem Blick die Ziegen und Schafe zu den Weiden treiben, ihre Bögen und Speere mit sich nehmen und draußen vor dem schützenden Siedlungswall, wenn sie allein waren, mit schlotternden Knien hoffen, dass Urs, der Menschentöter, ein Einsehen hatte und sich eines späteren Tages seine Beute holte, wenn sie nicht mit Ziegenhüten beauftragt waren, sondern im Schutz der Siedlung anderen Aufgaben nachgingen.

Agilatrud fand Gisil an seinem Lieblingsplatz. Kurz nachdem der letzte Gast das Langhaus des Clanfürsten verlassen hatte, war auch er hinausgegangen. Im Schutzwall gab es noch zwei weitere Öffnungen, die schmaler und niedriger waren, als das Haupttor. Es waren mehr Schlupflöcher denn richtige Tore, gerade breit genug, um zwei Personen nebeneinander Durchlass zu gewähren.

Eins dieser beiden Löcher führte nach Norden hinaus auf den Bergsporn, eine schmale Grasebene, die nur wenige Schritte vom Wall entfernt endete und abrupt in steil abfallenden, bewaldeten Hängen mündete. Von dieser Ebene aus hatte man einen großartigen Überblick über das gesamte Tal, das sich, beginnend im Osten, am Fuße des Höhenzuges nach Norden hin ausdehnte, sich dort breitflächig um den Bergsporn herumzog und sich an seiner Westflanke bis zum Lichtstein und darüber hinaus westlich des heiligen Berges entlang sogar noch nach Süden hin erstreckte.

Diesem einmaligen Ausblick verdankten Gisil und sein Clan ihren Wohlstand. Von hier oben war es möglich, den Handelsweg, der im Tal in Nord-Süd-Richtung verlief, zu kontrollieren. Nichts entging den Beobachtern auf dem Bergsporn. Ob Mensch oder Tier, ihre scharfen Augen entdeckten alles Kommen und Gehen auf dem Weg. Besonders die Händler mit ihren menschlichen Lastenträgern oder den mit Waren voll gepackten Lasttieren im Gefolge kamen nur langsam voran und blieben lange Zeit im Blickfeld ihrer Beobachter. Kein Händler konnte erwarten, ungesehen an der Höhensiedlung vorbei zu kommen. Erst wenn sie ihren Wegezoll entrichtet hatten, durften sie zu den nördlichen Handelsplätzen weiterziehen. So kamen mehr Waren in die Höhensiedlung, als im Tausch dafür wieder herausgegeben wurden. Doch kein Händler versuchte, dieser Prozedur zu entgehen und den fälligen Obolus zu verweigern. Im Gegenteil, sie nutzten den eingeplanten Halt nicht nur dazu, sich die Weiterreise zu erkaufen, sondern sie nahmen die Gelegenheit wahr, darüber hinaus in der Siedlung auf dem Berg zu verweilen und ihre Geschäfte zu machen. Für manche Händler war die Siedlung sogar der Endpunkt ihrer Reise. Hierher kamen sie, um nach erfolgreichen

Geschäften wieder zurück in den Norden oder Süden, in den Westen oder Osten zu ziehen. Schmuck gegen Leinen oder tönernes Geschirr, Bronzebarren gegen Salz, Werkzeuge und Waffen – die Siedlung war wahrhaftig ein guter Platz, um Handel zu treiben und Neuigkeiten auszutauschen.

Gisil drehte sich zu Agilatrud hin, die schweigend neben ihn getreten war. Die Sonnenscheibe, die zur Hälfte schon hinter den Baumwipfeln des Höhenzuges im Westen versunken war, tauchte ihr Gesicht und die Zöpfe ihrer langen, hellen Haare in rotes Gold und ließ ihr Profil noch edler erscheinen, als es ohnehin schon war. Ein geheimnisvoller Schimmer umgab sie und Gisil fragte sich, ob es wirklich nur der Lichtzauber der Sonnenscheibe war, der Agilatrud so schön und würdevoll und auch ein bisschen unerreichbar erscheinen ließ. Vielleicht war es ja das Kind in ihrem Bauch, das ihr dieses Aussehen verlieh – weise und doch jung, stark und dennoch anmutig, streng und trotzdem lächelnd. Schon einmal hatte er Agilatrud so erlebt, kurz vor Igwas Geburt. Ob es auch bei Durin, seinem Erstgeborenen, so gewesen war, daran konnte er sich nicht erinnern. Damals war es alles so neu für ihn gewesen. Ein Eheweib zu haben und kurz darauf Vater zu werden, das hatte ihm fast den Verstand geraubt. Viel zu aufgeregt war er während Agilatruds Schwangerschaft gewesen, um gelassen und mit klarem Blick auf sein Weib und das ungeborene Leben den Tag zu begehen..
„Du siehst zufrieden aus", unterbrach Gisil das Schweigen, „machst du dir keine Sorgen?"
„Es ist kein Tag, sich Sorgen zu machen", antwortete Agilatrud, „wir stehen unter dem Schutz der Göttin."
„Wieso glaubst du, dass sie uns nicht zerstören will? Es ist trocken. Sie schickt keinen Regen."
„Sie wird Regen schicken." Agilatrud strahlte eine Gewissheit aus, die Gisil überraschte.
„Woher willst du das wissen?"
„Die Göttin schenkt Leben. Sie zerstört es nicht!"
Agilatrud strich sich zärtlich mit der Hand über den Bauch.
Gisil fragte nicht mehr. Ihre Antwort nahm ihm auf wundersame Weise die Unruhe, die ihn schon den ganzen Tag über gequält hatte.

Nie hätte Gisil es zugegeben, aber in seinem Inneren wusste er, dass es Agilatrud war, die ihm Mut und Stärke verlieh. Sie war seine Ratgeberin und Trösterin gewesen durch all die Zeiten, die sie an seiner Seite lebte. Durch sie konnte er die Anforderungen eines Clanfürsten meistern. Doch die wahre Fürstin war sie, Agilatrud. Was war das für ein Tag gewesen, als sie mit einem Händler die Straße von Süden herauf gekommen war. Nicht etwa als Lastenträgerin, sondern frei und mit einem leicht verwegenen Gesichtsausdruck war sie mit dem Händler an der Spitze in die Siedlung eingezogen.
Sie sei von ihren Eltern weggegangen, hatte der Händler berichtet. Die Tochter eines einfachen Töpfers sei sie, aus einem Clan weit entfernt im Westen, in der Nähe des großen Flusses. Einen Ehemann suche sie, deshalb sei sie gegen den Willen ihrer Eltern von zuhause weggegangen. Niemand habe sie zurückhalten können. Mut habe sie und sie wisse genau, was sie wolle. Ziemlich ungewöhnlich für ein Weib! So, wie die Augen des Händlers gestrahlt hatten, wäre niemand auf den Gedanken gekommen, seine Worte anzuzweifeln. Sicher hätte er sich selbst als Ehemann angeboten, wenn er etwas jünger gewesen wäre und sich seiner energiegeladenen Begleiterin gewachsen gefühlt hätte.
Gisil war von dem Mädchen verzaubert gewesen. Auch er war von seinen Eltern gedrängt worden, sich ein Eheweib zu suchen und plötzlich kam die einzige Frau, die er sich in seinen Träumen als Eheweib vorgestellt hatte, direkt zu ihm in die Siedlung. Sie sollte es sein, das wusste er sofort. Auch wenn sie nicht das Kind eines Clanfürsten war, den Mut und Stolz einer Fürstentochter hatte sie. Was wollte er mehr?

Gisil blickte zum Himmel. Nicht der Hauch einer Wolke war auszumachen. Trotzdem sagte er:
„Du wirst es wissen. Du bist eine Frau. Wie die Göttin."
Es gab Momente, wie diese, da glaubte er, dass Agilatrud, allein wegen ihres Geschlechts in engerer Verbindung mit der Göttin stand als die Priester. Sie schien bereits lange vor den heiligen Männern des Clans die Pläne der Göttin zu kennen, und es war klug, ihren Visionen zu glauben.
Noch eine Weile standen die beiden schweigend nebeneinander und hingen ihren Gedanken nach. Erst als die Sonnenscheibe vollständig hinter dem

Horizont versunken war und es rasch dunkler wurde, drehte Gisil sich um und ging durch die Öffnung im Wall zurück zu seinem Haus. Die ersten Gestirne funkelten schwach und weit entfernt am Abendhimmel, dessen rotes Glühen im Westen schnell schwächer wurde, während sich von Osten her tiefes Schwarz ausbreitete.

Agilatrud folgte Gisil mit einigen Schritten Abstand. Es war still geworden in der Siedlung. Irgendwo kläffte ein Hund und in den Pferchen blökten ein paar Schafe. Das Plärren eines der kleinen Kinder mischte sich mit der grollenden Stimme seines Vaters, der es zur Ruhe ermahnte – Geräusche, die Gisil und Agilatrud in die Nacht begleiteten.

Hechtfang und Bärenjagd

Hell glitzerte das Wasser des Flusses in der Sonne.
Irgendwo oben in der dichtbewaldeten Bergkette, die sich im Osten schwarz gegen den Himmel abhob, hatte der Fluss seinen Ursprung, wuchs vom schmalen Rinnsal zum Bergbach an, der sich in Kaskaden über Klippen und durch enge Schluchten gen Westen zu Tal stürzte. Am Fuße der Hard-Berge verlor er seine Wucht und rollte stattdessen träge in seinem Bett. In weiten Bögen und engen Schleifen folge er der Richtung des Tales zuerst nach Norden und zog sich dann um den Höhenzug herum, auf dessen Plateau sich die Siedlung befand. Danach schlängelte er sich durch die unwirtlichen, sumpfigen Auen nach Süden bis zum Lichtstein, wo er wiederum einen leichten Bogen nach Westen beschrieb, um an der Flanke des heiligen Berges dem Tal erneut nach Süden zu folgen. Auf diesem Weg nahm der Fluss zudem das Wasser von den vereinzelten Bächen und Rinnsalen in sich auf, die von den Westhängen hinab in das Tal flossen. An den südlichen Ausläufern des Lichtsteins änderte er seine Richtung noch einmal und mündete weit im Westen in einen der Flüsse ein, die, von Süden kommend, sich nach Norden hin zu einem breiten Strom vereinten und dem Meer zustrebten.
Der Fluss, den die Menschen „Susia“ nannten, war friedlich, wenngleich ein Leben in seiner direkten Umgebung unmöglich war und das unwirtliche Sumpfgelände mit seinem Dschungel aus Schilf, Weiden, Erlen und Sträuchern weder eine Besiedlung noch Ackerbau zuließ. Für die Kinder des Clans jedoch bot das Wasser der Susia eine willkommene Erfrischung, wenn die Sonne in der Zeit ihres höchsten Standes mit all ihrer Kraft die Erde durchglühte und die Luft zu kochen schien. Gern nahmen sie ein Bad in ihren Fluten, um sich abzukühlen, auch wenn sie dafür die steilen Hänge von der Siedlung hinabsteigen mussten, um an jene Stelle zu kommen, wo der Fluss sich dem Bergsporn ganz dicht annäherte. Dort und etwas weiter östlich, wo der große Handelsweg an den Fluss stieß und man durch eine flache Furt ans andere Ufer gelangte, gab es die einzigen Möglichkeiten, das Wasser einigermaßen mühelos zu erreichen. Aber auch sonst bot die Uferregionen entlang des Flusses, ausgehend von jenen Zugängen, ein ideales Refugium für aben-

teuerlustige Kinder. Susia barg Geheimnisse und Gefahren, denen besonders gern die Jungen auf den Grund gingen, sofern sie nicht ihre täglichen Arbeiten auf Feldern oder Weiden verrichten mussten.
Wenn jedoch die Zeiten des Kalten Mondes kamen, und vielmehr noch, wenn sie zu Ende gingen, wurde aus dem friedlichen Fluss für eine Weile ein reißendes Ungeheuer. War es am Anfang des Kalten Mondes oftmals der Regen, der nicht aufhören wollte, so waren es zum Ende hin die unendlichen Schneemassen von den Hard-Bergen im Osten, die unter der neu erwachten Sonne schmolzen und dem Fluss Susia gewaltige Kräfte verliehen. Dann verließ er sein Bett, breitete sich über die Ebene aus und verschlang alles, was sich ihm in den Weg stellte. Das waren nicht nur schlechte Zeiten für die Kinder, die auf dem Berg in der Siedlung gefangen waren, sondern auch für alle Reisenden, denn die Verbindungswege im Tal waren unpassierbar.

In den zurückliegenden kalten Tagen waren die Niederschläge jedoch nicht sehr ergiebig gewesen und als die Sonne wieder höher stieg waren sie ganz ausgeblieben. Die Hochwasserfluten hatten das Tal daher nur recht kurz und weit weniger ausgedehnt unter sich begraben, als in den vergangenen Zeiten. So konnten Durin und sein bester Freund Eldi schon früh ihrer Lieblingsbeschäftigung nachgehen und am Ufer des Flusses dem Hecht auflauern. Es gab dafür einen idealen Platz in einer der vielen Flusskehren, an dem das Ufer ein kleines Stück steil abfiel und besonders dicht mit Weiden bestanden war. Dort war das Erdreich von der Strömung an einigen Stellen weggespült worden und hatte das Wurzelgeflecht der Weiden freigelegt. Die so entstandenen Hohlräume und die vereinzelt davorliegenden mächtigen Flusskiesel bildeten hervorragende Verstecke, die der Hecht sich zunutze machte. Der alte Räuber trieb in diesem Bereich des Flusses sein Unwesen, solange die beiden Jungen denken konnten und sie hatten sich vorgenommen, ihn zu jagen und zu erlegen. Sie kannten den Unterschlupf des Hechtes genau. Schon einige Male hatten sie sein gefräßiges Maul zu Gesicht bekommen, wenn er misstrauisch aus der Steinspalte unter der Uferböschung und dem Wurzelgeflecht hervorlugte, den Kopf aber sofort wieder zurückzog, sobald er die verräterischen Schatten der Jungen über seinem Versteck entdeckte. Auch Puck, Durins Hund, der den Jungen fast nie von der Seite wich, hatte den

Hecht oft genug mit seinem aufgeregten Umherspringen und lauten Kläffen vertrieben. Daher hatten die Jungen ihn schließlich immer, wenn sie auf Jagd gegangen waren, zurück in der Siedlung gelassen, in der Obhut von Igwa, Durins Schwester. Die war ganz vernarrt in den verschmusten und verspielten Hund, der in seinem Aussehen so sehr einem Wolf ähnelte, mit seinem schmutziggrauen Fell, seiner spitzen Schnauze und seinen klugen, grünen Augen. Es war kein Wunder, dass sie die wenigen Gelegenheiten geradezu herbeisehnte, zu denen sie Puck ganz für sich allein hatte, denn sobald die Jungen in der Nähe waren, ignorierte Puck das Mädchen vollkommen.

Seit drei Sommern stellten Durin und Eldi dem Hecht nun schon nach, aber nie hatten sie bisher das Glück gehabt, ihm in einem günstigen Moment die Speerspitzen in den schuppigen, verknorpelten Körper zu stoßen. Immerhin erbeuteten sie während ihrer Zeiten am Flussufer den einen oder anderen Zander, der es wagte, in das Revier des alten Räubers einzudringen. Dummerweise hatten die armen Fischlein sich jedesmal auf den Feind im Wasser konzentriert und dabei nicht die Gefahr bemerkt, die über ihnen lauerte.

Auch heute waren die Jungen wieder den schmalen, steilen Pfad am nördlichen Bergsporn von der Siedlung hinunter ins Tal gestiegen. Ausgerüstet waren sie mit ihren Speeren, die sie selbst aus den langen, schlanken Ästen der Haselnusssträucher gefertigt hatten. Sogar die scharfen Bronzespitzen am dickeren Ende der Speere hatten sie selbst gegossen und bearbeitet. Schon früh in ihrem kurzen Leben waren sie bei den Bronzegießern ein und aus gegangen und hatten ihnen in ihrer Werkstatt oben in der Siedlung über die Schultern schauen dürfen. Irgendwann hatten die Gießer ihnen dann erlaubt, das Rohmaterial, das die Händler immer in Barren anlieferten, selbst zu schmelzen, in tönerne Formen zu gießen und die Werkstücke weiter zu bearbeiten, wenn sie erkaltet und aus den Formen geschlagen waren. Die Jungen hatten sich sehr geschickt angestellt und zumindest für Eldi stand fest, dass er einmal als Bronzegießer arbeiten würde, einem Beruf, der ihm beinahe so viel Ansehen einbrächte, wie dem Clanfürsten selbst. Allein diese Hoffnung ließ ihn ertragen, dass sein Freund Durin der Sohn des Clanfürsten war und dessen Nachfolge antreten würde. Wie konnte er ihn dann noch seinen Freund nennen, wenn er nicht wenigstens eine Position einnahm, die es einem Fürsten erlaubte, sich mit ihm weiterhin abzugeben. Immer wenn Eldi darüber nachdachte, dann schlich sich Neid bei ihm ein und drohte, sein Herz zu vergiften. Doch meist waren alle dunklen Gedanken verschwunden, sobald die beiden Jungen zusammen loszogen, um Abenteuer zu erleben – so wie jetzt, da sie wieder dem Hecht nachstellten.

Lange hockten sie angespannt am Ufer und beobachteten die Stelle, an der sie den alten Räuber vermuteten. Ununterbrochen hielten sie ihre Speere zum Stoß bereit und wechselten sie nur hin und wieder von der einen in die andere Hand, wenn ihre Arme zu erlahmen drohten. Doch auch heute schien ihnen das Jagdglück nicht hold zu sein und mit der Zeit verließ sie ihre Lust an der Hechtjagd. Das Rauschen des Wassers, das sich über ein paar steinerne Hindernisse seinen Weg bahnte und das ufernahe Gluckern machte sie schläfrig und ihre Konzentration ließ nach. Schließlich beschlossen sie, die Jagd für eine Weile zu unterbrechen, es sich etwas entfernt vom Ufer im Schilf gemütlich zu machen, ihre mitgebrachte Wegzehrung zu verspeisen und sich die Sonne auf den Bauch scheinen zu lassen.
Während sie am Boden hockten und an ihrem Dörrfleisch kauten, sich Stücke von den Brotfladen abrissen und in den Mund schoben, überlegten sie, ob es nicht noch aufregendere Abenteuer zu bestehen gäbe, als am Ufer von Susia erfolglos dem alten Räuber aufzulauern. Vielleicht sollten sie mal wieder den Westhang hinunter zu den Sümpfen laufen. Doch was gab es dort schon für Abenteuer zu bestehen? Möglicherweise lief ihnen einer der Toten über den Weg, die, den Erzählungen der Alten nach, dort ihr Unwesen trieben. Bei ihren verbotenen Ausflügen in das Sumpfgebiet war ihnen allerdings bisher nie der Geist eines Toten begegnet. Und obendrein liefen sie bei einem Ausflug zu den Sümpfen ständig Gefahr, erwischt zu werden. Da war es vielleicht doch besser, sich anderen Abenteuern zu widmen.
Plötzlich stieß Eldi seinem Freund mit der Faust in die Seite:
„Wie wär`s, wollen wir Urs jagen?“ rief er und schreckte Durin damit aus seinen Wachträumen auf.
Urs! Der mächtige, menschenverschlingende Riese! Das konnte Eldi nicht im Ernst vorhaben! Durin hatte zwar öfter und lauter als alle anderen Jungen der Siedlung damit geprahlt, dass er den Bären töten würde, wenn er ihm beim Hüten der Ziegen begegnete und er hatte auch behauptet, er stelle sich, wenn

nötig, dem Bären ganz allein entgegen, sollte der zottelige Menschentöter es wagen, in die Siedlung einzufallen. Aber das hatte er alles nur gesagt, um zu zeigen, dass er, der Sohn des Clanfürsten, sich vor nichts fürchtete. Er musste sie glauben lassen, dass er mehr Mut hatte, als sie alle zusammen! Doch so mutig, wie er sich gab, war er natürlich nicht und insbesondere vor Urs, an dessen Gegenwart er, wie alle Jungen der Siedlung, ganz fest glaubte, hatte er mehr Angst als vor allem, was er sonst kannte.

Nie hätte er gedacht, dass Eldi auf die Idee kommen könnte, diese Gefahr herauszufordern. Immer hatte er geglaubt, sein Freund hoffe, genau wie er selbst, nie seinen Mut in einem Kampf gegen Urs beweisen zu müssen.

„Du meinst...?" Durin versuchte, dem Freund gegenüber seinen Schreck und seine plötzliche Angst zu verbergen, aber es gelang ihm nur schwer.

„Natürlich", beharrte Eldi und seine Augen funkelten spöttisch, „du hast es versprochen. Du warst es, der die Idee hatte, Urs zu jagen und zu töten. Wie im Fieber kamst du mir vor, als du davon sprachst. Die blanke Gier nach seinem Pelz stand dir im Gesicht. Wo ist plötzlich dein Mut, großer Krieger?"

„Ich bin nicht feige!" brauste Durin auf. Er konnte sich nicht erinnern, wann er jemals davon gesprochen hatte, Urs jagen zu wollen. Hatte er sich wirklich bei seinen Prahlereien so in einen Rausch hineingeredet und nicht mehr gemerkt, was ihm über die Lippen gekommen war? Jetzt war es auf jeden Fall zu spät, es abzustreiten. Er durfte vor Eldi keine Schwäche zeigen. Auch wenn der sein bester Freund war, Feigheit würde er niemals verzeihen. Er würde sich von ihm lossagen und allen in der Siedlung von Durins Angst erzählen. Der Sohn des Clanfürsten, ein Feigling! Dann wäre er ein Ausgestoßener und niemand würde ihn noch eines Blickes würdigen. Auch Glan nicht! Glan! Das Mädchen, dem seine ganze Zuneigung galt. Das Mädchen, das er einmal zur Frau nehmen wollte. So hatte er es beschlossen. Niemand kannte seine Pläne, noch nicht einmal das Mädchen selbst. Aber das war Durin bisher egal gewesen. Wenn die Zeit reif war, würde er es ihr sagen und alle in der Siedlung würden sich mit ihm freuen. Nur eins durfte auf gar keinen Fall passieren: Er durfte vor Glan, seiner auserkorenen Frau, nicht als Feigling dastehen. Er wusste nicht, was schlimmer gewesen wäre: Eldi als Freund zu verlieren, oder von Glan verlacht zu werden. Wäre es dann nicht besser, zu sterben? Zerrissen von den gewaltigen Klauen eines übermächtigen Gegners. Dann würden sie wenigstens Heldenlieder über ihn singen und so seiner gedenken. Insgeheim verfluchte er Eldi für dessen irrsinnigen Vorschlag und konnte doch nicht anders, als das Kommando an sich zu reißen.

„Lass uns gehen“, krächzte Durin mit trockener Kehle und deutete an, dass er aufstehen wollte. „Mag Urs auch noch so groß und stark sein, wir werden ihm mit List begegnen. Er soll meinen Speer in seinem Leib spüren und meine Axt wird ihm den Schädel spalten. Noch heute Abend wird sein Fell mir gehören und mich während der kalten Tage wärmen. Wir werden genug Fleisch zu essen haben und man wird mich Durin, den großen Jäger nennen!“

Durin fühlte sich wie berauscht von seinen eigenen Worten, doch Eldi bremste seinen blinden Eifer:

„Gut gesprochen, großer Jäger Durin“, sagte er und deutete mit dem Kopf eine Verneigung an, wie sie einem künftigen Clanfürsten gebührte, „aber nicht so eilig, Freund. Hast du Jagdwaffen? Speere? Äxte?“

Durin schielte zu ihren Speeren. Eldi lachte hell auf:

„Du Armer! Glaubst du, Urs lässt sich mit solchen Stöckchen überwältigen? Er wird sie zerknicken, wie Grashalme! Wir brauchen schwere Waffen! Dem Gegner angemessen!“

Durin spürte die Gewalt von Eldis Worten, die sich wie Klauen um seinen Hals legten. Sein Freund hatte sich wohl schon länger mit dem Plan beschäftigt, Urs zu jagen. Seine kraftvolle Rede machte nur allzu deutlich, wie ernst er es meinte. Die in Durin lodernden Flammen vorgetäuschten Heldenmutes fielen in sich zusammen und glommen nur noch schwach. Er war nahe daran, aufzustehen und wegzulaufen. Wenn es keine Chance gab, gegen Urs zu bestehen, dann durfte man auch nicht so dumm sein, sich ihm entgegenzustellen. Das musste sogar Eldi einsehen!

„Wir haben keine Waffen, mit denen wir es gegen Urs aufnehmen können“, entgegnete Durin zaghaft seinem Freund.

Eldi verschränkte seine Arme vor der Brust und starrte eine Weile schweigend auf die Zehen seiner nackten Füße.

„Nein, solche Waffen haben wir nicht“, antwortete er bedächtig, „wir müssen sie uns besorgen.“

„Besorgen? Aber wo? Eldi, was hast du vor?“

Durin beäugte misstrauisch das Gesicht seines Freundes, über das sich ein verwegenes Grinsen ausbreitete.
„In der Werkstatt der Bronzegießer lagern mehr Waffen, als wir benötigen. Speere, Schwerter, Äxte ..."
Durin begriff, was Eldi plante. Es gefiel ihm ganz und gar nicht:
„Du willst sie bestehlen, habe ich recht?" Er griff seinem Freund an den Arm und schüttelte ihn. „Sie werden uns bestrafen, wenn sie uns erwischen! Ich bin der Sohn des Fürsten. Meine Strafe wird besonders hart sein!"
„Sie erwischen uns nicht! Außerdem will ich sie nicht bestehlen. Wir werden ihnen die Waffen zurückbringen, sobald wir Urs erlegt haben."
Durin behagte die Sache dennoch nicht.
„Nein, da mache ich nicht mit", sagte er und schüttelte entschlossen den Kopf.
„Nein?" Eldi blickte seinen Freund verächtlich an. „Wie willst du jemals ein richtiger Krieger werden, wenn du noch nicht einmal den Mumm hast, dir die nötigen Waffen zu besorgen?"
„Der Sohn eines Fürsten stiehlt nicht", entgegnete Durin kühl. Er spürte, wie eine heftige Wut in ihm aufstieg. Er wusste zwar, dass Eldi manchmal gegen ihn und seinen Stand als Fürstensohn stichelte, aber bisher war er immer gleichmütig darüber hinweggegangen. Wenn Eldi ihn jedoch zum Diebstahl anstiften wollte, dann ging das zu weit.
Eldi sprang auf:
„Feigling", sagte er knapp und ging auf die Speere zu, die ein paar Schritte entfernt im Boden steckten. „Fürstensohn...ha!" höhnte er, ergriff seinen Speer und wandte sich zum Gehen.
Durin war ebenfalls aufgesprungen und schnappte wütend nach Luft:
„Du nennst mich nicht noch einmal Feigling", brüllte er Eldi hinterher.
„Feigling, Feigling!" rief Eldi. Er drehte sich nicht einmal um und ging einfach weiter.
Durin zitterte vor Erregung. Er schielte nach seinem Speer, ließ jedoch von seinem ersten Gedanken ab, als er mit dem Fuß gegen einen Stein stieß. Schnell bückte er sich, ergriff den Stein, zielte kurz und schleuderte ihn Eldi hinterher. In dem Moment blieb Eldi stehen.
Der Stein traf Durins Freund mit voller Wucht am Kopf. Wie von einer Axt gefällt brach Eldi zusammen. Durin erstarrte vor Schreck. Augenblicklich

wurde ihm bewusst, was er soeben in seinem ungezügelten Zorn getan hatte.
„Eldi!“ schrie er und stürzte zu dem am Boden liegenden Jungen. „Eldi, steh‘ auf!“ Durin sah, wie das Blut aus der Wunde am Kopf sickerte und die blonden Haare seines Freundes schnell dunkelrot färbte.
„Eldi, bitte! Ich wollte das nicht!“
Durin griff seinem Freund an die Schulter, schüttelte ihn. Doch es half nichts. Eldi blieb, so wie er gefallen war, im Schilf liegen und rührte sich nicht.
„Er ist tot“, schoss es Durin durch den Kopf. Panik überfiel ihn. Hilfe! Eldi brauchte Hilfe!
Durin blickte sich um. Niemand war zu sehen. Natürlich nicht. Außer ihm und Eldi trieb sich ohnehin nie jemand in dieser Ecke des Tales herum. Plötzlich stürzte Durin los. Er rannte, als seien tausend böse Geister hinter ihm her. Er jagte durch das Schilf und die Rispen peitschten ihm ins Gesicht. Er ignorierte es. Als er am Fuß des Bergsporns angelangt war, stolperte, hechtete und krabbelte er zum Teil auf allen Vieren den schmalen Pfad hinauf, ohne auch nur einen Augenblick stehenzubleiben. Das Pochen seines Herzens dröhnte ihm in den Ohren. Kurz vor der Hochebene glaubte er, ein Bronzereif spanne sich immer enger um seinen Brustkorb und schnüre ihm die Luft ab. Schmerzhafte Stiche in der Seite, wie von den spitzen Dornen der Weißdornsträucher wollten ihn zum Anhalten zwingen. Aber er musste weiter. Unten im Tal lag Eldi, sein bester Freund, mit einem Loch im Kopf und er, Durin, war schuld daran. Er musste Hilfe holen – sofern für Eldi nicht jede Hilfe zu spät kam. Ihm wurde schwarz vor Augen und seine Schritte durch das kleine Tor an der Nordseite des Schutzwalls waren nur noch ein unkontrolliertes Straucheln.
„Hilfe!“ schrie er, indem er seine letzten Kräfte mobilisierte. Dann knickten seine Beine weg und er sank, noch bevor er das erste Haus der Siedlung erreicht hatte, keuchend in den Staub und schloss die Augen. Etwas Feuchtes wischte ihm kurz darauf durchs Gesicht und er hörte ein hilfloses Fiepen an seinem Ohr.
„Puck“, dachte er, „mein guter, alter Puck ...“
Die kalte Nase des Hundes stupste ihm gegen die Wange und mit Mühe öffnete er seine Augen wieder. Wie durch einen Nebelschleier nahm er erst das Gesicht des Hundes wahr und danach die Menschen, die um ihn herum

standen. Das heißt, er sah verschwommen ihre nackten Beine mit den aus Tierhäuten gefertigten Schuhen und Sandalen an den Füßen. Er schaffte es nicht, seinen Kopf zu heben. Und er hörte, wie sie aufgeregt durcheinander redeten. Ihre Stimmen klangen seltsam, ganz weit entfernt und dumpf.
„Hilfe ... Eldi ... im Tal ... Blut am Kopf ... tot ...“, lallte Durin leise, ehe seine Stimme versagte.

Die Sonne war schon zweimal wieder hinter den Hard-Bergen im Osten emporgestiegen, als Eldi endlich aus seinem langen Schlaf erwachte. Durin hatte fast nicht mehr daran geglaubt, dass sein Freund je wieder die Augen aufschlagen würde. Wie tot hatte er auf den Fellen im Haus seines Vaters gelegen, blass und reglos. Doch er atmete, wenn auch ganz flach und kaum wahrnehmbar und der Heiler und auch die Kräuterfrau taten alles in ihrer Macht stehende, um ihn nicht an die bösen Geister zu verlieren.
Durin blieb, wann immer es möglich war, am Lager seines Freundes sitzen. Er bereute es zutiefst, dass er sich zu dem Steinwurf hatte hinreißen lassen und er flehte stumm und inständig zur Göttin, dass sie Eldi wieder aufwachen ließe. Er wolle jede Strafe auf sich nehmen, wenn sein Freund nur am Leben bliebe.
Als Durin schließlich hörte, dass Eldi die Augen aufgeschlagen hatte, stieß er einen lauten Freudenschrei aus, der in der ganzen Siedlung und wahrscheinlich weit darüber hinaus zu hören war. Auch die Göttin musste seinen Jubel gehört haben, genau wie sein stummes Versprechen, ihr bei der nächsten Gelegenheit auf dem Lichtstein das Wertvollste zu opfern, was er zu bieten hatte: eine Kette aus Glasperlen, die er Glan schenken wollte – zur Hochzeit.
Eldi erholte sich erstaunlich schnell. Der Priester, den sie Heiler nannten, hatte die Wunde an seinem Hinterkopf mit Salben behandelt, die er selbst nach geheimen Rezepturen herstellte. Die Kräuterfrau wiederum hatte ihm einen eigens zubereiteten Sud zu trinken gegeben, der seinem Körper die nötige Kraft für die Heilung verliehen hatte. Dazu hatten der Heiler und seine Priesterbrüder immer wieder beschwörende Formeln am Lager des Kranken gesprochen. Alle in der Siedlung waren erleichtert über Eldis Genesung. Insbesondere Durin war froh, seinem Freund endlich sagen zu können, wie leid ihm sein unbeherrschtes Verhalten tat. Zu wissen, dass sein Freund ihm ver-

ziehen hatte, würde es ihm erleichtern, die Strafe zu verbüßen, die er von seinem Vater auferlegt bekäme.
Doch unter Eldis Leinenverband, den er um den Kopf trug, entwickelte sich nicht alles so, wie es sollte. Zwar schien die Wunde, wie erwartet, zu heilen, aber Eldi litt zunehmend unter pochenden Kopfschmerzen, zu denen sich Schwindel gesellte. Auch konnte er nicht mehr klar sehen. Alles verschwamm vor seinen Augen. Der Heiler tat sein Bestes, um Eldi von seinen Qualen zu befreien. Er probierte allerlei Salben und Tinkturen an ihm aus, gab ihm verschiedene Elixiere zu trinken, bat die Göttin mit kleineren Opfergaben um Hilfe und Rat und beschwor sie, die bösen Geister aus dem Kopf des Jungen zu verjagen. Doch nichts half. Auf diese Weise war Eldis Leiden nicht zu heilen.
Schließlich beriet er sich mit den anderen Priestern und sie kamen zu der Überzeugung, dass dem Übel in Eldis Kopf nicht mit der herkömmlichen Medizin beizukommen war. Der Heiler würde ihn operieren müssen. Wenn sich ihr Verdacht bewahrheiten sollte, dann hatte sich unter Eldis Schädeldecke ein Blutgerinnsel gebildet, das ihm auf das Gehirn drückte. Wenn niemand etwas unternahm, dann würde das Gerinnsel den Jungen töten. Er musste operiert werden. Der Heiler musste die Schädeldecke des Jungen öffnen und das Gerinnsel entfernen. Es gab keine andere Wahl.
Eldi war misstrauisch, als sein Vater mit ihm den Heiler aufsuchte, der ihn bisher zuhause mit Kräutersalben und Heiltrünken versorgt hatte. Er konnte sich nicht denken, was dieser Besuch zu bedeuten hatte, doch ganz wohl war ihm nicht. Er spürte, dass etwas Unangenehmes, nein, etwas Schlimmes auf ihn wartete. Auch wenn sein Vater ihm Mut machen wollte und ihm einredete, dass der Priester ihm nur helfen wolle, sah er doch das unruhige Flackern in dessen Augen.
Eldi hatte sich nicht getäuscht. Als der Heiler ihm erklärte, was er vorhatte, stieß er einen lauten Schreckensschrei aus. Er sprang auf, wurde aber von seinem Vater am Arm festgehalten. Der hatte jedoch nicht mit der Kraft gerechnet, die sein Sohn in seiner Angst entwickelte. Eldi gelang es, sich mit einem Ruck aus der Umklammerung seines Vaters zu lösen. Er sah, dass die Tür des Priesterhauses nur angelehnt war und stürzte darauf zu. Ehe sein Vater und auch der Heiler nur reagieren konnten, war Eldi durch die Tür ent-

wischt. Ohne sich umzudrehen, rannte er ein Stück über den Siedlungsplatz, dann schlug er einen Haken und war zwischen zwei der Langhäuser verschwunden. Als die beiden Männer im Haus des Heilers sich von ihrer Überraschung erholt hatten, kamen sie ebenfalls aus der Tür gestürmt, blieben kurz stehen und sahen sich nach dem Jungen um. Doch der schien wie vom Erdboden verschluckt.

Ja, man habe ihn gesehen. Flüchtig, aus den Augenwinkeln, sagten einige von denen, die auf dem Siedlungsplatz ihren Geschäften nachgingen und die der Heiler nach Eldi fragte. Aber niemand hatte wirklich auf den Jungen geachtet oder sich gar Gedanken darüber gemacht, warum der es so eilig hatte. Zu oft rannten die Kinder der Siedlung schreiend, lachend oder ohne einen Ton von sich zu geben in der Siedlung hin und her. Sie tobten eben gerne herum, wie es Kinder nun einmal machen.

„Eldi! Wo bist du? Komm zurück!"

Alles Rufen nutzte nichts. Jeden Winkel suchten sein Vater und der Heiler nach ihm ab. Einige andere aus der Siedlung beteiligten sich an der Suche, mehr aus Neugier, denn aus Sorge um Eldis Gesundheit. Aber niemand konnte den Jungen finden. Eldi blieb verschwunden.

Durin erfuhr erst am Abend, was mit seinem Freund geschehen war. Er hatte heute zusammen mit zwei anderen Jungen die Ziegen und Schafe gehütet, auf einer recht entlegenen Weide. Eldis Vater fing ihn noch an den Ställen ab, kaum dass er die Tiere hineingetrieben hatte.

„Durin, du musst mir helfen", rief er ihm schon von weitem zu.

Durin blieb stehen und schaute dem Vater seines Freundes entgegen. Er ärgerte sich, denn er war hungrig und hatte keine Lust, noch länger auf sein Abendessen warten zu müssen. Auch Puck war hungrig und müde. Der Hund hatte sich neben ihn auf den Boden gelegt und blinzelte träge ins Licht der tiefstehenden Sonnenscheibe. Doch als Durin hörte, dass sein bester Freund verschwunden war, hatte er augenblicklich Hirsebrei und gebratenes Fleisch vergessen.

„Durin, wenn er nicht ganz schnell zurückkommt, damit der Heiler den bösen Druck aus seinem Kopf entfernen kann, stirbt er. Weißt du denn nicht, wo er sein kann?" Die Verzweiflung stand Eldis Vater ins Gesicht geschrieben. „Du musst ihn finden und ihm sagen, dass er sich helfen lassen muss. Das bist du ihm schuldig."

Durin hörte den versteckten Vorwurf in den Worten des großen, kräftigen Mannes, der ihm in seiner Angst plötzlich ganz klein und hilflos erschien. Sofort begann das schlechte Gewissen wieder an ihm zu nagen. Ohne jenen unbedachten Steinwurf wäre Eldi nicht verschwunden und befände sich jetzt nicht in Lebensgefahr. Trotzdem rannte Durin nicht sofort los, um seinen Freund zurückzuholen. Er wusste zwar, dass es nur einen Ort geben konnte, an dem sich Eldi versteckt hielt. Aber dieser Ort war geheim – so geheim, dass außer Eldi und ihm und natürlich Puck niemand das Versteck kannte oder auch nur etwas davon ahnte: „Eldis Nest" hatten sie ihren geheimen Unterschlupf genannt. Und geheim sollte er auch weiterhin bleiben – trotz aller Sorge, die sich Eldis Vater um seinen Sohn machte.

„Ich werde ihn finden", antwortete Durin nur und bemühte sich, neben aller Sorge, die ihn überfallen hatte, möglichst ahnungslos zu erscheinen. „Zuvor muss ich aber meiner Mutter Bescheid geben. Sie wartet mit dem Abendessen auf mich."

„Gut", sagte Eldis Vater. Er hatte sich etwas beruhigt. „Aber lass dir nicht zu viel Zeit!"

Durin schüttelte den Kopf. Dann wandte er sich Puck zu:

„Komm, mein Guter", forderte er den Hund auf, „wir müssen Eldi suchen."

Wie erwartet fand Durin seinen Freund in dem kleinen Hohlraum, den sie sich an einer abgelegenen Stelle im Wall geschaffen hatten. Auf Umwegen hatte er sich an das Versteck herangepirscht, so dass niemand, der ihn durch die Siedlung hatte gehen sehen, etwas von seinem Ziel ahnen konnte.

Nichts deutete von außen darauf hin, dass sich an dieser Stelle im Wall ein Unterschlupf befand. Die Jungen hatten sich aus Weiden und anderem Geäst eine Art Deckel geflochten, den sie vor das kleine Loch stellen konnten, der ihnen als Zugang in den dahinter liegenden Hohlraum diente. Dieses Loch war so klein, dass wirklich nur ein Kind von Durins oder Eldis Statur hindurchpasste, oder ein Hund wie Puck. Den Deckel aus Astgeflecht konnten die Jungen von innen vor das Loch ziehen, so dass er sich an der Außenseite nahtlos mit dem Wall verband. Nur wer „Eldis Nest" kannte, fand auch den Zugang.

Der Hohlraum im Wall wiederum war groß genug, dass er zwei Jungen und einen Hund aufnehmen konnte, auch wenn sie alle zusammen nur dicht aneinander gedrängt darin hocken konnten. Sich hinzustellen oder sich gar hinzulegen und auszustrecken war unmöglich. Über dies hatten Durin und Eldi zusätzlich ein paar kleine Ausbuchtungen in die Wände eingearbeitet, in dem sie für Jungen so wertvolle Dinge wie ein kurzes Seil, ein Stück einer zerbrochenen Bronzesichel, zwei bronzene Speerspitzen, zwei tönerne Trinkbecher, ein paar kleine Steine mit eigentümlichen Farben und Formen und einiges mehr aufbewahrten. Zudem hatten sie immer ein paar Stücke Dörrfleisch im „Nest", so dass sie nicht vor Hunger sterben mussten, wenn einmal ein längerer Aufenthalt in ihrem Unterschlupf nötig war.
„Ich komme nicht mit zurück", wimmerte Eldi sofort, als er Durin zu sich ins „Nest" kriechen sah. Er konnte sich denken, warum sein Freund gekommen war und wer ihn geschickt hatte.
„Du musst, Eldi", sagte Durin. „Du bist krank. Der Heiler wird dir helfen."
„Nein", greinte Eldi, „ich will nicht sterben! Ich laufe weg. Heute Nacht noch. Wenn ich unterwegs auf einen Händler treffe, gehe ich mit ihm zu den fernen Flüssen und dann fahre ich mit einem Schiff ans Ende der Welt."
Obwohl er die Verzweiflung aus den Worten seines Freundes heraushörte, wurde Durin wütend:
„Du willst wirklich gehen? Ohne mich? Wir wollten gemeinsam weggehen und über das ferne Meer bis ans Ende der Welt fahren. Wir wollten gemeinsam Schätze suchen und gegen Ungeheuer kämpfen. Hast du das vergessen?"
„Nein." Eldi schüttelte den Kopf. „Aber ich bleibe nicht länger hier. Du kannst ja mitkommen, wenn du willst. Und Puck auch."
Der Hund blickte kurz hoch, als er seinen Namen hörte. Dann legte er seinen Kopf zurück auf seine Vorderpfoten, schloss die Augen und grunzte zufrieden. Er war müde und außerdem interessierte es ihn nicht sonderlich, was seine beiden Menschenfreunde zu besprechen hatten.
Plötzlich presste sich Eldi die Faust an den Kopf und verzog das Gesicht zu einer Grimasse.
„Du hast Schmerzen, nicht wahr?" fragte Durin.
Eldi nickte.

„Komm mit und lass dir helfen“, forderte Durin ihn auf. „Es wird dir nichts passieren. Und wenn du ganz gesund bist, gehen wir auf unsere Reise.“

„Ich werde nicht gesund“, jammerte Eldi. „Wenn der Heiler meinen Kopf aufmacht, wird es furchtbar wehtun und ich werde sterben. Wie der Mann, von dem der Händler einmal erzählt hat.“

„Der Mann war leichtsinnig“, entgegnete Durin. „Er ist nicht gestorben, weil man ihm den Kopf aufgemacht hat, sondern weil er danach unvernünftig gehandelt hat.“

Er konnte sich genau daran erinnern, was der Händler berichtet hatte. Diesem Mann, einem Bronzegießer aus einem fernen Dorf, hatte ein heilkundiger Priester ebenfalls den Schädel geöffnet, um Wasser zu entfernen, das sich unter der Schädeldecke angesammelt hatte und das Gehirn des Mannes und damit sein Leben zu zerstören drohte. Alles war gut gegangen und der Bronzegießer war bereits auf dem Weg der Besserung. Natürlich war die Wunde noch nicht geschlossen. Der Priester hatte sie zwar mit einem Lappen aus Leinen, getränkt in heilenden Kräutersud, abgedeckt, aber das war eben kein sicherer Schutz. Daher sollte der Mann eine Zeitlang nicht mehr als Bronzegießer arbeiten, denn beim Schmelzen der Bronzebarren und beim Bearbeiten der gegossenen Werkstücke flogen immer wieder Funken, Schmutz oder feine Bronzeteilchen durch die Luft und konnten die Wunde verunreinigen.

Der Bronzegießer war dumm genug gewesen, nicht auf den Priester zu hören. So war es gekommen, wie es kommen musste: Schmutz und winzig kleine Ascheteilchen waren in die Wunde geraten und hatten dann eine tödliche Entzündung ausgelöst. Soweit musste es bei Eldi nicht kommen.

„Bitte Eldi, sein klug und lauf nicht weg!“ flehte Durin. „Wenn du dir nicht helfen lässt, wirst du auf jeden Fall sterben. Das hat dein Vater gesagt.“

„Aber ich habe solche Angst“, jammerte Eldi.

„Ich auch“, gab Durin zu. Er konnte sich nur zu gut vorstellen, wie Eldi zumute war. Ganz sicher hätte er ähnlich gehandelt, wenn jemand ihm den Schädel hätte öffnen wollen. Wenn schon ein aufgeschlagenes Knie fürchterlich wehtat, wie sehr musste es dann erst schmerzen, wenn der Heiler den Schädel so lange einritzte, bis er eine kleine Knochenscheibe entnehmen konnte?

Es kostete ihn noch viele Worte, Eldi zur Rückkehr zu bewegen.

„Wenn du dir das Knochenstück geben lässt, das der Heiler aus deinem Kopf schaben wird, und wenn du es als Amulett um deinen Hals trägst, wird jeder sehen, wie mutig du warst. Man wird dich respektieren und dich bewundern. Man wird deinen Namen in einem Atemzug mit den mutigsten Männern unserer Siedlung nennen."
Er hatte gehofft, Eldi mit der Aussicht auf Ruhm und Ehre ködern zu können, doch der war von den Aussichten nicht angetan gewesen. Welcher richtige Mann lief denn mit einem Loch im Kopf herum? Mit solch einem Makel war man ein Krüppel und kein Held!
Als Durin schon glaubte, sein Freund würde sich nicht umstimmen lassen und er müsse ihn vielleicht mit Gewalt zum Heiler schleppen, seufzte Eldi plötzlich ergeben:
„Also gut. Ich komme mit. Wenn jemand ans Ende der Welt reisen und Abenteuer bestehen will, dann darf er nicht feige sein. Was ist schon dabei, wenn mir der Heiler den Kopf öffnet? Ich werde dem Tod mutig ins Auge schauen!"
Er grinste schwach und es schien nicht so, dass er seinen eigenen Worten glaubte. Dennoch kroch er Durin und Puck voran aus dem „Nest". Jetzt gab es kein Zurück mehr.

Wieder wand sich Eldi unter dem festen Griff seines Vaters. Aber dieses Mal ließ der ihm keine Chance mehr, zu entkommen. Sein Vater war so viel stärker als er. Leise wimmernd ergab Eldi sich in sein Schicksal und ließ sich von ihm auf einen Hocker drücken, der wohl nur für derartige Eingriffe bestimmt war, wie der Heiler ihn vornehmen wollte: Eldi sollte an dem Stuhl festgebunden werden, sodass er nicht unter den Händen des Heilers wegrutschen konnte. Darüber hinaus durfte er seinen Kopf nicht bewegen. Sei Vater sollte ihm den Kopf festhalten, während der Heiler mit einem Flintstein die Schädeldecke rund um die Stelle, wo ihn Durins Stein getroffen hatte, aufschaben wollte. Es wurde eine langwierige Prozedur, die Eldi unter heftigen Schmerzensschreien und bei vollem Bewusstsein über sich ergehen lassen musste. Er war halb dem Wahnsinn nahe, doch irgendwann hatte er es überstanden und, nachdem der Priester die Schädelöffnung versorgt und verbunden hatte, spürte er eine gewisse Erleichterung. Zwar hatte er starke Schmerzen, die von der verletzten Kopfhaut herrührten, aber dafür war der Druck aus seinem

Kopf verschwunden. Das Gerinnsel und einen Knochensplitter hatte der Heiler entfernt und Eldi durfte, gestützt von seinem Vater, nach Hause gehen. Einige Zeit müsse er sich ausruhen, hatte der Heiler gesagt, doch wenn die Sonne acht- oder neunmal ihren Lauf vollendet habe, dann könne er sicher wieder herumspringen, wie ein junges Zicklein.

Es fiel Eldi nicht leicht, den Anordnungen des Heilers Folge zu leisten und auf seinem Lager auszuruhen. Aber dann erinnerte er sich daran, was mit dem ungehorsamen Bronzegießer geschehen war, von dem der Händler berichtet hatte. Außerdem besuchte Durin ihn, so oft er konnte und als er sah, dass das schlechte Gewissen seinen Freund mehr zu quälen schien, als ihn seine Schädelwunde, war das mehr für ihn, als nur ein kleiner Trost.

Die stumme Frau

Gisils Hoffnung auf Regen hatte eine gewisse Zeit ihre Nahrung aus Agilatruds Zuversicht geschöpft. Mittlerweile jedoch fragte er sich, ob sein Weib ihren Mut und ihre Gewissheit tatsächlich aus einer göttlichen Quelle bezog, wie er noch an jenem Abend im Licht der untergehenden Sonne geglaubt hatte, oder ob es vielleicht doch nur die eigene Quelle der Freude über das heranwachsende Kind in ihrem Bauch war, von der sie so viel an andere abgeben konnte.

Irgendwann würde diese Quelle versiegt sein und dann würde auch Agilatrud der Tatsache ins Auge blicken müssen, dass die Göttin nicht daran dachte, den bitter nötigen Regen zu schicken. Gisil fragte sich, wie es weitergehen sollte. Mit dem Clan, mit seiner Familie und vor allen Dingen mit seinem ungeborenen Kind. Es brauchte reichlich und gute Nahrung, die es nur bekam, wenn es Agilatrud gut ging und sie genug zu essen und zu trinken bekam. Dafür aber standen die Aussichten derzeit nicht gut. Die Luft flirrte und der Wind trug den heißen Hauch des Verderbens über das Land. Die Erde glühte und die Wurzeln der meisten Pflanzen reichten nicht mehr tief genug, um an das lebensnotwendige Wasser zu gelangen. Das saftige Grün der Blätter und Gräser verblasste und die Dürre griff immer weiter um sich. Überall nur krankes, gelbes Kraut oder Saat, die gar nicht erst aufging.

Der Clanfürst schaute in diesen Tagen mehr als einmal verbittert über das Tal im Westen, das auch zu Zeiten der Trockenheit immer noch mehr als genug Feuchtigkeit in seinem Boden barg, sich aber gleichzeitig dagegen wehrte, besiedelt und beackert zu werden. Morast und tückische Sümpfe, angefüllt mit toten, fauligen Baumresten, überwuchert mit Barrieren aus Schilf und Schlingpflanzen, aus Hecken, Dornen und Gestrüpp, so stellte sich das Tal dem Menschen entgegen, wehrte sich erfolgreich gegen sein Eindringen. Keine Handbreit Boden ließ es sich entringen. Das alles wäre vielleicht noch zu ertragen gewesen. Aber das Wasser, dieses im Tal im Überfluss vorhandene Lebenselixier, hätte die Göttin den Bewohnern der Siedlung wenigstens gönnen können – zum Trinken oder zur Bewässerung der Felder. Doch trotz aller Sümpfe, Rinnsale, Bäche und Tümpel, gespeist aus den salzigen Quellen

am nordwestlichen Fuß des Höhenzuges, war es nur das Wasser des Flusses Susia, das für Mensch, Tier und Nutzpflanzen genießbar gewesen wäre. Ein Unding jedoch, es durch die Wildnis des Tales dorthin zu befördern, wo es gebraucht wurde. Wenigstens versorgten die kleinen Bäche, die von den Hängen im Westen hinabflossen und in den Fluss Susia einmündeten, die meisten der dort verstreut liegenden Gehöfte mit dem nötigen Trinkwasser. In Trockenzeiten jedoch floss auch ihr Wasser nur noch spärlich, verkam zu tröpfelnden Rinnsalen oder versiegte ganz. Aber egal, ob die Bäche viel oder wenig Wasser führten – den Menschen in der Siedlung auf dem Höhenzug nutzte das nur wenig.
Dafür besaßen sie das weiße, kristallene Gold, das die Arbeiter direkt dort, wo es als salzige Brühe aus dem Boden quoll, dem sprudelnden Nass in schweißtreibender, harter Arbeit abrangen und das den Reichtum des Clans darstellte. Es war aber zugleich auch einer der Gründe dafür, dass die Menschen in der Siedlung und auf einigen der verstreuten liegenden Höfe ohne ein Bächlein in unmittelbarer Nähe vielleicht bald Not leiden mussten. Zwar konnte man auch in Dürrezeiten etliche wertvolle und nützliche Dinge gegen Salz eintauschen. Aber alles, was Menschen fürs tägliche Überleben benötigten, wurde in jedem Dorf, auf jedem Hof weit und breit ohnehin nur für den Eigenbedarf erzeugt und nicht für den Handel. Niemand konnte etwas davon aus der Hand geben. Erst recht nicht in Zeiten, wenn das, was man hatte, kaum für den eigenen Bedarf reichte! Da konnte man reich genug sein, um den vorbeiziehenden Händlern alles abzuhandeln, was sie mit sich führten; man würde nichts Essbares darunter finden. Auch wenn Bronzeschmuck, Waffen oder fein gearbeitete Krüge und Töpfe jeden Sack Salz wert sein mochten, den man für sie gab - sie taugten wenig, um Hunger und Durst zu stillen.

Eines Abends, die Sonne neigte sich nach einem weiteren Tag ohne jedes Wölkchen dem Horizont zu, ertönte lautes Kindergeschrei am Haupttor im schützenden Siedlungswall, das noch übertönt wurde von Hundegebell und dem Meckern und Blöken von Ziegen und Schafen. Es war die Zeit, zu der die Hütekinder täglich mit ihren kleinen Herden von den Weiden zurückkehrten. Für gewöhnlich ging das viel ruhiger vonstatten. Nie herrschte eine

solche Aufregung, nie drang solch ein Lärm in die Siedlung hinein wie jetzt. Natürlich rannten alle, die den Krach hörten und nicht gerade Wichtigeres zu erledigen hatten, zum Tor. Sei es aus Neugier, oder aus Angst, dass etwas passiert sei, oder einfach nur, um sich selber lautstark über die ungewohnte Ruhestörung zu beschweren.
Was war geschehen? Hing es mit der anhaltenden Trockenheit zusammen, die Kinder und Tiere gleichermaßen vor Durst und Hunger schreien ließ? Nein, unmöglich! Auch wenn sich die Lage mit jedem Tag, an dem kein Regen fiel, mehr zuspitzte, so würde es für die genügsamen Ziegen und Schafe noch eine Zeitlang Futter auf den kargen Weiden geben. Das Schlimmste stand erst noch bevor! Auch waren die Kinder am Morgen, bevor sie die Siedlung verlassen hatten, mit ausreichend Wasser und Wegzehrung für sich und die Hütehunde versorgt worden. Es musste andere Gründe für das Geschrei geben.
Als der erste, der an dem Schutzwall, der hier im Bereich des Tores aus einer Holzpallisade bestand, angelangt war und das Tor aufriss, prallten er und die nachfolgenden Neugierigen auf eine Wand aus Ziegen und Schafen, die sich an das Tor und den Wall drückten, während zwei Hunde sie laut kläffend umrundeten und gemäß ihrer Bestimmung darauf achteten, dass keins der Tiere aus dem Pulk ausbrechen konnte.
Mitten in diesem Gedränge standen zwei der Hütejungen und redeten wild gestikulierend auf die Torwächter ein, die sich von ihrem Posten weg und ins Getümmel hatten ziehen lassen. Einer der Jungen deutete dabei immer wieder aufgeregt auf ein kleines Wäldchen am südlichen Horizont, das mit verkrüppelten Bäumen bestanden war und sich, durchsetzt mit dichtem, dornigem Gestrüpp, einen steilen Abhang hinab ins östliche Tal ausdehnte. Dort mündete es direkt in die Waldausläufer der Hard-Berge, nur durchbrochen vom Handelsweg, der von Süden herauf durch das Tal führte.
Die Torwächter bemühten sich vergeblich, aus dem Stimmendurcheinander der Jungen schlau zu werden. Schließlich brüllte der kräftigere der beiden hochgewachsenen Männer mit dröhnender Stimme:
„Schweigt!“
Sofort verstummten die beiden Jungen und zogen ihre Köpfe erschrocken zwischen die Schultern. Auch die Hunde schienen beeindruckt und vergaßen

für einen Moment zu kläffen. Die Schafe und Ziegen hingegen blökten und meckerten ungerührt weiter.
„Jetzt redest nur du“, donnerte der Wächter und deutete auf einen der Jungen, „was ist geschehen?“
„Die ... die Frau! Da ... da liegt eine Frau ...“, stammelte der Junge und deutete auf das Wäldchen.
„Was für eine Frau?“ forschte der Wächter streng. „Rede!“
„Sie ... sie ist tot!“
„Tarins Hund hat sie gefunden“, mischte sich der zweite Hütejunge ein.
„Wo ist Tarin jetzt?“ fragte der Wächter. Er wirkte angespannt und blickte sorgenvoll zum Wäldchen hin.
„Er und Ergain sind zusammen mit dem Hund bei der Frau geblieben. Wir haben die Tiere zurückgebracht und wollten Hilfe holen!“
Der Wächter musterte ihn zweifelnd:
„Eine tote Frau? Wie kannst du wissen, dass sie tot ist?“
„Blut. Sie ... sie ist mit Blut verschmiert.“ Die Stimme des Jungen zitterte.
„Die Frau liegt da und rührt sich nicht mehr“, ergänzte sein Gefährte.

„Gut. Das habt ihr gut gemacht." Der Wächter nickte zufrieden. „Geht jetzt und treibt die Tiere zu ihren Ställen."
„Aber wir wollen mit zurück zu unseren Freunden!" begehrten die Jungen beinahe gleichzeitig auf.
„Nein", herrschte der Wächter sie an, „ihr kümmert euch um die Tiere, das ist eure Aufgabe. Die Männer werden gehen."
Seine Worte ließen keinen Widerspruch zu und murrend trieben die Hütejungen mit Hilfe ihrer Hunde die Ziegen und Schafe durch das Spalier der Neugierigen hinein in die Siedlung.
Schnell hatten die Wächter einige Männer aus der Gruppe der Herumstehenden bestimmt, die zum Wäldchen laufen und nachsehen sollten, was es mit dem Bericht der Jungen auf sich hatte.
„Was steht ihr hier noch herum? Geht wieder an eure Arbeit!" Der Wächter, der bisher schon das Wort geführt hatte, machte ein paar drohende Schritte auf die kleine Versammlung zu. Alle wussten, er war ein aufbrausender Kerl, der sich manchmal eine Macht herausnahm, die ihm nicht zustand. Fast jeder in der Siedlung empfand einen unterschwelligen Groll gegen ihn, aber niemand wagte es, seinem Unmut Luft zu machen oder gar gegen ihn aufzubegehren. So wandten sich die Männer und Frauen murrend zum Gehen, jedoch nicht, ohne dem kleinen Suchtrupp noch einen letzten neugierigen Blick hinterherzuschicken.

Die Sonnenscheibe war schon geraume Zeit hinter den Baumspitzen am westlichen Horizont verschwunden, als die Männer, die man ausgeschickt hatte, um die Frau und die draußen gebliebenen Hütejungen zu suchen, zurückkehrten.
Die Nachricht von der vermeintlich Toten hatte sich wie ein Lauffeuer auch bis zum letzten Bewohner herumgesprochen und fast jeder in der Siedlung hatte in der Zwischenzeit immer wieder einen verstohlenen Blick zum Tor geworfen, in angespannter Erwartung dessen, was wohl geschehen würde.
Als das Haupttor plötzlich und ohne Vorankündigung geöffnet wurde, strömten sie sofort, wie auf ein stummes Kommando hin, alle zusammen und bildeten eine Gasse, durch die zwei der Männer des Suchtrupps eine Person schleiften.

Die Arme des erbarmungswürdigen Häufchens Mensch hatten sie sich um den Nacken gelegt, während sie mit ihren freien Armen die Hüfte des Geschöpfes umfassten, das wie ein schlaffer Sack zwischen ihnen hing.
Es schien tatsächlich eine Frau zu sein, die die Männer da mit sich schleppten. Auch wenn ihr Kopf herabhing und durch die langen, wirren Strähnen ihrer verfilzten strohfarbenen Haare kaum etwas von ihrem Gesicht zu erkennen war, ließ ihre zierliche Figur keine andere Vermutung zu. Außerdem trug sie Leinenkleider, wie sie nur für Frauen gefertigt wurden. Das konnte man immer noch gut erkennen, auch wenn alles, womit sie bekleidet war, zerrissen und beinahe vollständig mit Blut und Erde verschmutzt war.
Die Frau war nicht tot, wie die Hütejungen behauptet hatten. Man konnte sehen, wie sie sich immer wieder erfolglos bemühte, Tritt zu fassen und ein paar Schritte mit ihren Helfern zu machen. Doch es gelang ihr nicht, denn die beiden Männer, die sie stützten, scherten sich nicht um ihre angestrengten Versuche. Sie wollten keine Zeit verlieren, sondern die Frau so schnell wie möglich in die Hände des Heilers geben. So schlurften die Füße der Frau kraftlos hinterher und zogen, ähnlich einem Hakenpflug, zwei schmale Rillen in den staubigen Weg.
Es folgten die übrigen Männer des Suchtrupps und, triumphierend um sich schauend, die beiden Hütejungen mit ihrem Hund. Sie waren stolz darauf, die Frau gefunden zu haben und nun im Mittelpunkt des Interesses zu stehen. Von hinten schlossen sich die Spaliersteher einer nach dem anderen zu einer recht ungewöhnlich anmutenden Prozession zusammen, die zum Haus des Heilers zog. Dort bauten sie sich zu einem Halbkreis um die Eingangstür auf. In gebannter Erwartung verharrten sie, tuschelten miteinander und raunten sich ihre Vermutungen und Ahnungen ins Ohr. Einige von ihnen drängten sich um die Hütejungen, die die Frau im Wäldchen gefunden hatten und versuchten, ihnen ein paar Hinweise darüber zu entlocken, was geschehen war. Die Jungen jedoch konnten nicht wesentlich dazu beitragen, Licht in die rätselhafte Angelegenheit zu bringen.
„Wie habt ihr sie gefunden?"
„Die Hunde ....", sagte Tarin. „Als wir auf dem Rückweg waren, rannte einer der Hunde weg. Direkt ins Wäldchen. Die anderen Hunde hinterher!"
„Und wir auch!" ergänzte Ergain eifrig.

„Wer ist die Frau?“ fragte ein anderer. „Was ist mit ihr passiert?“
Er bekam nur ein Schulterzucken als Antwort.
„Ihr habt die Ziegen und Schafe allein gelassen“, knurrte plötzlich einer der Männer, der direkt hinter den Jungen stand und aufmerksam zugehört hatte. „Es war eure Aufgabe, sie zu hüten.“
„Aber ... aber wir haben sie wieder zusammengetrieben“, entschuldigten sich die Zwei fast gleichzeitig mit weinerlicher Stimme. „Kein Tier fehlt.“
„Das war reines Glück. Ihr hättet eins der Tiere, vielleicht sogar mehr, verlieren können. Ihr seid eurer Aufgabe nicht anständig nachgekommen. Es kann nicht sein, dass wir in diesen Tagen der Dürre vielleicht Hunger leiden müssen, nur weil ihr unachtsam wart. Wir brauchen jedes Tier! Ihr seid es nicht wert, als Hütejungen zu arbeiten!“
Die Stimme des Mannes wurde lauter und gereizter. Er war auf Streit aus. Immer mehr der Umstehenden spürten die knisternde Stimmung und mischten sich ein. Bald entbrannte ein heilloses Stimmengewirr um die Jungen herum, die, von allen Seiten bedrängt, den Tränen nahe waren. Alle schienen wütend auf sie zu sein. Dabei hatten sie geglaubt, etwas besonders Gutes getan zu haben! Die Männer, die ihnen zur Hilfe gekommen waren, hatten sie auf dem Rückweg zur Siedlung sogar für ihr umsichtiges Verhalten gelobt!
„Ruhe! Gebt endlich Ruhe“, donnerte eine Stimme dazwischen. Sie kam von der Tür des Heilerhauses her, in der plötzlich Gisil stand. Er allein war den Männern, die die Frau getragen hatten, ins Haus gefolgt. Als Clanfürst hatte er ein Anrecht darauf, als erster zu wissen, was es mit der Frau auf sich hatte und was mit ihr passiert war.
„Der Heiler braucht euer Geschrei bei seiner Arbeit nicht! Geht zurück in eure Häuser und an eure Herde und lasst ihn in Ruhe die Wunden der Frau versorgen.“
„Wer ist sie?“ wollte eine Frau aus der Gruppe vor der Tür wissen. Sie war zu aufgebracht, um ihrem Clanfürsten gegenüber respektvoll zu schweigen und einfach nur zu gehorchen. „Wo kommt sie her? Warum ist sie überall mit Blut verschmiert? Was ist passiert?“
„Wir wissen es noch nicht. Geht jetzt! Wir halten später eine Versammlung auf dem großen Platz ab. Dann wird der Heiler über die Frau berichten und wir werden beraten, was mit ihr geschehen soll.“

Nur zögernd löste sich der Pulk auf und es dauerte einige Zeit, ehe sich alle in ihre Häuser zurückgezogen hatten. Die Ruhe währte jedoch nur kurz, dann liefen viele der Siedlungsbewohner wieder geschäftig vor ihren Häusern herum oder die Wege entlang zu den Werkstätten oder zur Zisterne, zu den Pferchen und Ställen oder einfach nur zum Nachbarhaus. Plötzlich hatte jeder, so schien es, draußen etwas Wichtiges zu tun. Natürlich konnte es niemandem verborgen bleiben, dass alle Augen nur ein Ziel kannten – das Haus des Heilers.

Die Nacht verging, ohne dass Gisil, der Heiler oder einer der Ältesten die Siedlungsgemeinschaft zusammengerufen hätte. Es gab viele, die am nächsten Morgen unausgeschlafen aus dem Haus traten und sich nur mit Widerwillen ihrer täglichen Arbeit zuwandten. Über den ganzen Tag drang kein Sterbenswörtchen aus dem Haus des Heilers. Diejenigen, die im Haus verschwanden und nach kurzer oder längerer Zeit wieder heraustraten, blieben stumm und ließen sich auch aller heftigen Bedrängnis zum Trotz nicht zum Reden bewegen.

Es war Agilatrud, die Gisil schließlich dazu überreden konnte, eine Versammlung einzuberufen, noch bevor sich eine weitere Nacht anschloss. Sie wusste um die Gerüchte, die entstehen konnten, wenn geheimnisvolles Treiben zu lange andauerte. Und sie wusste um die Gefahren, die von solchen Gerüchten ausgingen. Widerwillig musste Gisil Agilatrud Recht geben. Er hasste es, den Leuten seines Clans gegenüberzutreten, ohne ihnen etwas sagen zu können und ihnen seine eigene Hilflosigkeit preiszugeben. Aber es ging nicht nur darum, Führungsstärke zu zeigen, sondern früh genug zu handeln, ehe die Gerüchte den ganzen Clan vergifteten.

„Wir wissen nicht, wer sie ist und was ihr geschehen ist“, bekannte Gisil freimütig, als er am frühen Abend inmitten des versammelten Clans am Lagerfeuer stand. „Sie redet nicht.“

„Ist sie zu schwach?“ fragte eine der Frauen.

„Nein. Sie ist wieder zu Kräften gekommen. Das Essen und die Kräutersäfte haben sie gestärkt. Ihre Wunden sind weder tief noch gefährlich.“

„Vielleicht ist sie ja stumm“, gab die Frau zu bedenken.

„Nein, auch das nicht", widersprach Gisil. „Stumme versuchen mit Händen und Füßen zu reden. Diese Frau redet nicht, weil sie Angst hat. Wenn man sie etwas fragt oder sich ihr nähert, zieht sie sich wie ein verängstigtes Tier in eine Ecke zurück."

Plötzlich steckten einige die Köpfe zusammen und nervöses Getuschel setzte ein. Gleich darauf erhob sich die Kräutersammlerin, eine kleine, stämmige Frau mit dünnem, weißem Haar und einem rosigen Mondgesicht, die nicht nur viel über die Wirkung der Wald- und Wiesenkräuter wusste, sondern auch über die dunklen Mächte. Sie musterte ihren Clanfürsten abschätzend und fragte:

„Was soll mit ihr geschehen? Vielleicht sind ja böse Dämonen in ihr und haben ihr die Stimme geraubt. Vielleicht ist sie geschickt worden, um Unglück über uns zu bringen."

Gisil hatte befürchtet, dass jemand eine solche Vermutung äußern würde. Er musste den Gedanken im Keim ersticken.

„Es sind nicht immer Dämonen, die einen Menschen befallen und ihm den Mund verschließen. Das wisst ihr selbst! Ist jemand unter euch, der nicht schon einmal vor Schreck stumm gewesen ist?"

„Ich war noch nie stumm!" krähte ein Junge namens Faruni dazwischen. Er war in der Siedlung für sein freches und vorlautes Mundwerk bekannt, was ihm aber niemand übel nahm.

Auch jetzt rief der Junge wohlwollendes Gelächter hervor und die Spannung in der Versammlung löste sich ein wenig. Einzig Farunis Eltern warfen ihrem Sohn erzürnte Blicke zu.

„Dass weder Dämonen noch andere Schrecken deinen Mund verschließen können, ist allen hier bekannt, Faruni", erwiderte Gisil milde lächelnd. „Doch was diese Frau betrifft, so muss sie Schrecklicheres erlebt haben als dir je widerfahren ist in deinem jungen Leben." Gisil machte eine kurze Pause und ließ seinen Blick über die Gesichter der Versammelten gleiten. Zweifel, Misstrauen und Neugier sprach aus ihren Augen. Sie erwarteten eine Entscheidung von ihm.

„ Wir werden die Frau in unserer Mitte aufnehmen", sagte er. „Sie wird bei uns bleiben, bis sie ihre Ängste überwunden hat und uns dann vielleicht sagen kann, wer sie ist, woher sie kommt und was passiert ist. Ein paar Tage noch wird sie bei unserem Heiler bleiben. Danach wird jemand aus eurer Mitte sie zu sich in sein Haus nehmen und sie behandeln, als wäre sie ein Mitglied seiner Familie."

Niemand wagte es, gegen diese Entscheidung aufzubegehren. Dennoch spürte Gisil die Ablehnung, die ihm entgegenschlug. Eine fremde Frau, dazu noch eine, deren Mund durch ungeklärte Umstände verschlossen war – niemand mochte solch einen Menschen unter seinem Dach beherbergen. Und doch, die Gastfreundschaft gebot es, die Frau nicht abzuweisen und einem ungewissen Schicksal zu überlassen.

„Da! Da ist sie!"

Der plötzliche Aufschrei einer Frau aus der Versammlung ließ alle ihrem ausgestreckten Arm und Finger folgend zum Haus des Heilers blicken. Im schwachen Licht der Abenddämmerung drückte sich jemand, einem Schatten gleich, am lehmverschmierten Weidengeflecht der Giebelwand entlang. Beinahe hätte es die Person, es konnte nur die stumme Frau sein, geschafft, ungesehen am Ende des Giebels um die Hausecke und unter dem überhängenden, fast bis zum Erdboden reichenden Strohdach zu verschwinden.

„Frau, bleib stehen!"

Aufgebracht rufend kam der Heiler aus seinem Haus gerannt, hielt vor der Tür inne und blickte sich schnell nach rechts und links um. Gerade noch sah er die Frau um die Hausecke verschwinden und stürzte ihr hinterher:

„Lauf doch nicht weg. Niemand tut dir etwas!"

Plötzlich war die ganze Versammlung auf den Beinen. Alle rannten dorthin, wo soeben auch der Heiler im Schatten des Strohdaches verschwunden war. Als die Ersten das Haus erreichten, tauchte der Heiler schon wieder auf. Die stumme Frau hatte er am Arm gefasst und zog sie hinter sich her.

„Tu ihr nicht weh", mahnte Gisil, der die angstgeweiteten Augen der Frau sah.

„Nur einen Moment habe ich mich von ihr abgewandt", fauchte der Heiler. „Schnell wie ein Reh war sie von ihrem Lager aufgesprungen und zur Tür hinaus. Sie wollte fliehen!"

„Sie ist keine Gefangene", entgegnete Gisil schroff. „Lass sie los."

Nur unwillig ließ der Heiler von der Frau ab. Es schien fast so, als betrachte er sie als seinen Besitz, den er nicht freiwillig herausrücken wolle. Schnell war den Umstehenden klar, warum der Heiler so darauf bedacht war, die Frau in sein Haus zurückzuholen. Jetzt, da ihre Wunden versorgt, ihr Körper und ihr Gesicht gewaschen und ihre Haare hergerichtet waren, jetzt, da sie saubere Kleider anhatte, konnte es jeder erkennen. Die Frau war schön. So schön, dass es sogar einen Priester aus der Ruhe bringen musste.

Wie ein Stück Vieh stand die Frau plötzlich inmitten eines sich immer enger zusammenziehenden Kreises aus Männern und Frauen, die sie mit unverhohlener Neugier begafften. Sie zitterte am ganzen Körper und ihre Augen waren schreckgeweitet. Plötzlich schob sich Agilatrud von hinten durch den Kreis der Gaffer und drängte sich zwischen die Frau und den Priester, der mit eifersüchtigem Blick einen Schritt zur Seite wich. Sie legte einen Arm um die Schulter der Frau und zog sie sanft an sich:

„Diese Frau ist kein Ochse oder Schwein, das zum Tausch angeboten wird!" rief sie. „Seht ihr nicht, dass sie schreckliche Angst hat? Ihr habt sie jetzt genug angestarrt. Lasst sie in Ruhe und geht. Ich nehme die Frau mit in unser Haus. Sie wird nicht mehr bei dem Heiler bleiben. Ich werde mich um sie kümmern."

Ihre Augen suchten Gisil, der ihr mit einem knappen Nicken Zustimmung signalisierte. Dann ging sie zusammen mit der stummen Frau auf den Menschenkreis zu, in dem sich ohne Aufforderung eine Lücke auftat. Agilatrud war die Frau des Clanfürsten. Niemand hätte gewagt, ihr den Weg zu versperren.

Zögernd zerstreuten sich die Bewohner und verschwanden in ihren Häusern. Nur der Heiler blieb noch lange dort stehen, wo man ihm die stumme Frau genommen hatte. Wütend starrte er zum Haus des Clanfürsten hin, ehe sein Blick auf das Lagerfeuer gelenkt wurde. Die Holzscheite waren heruntergebrannt und nur noch die rotscheinende Aura der Glut erhellte schwach den Versammlungsplatz. Niemand hatte daran gedacht, die Glut zu löschen, eine Sicherheitsvorkehrung, die besonders in Trockenzeiten ihren Sinn hatte. Der Heiler hätte sie selbst löschen oder veranlassen können, dass es ein anderer tat. Stattdessen überließ er die verglühenden Holzreste sich selbst, wandte sich ab und stapfte wütend durch die Tür in sein Haus.

Feuer und Schuld

Agilatrud wurde von einem merkwürdigen Geräusch geweckt. Sie hatte ohnehin nicht tief und fest geschlafen, wie es sonst ihre Gewohnheit war. Zu sehr hatte der Abend sie aufgewühlt. Noch auf ihrem Lager, während die ruhigen Atemzüge von Gisil und den Kindern an ihr Ohr gedrungen waren, hatte sie die stumme Frau beobachtet, die, den Rücken ihr zugewandt, reglos und zusammengekrümmt wie ein Säugling neben ihr gelegen hatte. Nur zwei Schaffelle zwischen sich und dem nackten Boden. Die Decke aus Wolle, mit der Agilatrud sie hatte zudecken wollen, lag, zu einem kleinen Berg zusammengedrückt, zu ihren Füßen. Die Frau hatte sich gegen die Wolldecke gewehrt, hatte sie sich mit heftigen Fußtritten vom Körper geschoben. Es hatte ausgesehen, als müsse sie sich gegen etwas stemmen, das sie einengt, etwas, das ihr die Luft zum Atmen nehmen will. Agilatrud hatte sie gewähren lassen. Dann war Ruhe gewesen. Zeitweise hatte es den Anschein gehabt, als sei die Frau tot. Keine Regung ihres Körpers hatte darauf hingedeutet, dass sie noch atmete. Dann wiederum hatte sie leise, wimmernde Laute ausgestoßen, gepaart mit leichten Zuckungen ihrer Beine und ihrer Schulter. Wie es schien, hatte sie geträumt – böse Träume von einem schlimmen Ereignis.

Agilatrud hatte der Frau ihre Hand auf die Hüfte gelegt und sie sanft gestreichelt. Eine Geste nur, die ihre Wirkung aber nicht verfehlt hatte. Von dem Moment an war das Wimmern ausgeblieben und Agilatrud hatte geglaubt, dass die Frau den bösen Traum überwunden hatte und endlich fest schlafe. Kurz danach musste sie selbst in einen leichten Schlummer gefallen sein.

Als sie jetzt hochschreckte, war das Lager neben ihr leer. Hastig huschte ihr Blick durch das Haus, doch außer den schemenhaften Pfeilern und Stützen, der Herdstelle, den Gefäßen auf den Regalen und all den anderen gewohnten Gegenständen im Haus war im fahlen Mondlicht, das durch die Türöffnungen drang, nichts zu erkennen. Die stumme Frau war nicht mehr da.

Dafür aber wusste Agilatrud plötzlich das Geräusch, von dem sie erwacht war, einzuordnen. Es war das Wimmern und Greinen der Frau, wie sie es auch auf ihrem Lager vernommen hatte. Jetzt jedoch drang es viel lauter, klagender, schauriger an ihr Ohr. Es klang nach Qualen und Schmerzen. Agilatrud sprang

auf und hastete zur Tür. Trotz ihrer Eile achtete sie darauf, keinen Lärm zu machen, um die anderen Schläfer nicht zu wecken. Sie trat nach draußen und wandte den Kopf in die Richtung, aus der das Wimmern kam. Sie erstarrte.
Auf dem Versammlungsplatz hatte die stumme Frau das Feuer vom Vorabend wieder angefacht. Nicht sehr hoch schlugen die Flammen. Ein paar dürre Äste nur, die vom Feuer aufgezehrt wurden. Das jedoch war nicht der Grund, der Agilatrud das Blut in den Adern gefrieren ließ. Die Frau selbst war es! Splitternackt bewegte sie sich im Schein des Feuers um den heiligen Schrein am Rand des Platzes herum. In der Hand hielt sie ein glühendes Holzscheit, das sie sich vor ihr Gesicht hielt, um gleich darauf langsam und in ganz geringem Abstand von oben nach unten damit die Konturen ihres Körpers nachzuzeichnen. Dann, als sie mit dem feurigen Holzstück ihren Unterleib erreicht hatte, verharrte sie kurz in ihrer Bewegung und presste das Scheit urplötzlich direkt über der Scham auf ihren Bauch. Einen Wimpernschlag nur dauerte diese selbstquälerische Bewegung, die ihr heftige Schmerzen bereiten musste und ihr diese gepressten Schreie entlockte.
Agilatrud erwachte aus ihrer Starre. Sie fragte sich nicht zuerst, warum die Frau sich so etwas antat. Sie dachte nicht lange nach, sondern rannte los. Auf die Frau zu. Entriss ihr das Holzscheit und warf es in hohem Bogen zurück ins Feuer. Funken stoben auf und ein plötzlicher Windstoß trug sie mit sich.
Agilatrud hatte keine Augen für den Funkenflug. Wichtig war nur die Frau. Sie sah nicht, was hinter ihrem Rücken und kurz darauf etwas weiter entfernt mit der Töpferwerkstatt geschah. Sie zog die stumme Frau an ihren Körper, versuchte, so gut es ging, ihre Nacktheit zu verbergen. Jammernd und greinend, mit irrem Blick, stemmte die sich gegen Agilatrud, die jedoch nicht nachgab, die Frau vor sich selbst und vor den lauernden Augen der Nacht zu schützen. Als deren offene, blutige Brandwunden, die sie sich am Unterleib zugefügt hatte, mit Agilatruds grobem Gewand in Berührung kamen, schlug sie heftig um sich. Der Schmerz musste furchtbar sein!
Agilatrud gab die Frau wieder etwas frei, allein, um nicht von den verzweifelten Schlägen zu heftig getroffen zu werden. Warum hatte sie nur Gisil nicht geweckt? In ihrer Verzweiflung entwickelte die Frau Kräfte, denen sich Agilatrud kaum gewachsen sah.

„Schschsch ... ganz ruhig“, versuchte Agilatrud mit unterdrückter, zittriger Stimme die Frau zu besänftigen. „Niemand will dir etwas tun. Ich will dir nur helfen.“ Und dann fügte sie, wie von einem Instinkt getrieben, hinzu: „Ich bin eine Frau – wie du.“
Sie wusste nicht, warum sie das sagte, aber es zeigte Wirkung. Die Gegenwehr der Frau wurde augenblicklich schwächer, fast sackte sie in sich zusammen. Widerstandslos ließ sie sich mit zurück zum Haus ziehen.

„Feuer! Das Töpferhaus brennt!“
Agilatrud und die stumme Frau hatten gerade erst ein paar Schritte getan, als hinter ihnen der Alarmruf erschallte.
„Feuer! Feuer!“
Agilatrud wirbelte herum und die Frau, deren Arm sie umklammert hielt, musste ihrer Bewegung folgen.
Sie sahen nicht nur, wie rote Flammen aus dem Strohdach des Töpferhauses leckten, sondern auch, dass etliche Bewohner der Siedlung noch mit dem Alarmruf aus ihren Häusern gestürmt waren.
Der Schreck griff nach Agilatruds Herz, presste es zusammen. Erstickte einen Angstschrei. Nur ihre Gedanken rasten: Wie ist das möglich? Die Funken ... der Wind ... Die Menschen ... so schnell da ... wieso? Hat denn niemand geschlafen? Sie waren wach .... wussten, dass etwas passiert ...!
Schnell war eine Menschenkette von der Zisterne zum Töpferhaus hergestellt und die ledernen Eimer gingen unter lautem Geschrei und noch lauter gebrüllten Kommandos von Hand zu Hand hin zum Brandherd. Was auch immer die Menschen in dieser Nacht umgetrieben hatte, jetzt waren sie zur Stelle um das Feuer zu löschen.
Agilatrud hätte handeln müssen. Hätte auch irgendetwas tun müssen, um zu helfen. Aber es ging nicht. Wie festgewurzelt stand sie, den Arm der nackten Frau neben sich umklammert, und starrte auf das Feuer. Sie konnte ihren Blick nicht lösen. Was sie sah, kam ihr vor wie ein Bild von erschreckender Schönheit: Die Männer und Frauen, deren Körper im Schein der lodernden Flammen so unwirklich schienen, so weit entfernt, als seien sie Wesen aus der Totenwelt. Und das Töpferhaus – glaubte sie eben noch, es könne gerettet werden, so war schon im nächsten Augenblick klar, dass es trotz aller

Bemühungen verloren war. Immer höher schlugen die Flammen und die Versuche, sie mit dem Zisternenwasser zu löschen, wirkten wie der Kampf mit Bronzesicheln gegen ein unersättliches, gewaltiges Ungeheuer. Es galt nur noch, größeres Unheil von der Siedlung abzuwenden und die umliegenden Häuser, so gut es ging, mit Wasser zu benetzen und zu hoffen, dass nicht auch sie zum Fraß der Flammen wurden.

Gisil war es, der Agilatrud aus ihrer Starre erlöste.

„Was tust du hier, Weib? Wieso ist die stumme Frau bei dir und warum ist sie nackt?" herrschte er sie an und schaute sich irritiert nach etwas um, womit er die Scham der Frau hätte bedecken können.

Er hatte sich, ohne Rücksicht auf seine Stellung als Clanfürst in die Kette der Löschenden eingereiht gehabt und sich wieder daraus gelöst, als er seine Frau entdeckt hatte. Einer der größeren Jungen hatte seinen Platz in der Kette eingenommen.

Agilatrud schien es, als habe sie jemand aus einem schlimmen Traum zurückgeholt. Sie wollte etwas sagen, aber es kamen keine Worte über ihre Lippen. Sie blickte zur Seite und bemerkte, dass sie die stumme Frau immer noch am Handgelenk festhielt, ohne dass die versucht hätte, sich aus der Umklammerung zu befreien oder gar wegzulaufen.

Als Gisil keine Antwort bekam, umfasste er Agilatruds Arm und zog sie so schnell es ging, zusammen mit der Frau zu seinem Haus. Dort schob er sie ziemlich rüde durch den Eingang.

„Die stumme Frau!" hörten sie aufgebrachte Stimmen in ihrem Rücken. „Sie ist Schuld. Sie hat das Feuer herbei getanzt! Sie ist von den Dämonen gesandt!"

Obwohl das Feuer den Menschen aus der Siedlung alle Kraft und Aufmerksamkeit abverlangte, waren Agilatrud und die Frau an ihrer Seite ihren Blicken nicht entgangen. Aber was hatte es zu bedeuten, wenn sie riefen, die Frau habe das Feuer herbei getanzt?

„Ihr bleibt hier. Ich will euch dort draußen nicht mehr sehen! Wir reden später."

Schroff kamen die Worte über Gisils Lippen, keinen Widerspruch duldend. Noch nie zuvor hatte er so mit Agilatrud geredet. Sie wagte nicht, sich ihm zu widersetzen.

Im Licht des neuen Tages war von dem einstigen Töpferhaus nur noch ein qualmender Haufen Asche zu sehen. Die Menschen hatten Glück im Unglück gehabt. Weil das Töpferhaus etwas abseits der anderen Siedlungshäuser gestanden und der Wind die Funken des brennenden Hauses nicht in die Siedlung hineingetrieben hatte, war die große Katastrophe ausgeblieben. Etliche der Siedlungsbewohner machten sich sofort daran, die Trümmer und Überreste des Brandes zu beseitigen und mit dem Neuaufbau des Töpferhauses zu beginnen. Der Töpfer selbst hatte in der Nacht dank eines glücklichen Zufalls nicht in seinem Haus geschlafen und war daher auch nicht in den Flammen umgekommen. Aber es kam kein Wort des Dankes für die Göttin dafür über seine Lippen, dass sie sein Leben verschont hatte. Vielmehr beklagte er lautstark den Schaden an seiner Werkstatt und seinen kostbaren Ton- und Keramikwaren. Ein unsäglicher Verlust, der ihn in den Ruin treiben würde.
Die meisten Siedlungsbewohner zeigten jedoch kaum Anteilnahme am Schicksal des Töpfers. Insbesondere den Frauen ging nur ein Gedanke durch den Kopf, den sie miteinander teilten: Die stumme Frau – sie ist Schuld an

dem Unglück. Und sie wird noch mehr Unglück über uns bringen. Sie zeigt sich nackt, sie schändet sich selbst. Sie hat die Dämonen in sich. Sie muss weg!
Die Männer dachten ähnlich. Allerdings hatte sich angesichts der Nacktheit der Frau zudem eine schwer bezähmbare Gier ihrer bemächtigt. In ihren geheimen Gedanken gaukelten sie sich eine aufregende Nacht vor, gemeinsam mit dieser geheimnisvollen Frau, die so schön anzusehen war. Gleichzeitig überfiel sie die Furcht, jemand könne ihre Gedanken erkennen. Daher waren ihre Worte laut und markig und glichen denen der Frauen: Sie hat die Dämonen in sich. Sie muss weg!
Alle, deren Häuser den Versammlungsplatz säumten, hatten sie in der Nacht gesehen, wie sie dort nackt vor dem Schrein gestanden hatte, sich zu einer lautlosen Melodie wiegend, sich selbst mit dem glühenden Scheit quälend. Der Feuertanz! So abstoßend und faszinierend zugleich. Niemand hatte eingegriffen, niemand hatte das Treiben unterbrochen ...

Gisil war ein vernünftiger und kluger Mann, der erst zuhörte und dann urteilte. Am Morgen nach dem Unglück ließ er sich von Agilatrud erzählen, was in der Brandnacht vorgefallen war. Abgesehen davon, dass er Agilatruds unvorsichtigen Umgang mit dem Holzscheit nicht gutheißen konnte, zeigte er doch Einsicht in ihr Handeln. Er war sich nun endgültig sicher, dass das Verhalten der stummen Frau von einem schlimmen Erlebnis herrührte. Immer noch sprach sie kein Wort, sondern kauerte verängstigt in einer Ecke von Gisils Haus. Nur zögerlich nahm sie von den Speisen, die sie in einer Schale vor die Füße gestellt bekommen hatte. Niemand konnte sie bewegen, sich zur Familiengemeinschaft zu gesellen.
Er glaubte nicht an die Besessenheit der Frau oder daran, dass sie gesandt worden war, um Unheil über die Siedlung zu bringen. Dennoch, ihr Verhalten war merkwürdig und dank ihres nächtlichen Treibens auf dem Versammlungsplatz dazu angetan, Unruhe und Zwist in die Siedlung zu tragen. Gisil wusste, noch ehe die Sonne an diesem Morgen über den Hard-Bergen aufgestiegen war, dass die vergangene Nacht viele Augen gehabt hatte. Augen, die sein Haus beobachtet und alles gesehen hatten, was später auf dem Versammlungsplatz geschehen war. Er wusste, dass erst Agilatrud hatte aufwachen müssen, um dem Schreckensbild ein Ende zu bereiten und dadurch

unglücklicherweise das Feuer auszulösen. Er wusste, welche Gerüchte mittlerweile durch die Siedlung wehten. Sie würden nicht verstummen. Und das machte Gisil Sorgen. War der Same erst einmal gelegt, war es schwer, das Unkraut zu bekämpfen, das daraus erwuchs.
In den folgenden Tagen geschah nichts, was Gisils Unruhe gesteigert hätte. Vor dem Trümmerhaufen des Töpferhauses hatte er seinen Leuten erklärt, was in der Brandnacht tatsächlich passiert war, dass also eine unbedachte menschliche Handbewegung und nicht das Einwirken von Dämonen den Brand ausgelöst hatte. Auch die stumme Frau sei nicht von üblen Mächten besessen, sondern ihr sei Böses widerfahren. Was genau, werde er wissen, wenn es Agilatrud gelungen sei, zu ihrem Herzen vorzudringen. Agilatrud sei der einzige Mensch, zu dem die stumme Frau ganz zaghaft Vertrauen fasse.
Mit dieser Erklärung hatten sich die Bewohner, wie es schien, zufrieden gegeben. Es blieb zudem wenig Zeit, miteinander zu reden und sich Gedanken über die Frau zu machen. Zu sehr waren alle beschäftigt mit den Arbeiten am neuen Töpferhaus, die noch zu den täglichen Mühen hinzukamen. Darüber hinaus musste neues Wasser herangeschafft werden. Die Zisterne war leer und es war kein Regen in Sicht, der sie wieder füllen konnte. Also machten sie sich auf den beschwerlichen Weg den steilen Pfad an der nordöstlichen Spitze des Bergsporns hinunter, dorthin, wo sich Susia recht dicht zu Füßen der Siedlung an den Hang schmiegte. Die einzige Stelle im ganzen Tal um den Bergsporn herum, an der der Fluss mit wenig Aufwand zu erreichen war. Mit den ledernen Eimern, die ihnen zum Löschen des Feuers gedient hatten, holten sie nun das Lebenswasser zurück in die Zisterne. Die Eimer bis zum Rand gefüllt, verließen sie ein ums andere Mal Susias Ufer und kämpften sich, das brennende Licht der Sonnenscheibe auf dem Gesicht, den Hang hinauf. Oben angekommen, hatten sie einen großen Teil des Wassers aus ihren Eimern verloren, durchgesickert durch poröse Stellen in den ledernen Häuten und an den Nähten, wo das dichtende Wachs brüchig geworden war. Der Trampelpfad wurde mit jedem unterwegs verlorenen Tropfen Wasser glitschiger und der Weg beschwerlicher. Je einen vollen Eimer Wasser in jeder Hand versuchten sie, ihr Gleichgewicht zu halten und bergauf auf dem schlüpfrigen Untergrund Fuß zu fassen. Nicht immer gelang das und sie

rutschten auf halbem Weg aus, schlitterten zurück und hinein in die nachfolgenden Wasserträger. Verlorenes Wasser – vergebliche Mühe.
Sie kämpften und schufteten, zum Reden blieb keine Zeit. Dennoch war das Schweigen trügerisch. Tatsächlich hatte Gisils Erklärung nur bei Wenigen Früchte getragen und für jedes kleine Missgeschick fanden die sich plagenden Menschen die immer gleiche Ursache: Die stumme Frau! Seit sie in die Siedlung gekommen war, häufte sich das Übel. So dachten sie für sich und füllten in ihrem Inneren Becher um Becher mit dumpfem Groll. Irgendwann, wenn auch der letzte Becher gefüllt war, würde es kein Halten mehr geben. Sie würden handeln und die Frau aus der Siedlung jagen!
Ungeachtet des Schwelbrandes, der hinter dem Rücken des Clanfürsten glomm und in den insbesondere der Heiler und die Kräuterfrau hineinbliesen, um ein Feuer zu entfachen, sah Gisil, dass die stumme Frau mit jedem neuen Tag etwas mehr Vertrauen zu Agilatrud fasste. Waren es zunächst sanfte Berührungen, die sie sich gefallen ließ, ohne zurückzuschrecken, so schien sie auch ihre Sprache wiederzufinden.
Hunger ... Durst ... waren die ersten Worte, mit denen sie ihren Bedürfnissen Ausdruck gab. Schmerzen ... Angst ... folgten und öffneten einen ersten Spalt zu ihrer Seele. Und dann, eines Abends wagte sie es sogar, sich ohne Aufforderung aus ihrer Nische, in der sie bisher Tag und Nacht gehockt oder gelegen hatte, zu lösen und sich zum Kreis der Familie an der Feuerstelle zu gesellen. Es würde nicht mehr lange dauern und sie würde sich ganz öffnen. Agilatrud hatte es geschafft!
Weder Agilatrud noch Gisil bemerkten, wie sich hinter ihrem Rücken in den Häusern der Siedlung unheilvolle Wolken zusammenbrauten. Wie eine drohende Wand stand eine Abordnung der Bewohner, angeführt vom Heiler und einem weiteren der drei Priester der Siedlung eines Tages vor dem Haus des Clanfürsten. Sie forderten Gisil auf, herauszutreten. Es roch nach Aufruhr.
„Die stumme Frau muss weg!“, schleuderte der Heiler seinem Fürsten entgegen. „Der Rat hat es beschlossen. Sie ist eine Dämonin und sie bringt Unglück über uns!“
„Ihr habt sie verurteilt, allein weil einige unter euch böse Gedanken gegen diese Frau und auch gegen mich hegen!“ entgegnete Gisil erbost. „Ihr kennt

sie nicht. Ihr fragt nicht danach, was wirklich mit ihr geschehen ist. Ich weiß es besser. Die Frau bleibt in meinem Haus!"
Eingeschüchtert blickten einige aus der Abordnung zu Boden. Noch immer besaß Gisil die Macht, sie mit Worten im Zaum zu halten. Aber der Heiler und einer der Männer, der herrschsüchtige Wächter vom Haupttor, wollten es auf ein Kräftemessen ankommen lassen.
„Du machst einen Fehler, Gisil!" rief ihm der Heiler zu. „Die Frau wird dich und dein Haus mit ihren dämonischen Kräften ins Unglück stürzen. Denk an deine Frau und dein ungeborenes Kind. Der Fluch der bösen Mächte wird über sie kommen!"
„Die ganze Siedlung wird zugrunde gehen", schloss sich der Torwächter den Worten des Heilers an. Er deutete mit dem Arm zum westlichen Horizont, wo sich eine Wand aus hohen Wolkentürmen aufgebaut hatte. „Siehst du die Wolken, mein Fürst? Sie tragen das Unheil ins sich. Es wird uns vernichten!"
„Ich sehe die Wolken. Und ich sehe, dass sie den Regen in sich tragen, den wir so sehr benötigen. Das ist kein Unheil! Das ist ein Geschenk der Göttin. Ihr solltet gehen und der Göttin von ganzem Herzen danken, dass sie sich uns wieder zuwendet und uns nicht vergehen lässt. Geht jetzt, ihr Männer! Nicht mehr lange und ihr werdet sehen, wie unrecht ihr hattet!"
Tatsächlich wandten sich die Männer der Abordnung murrend zum Gehen. Dem Heiler und dem Torwächter blieb nichts anderes übrig, als ihnen zu folgen.
Gisil sah ihnen hinterher und ließ dann seinen Blick zu den Wolkentürmen im Westen gleiten. Ja, es würde regnen. Aber der Wächter hatte recht. Wahrscheinlich würde der Regen in Begleitung der donnernden Himmelsmächte kommen, von denen niemand wusste, ob sie die Siedlung verschonen würden. Leise Zweifel an seinen eigenen Worten begannen an Gisil zu nagen. Schnell drehte er sich um und ging ins Haus zurück zu seiner Familie, ehe die Zweifel wuchsen und sich seiner bemächtigten.

Der Händler

Es hatte geregnet!
Nein, es hatte nicht geregnet, sondern Ströme himmlischen Wassers hatten sich in heftigen Sturzbächen über das Tal und die Hügel ergossen. Der Torwächter hatte ein Unglück vorausgesagt und bei den Menschen der Siedlung Angst vor einem himmlischen Inferno ausgelöst, an dem nur die stumme Frau Schuld sei. Bald nachdem die Abordnung der Aufsässigen vom Hause Gisils abgezogen war, hatten sich die weißen Wolkentürme verdunkelt. Die Luft war stickig geworden und das Atmen war schwergefallen. Dann war die Front nähergerückt und hatte ein anhaltendes, dumpfes Grollen vorausgeschickt. Bald darauf hatte das Tosen und Stürmen eingesetzt. Die Hirtenjungen hatten es gerade noch geschafft, die Schafe und Ziegen zurück von den Weiden in die Sicherheit ihrer Ställe zu bringen. Kaum hatten sie das Gatter hinter der letzten Ziege geschlossen, waren die ersten dicken, schweren Regentropfen im Staub zerplatzt. Blitze hatten in kurzen Abständen die Wolken aufgerissen und den Himmel mit dem gleichzeitig einsetzenden Donner zu einem Feuerschlund verwandelt, der alle bösen Geister und Dämonen auszuspeien schien.
Die Bewohner der Siedlung hatten zusammengekauert und vor Angst zitternd in ihren Häusern gehockt. Zu gut war ihnen noch das Feuer in Erinnerung gewesen, das erst wenige Tage zuvor das Töpferhaus zerstört hatte. Und jetzt hatten sie sich schon wieder hilflos einer tödlichen Bedrohung gegenüber gesehen. Die Himmelsgewalt, von der Göttin entfesselt, hatte eine zerstörerische Kraft entwickelt, die jederzeit eines ihrer Häuser hätte treffen konnte. Die Strohdächer wären den wütenden Mächten des Himmels ausgeliefert gewesen und wären von lodernden Flammen gefressen worden, wenn die gleißenden, zuckenden Finger der fauchenden, zischenden Helfer der Göttin nach ihnen gegriffen hätten. Und dieses Mal wäre es sicher nicht nur ein einzelnes Haus gewesen, das verloren gegangen wäre. Nun gut, vielleicht hätten die niederrauschenden Wassermassen die Flammen ja im Keim erstickt. Aber das wäre nur ein kleiner Trost gewesen, wenn die Sturzbäche gleichzeitig das Erdreich, die Saat und die noch jungen und aufgrund der Trockenheit nur

schwach entwickelten Pflanzen auf den Äckern an den Hängen fortgeschwemmt hätten. Ein Übel hätte das andere abgelöst. Während die Regenfluten mit ungeheurer Macht zur Erde gestürzt waren, hatten viele geglaubt, das Ende der Siedlung und eines jeden Einzelnen, der darin lebte, sei gekommen, genau wie vom Torwächter vorausgesagt.

Viel zu lange schon hatte sich die Göttin in Schweigen gehüllt gehabt und sich den Menschen trotz aller Opfer auf dem Lichtstein und am hölzernen Schrein inmitten der Siedlung nicht gezeigt. Bange Ahnungen, dass sie sich vielleicht für immer von ihnen abgewandt haben könne, um sie der sengenden Kraft der Sonne zu überlassen, hatten so manche ängstliche Seele um den Schlaf gebracht. Nun war die Göttin der Erde und allen Lebens zurückgekehrt. Doch ihre Rückkehr hatte der eines rachsüchtigen Ungeheuers geglichen, das zum letzten, tödlichen Schlag ausholte! Und da wussten auch die Letzten in der Siedlung, dass es stimmte: Dieses Toben der Göttin war die Strafe für ihren Obersten! Für einen ungehorsamen Clanfürsten, der eine Dämonin in seinem Haus barg. Nun musste die ganze Siedlung darunter leiden!

Vielleicht waren die Opfergaben in der Vergangenheit nicht ausreichend oder gut genug gewesen. Vielleicht hatten die Menschen sich nicht demütig und folgsam genug gezeigt. Vielleicht gab es jemanden im Clan, der sich in irgendeiner Weise schuldig gemacht hatte. Aber das alles wäre nie ein Grund gewesen, den ganzen Clan, die ganze Siedlung zur Rechenschaft zu ziehen.

Nein, es gab nur diese eine Antwort, und die hatte in angstverzerrten Gesichtern und weit aufgerissenen Augen gestanden; unter jedem Dach, während vor den Türen das Unwetter wütete. Die stumme Frau! Sie hatte das Böse in die Siedlung getragen und den Zorn der Göttin über sie alle gebracht! Viel schlimmer noch – Gisil, ihr Fürst, hatte sich zum Handlanger der Frau gemacht! Wenn es noch ein Morgen geben sollte nach dieser Nacht, dann mussten sie handeln. Ob ihr Fürst wollte oder nicht – die Frau musste weg!

Doch die Göttin war nicht zornig gewesen. Ja, sie hatte die Menschen in Schrecken versetzt, vielleicht, um sie an ihre Allmacht zu erinnern. Aber sie hatte die Siedlung verschont, sich letzten Endes doch freundlich gezeigt und die wütenden Elemente gezügelt. So plötzlich das Inferno losgebrochen war, so schnell war es vorüber gewesen und die himmlischen Sturzbäche hatten sich zu einem sanften Regen verwandelt, der die ganze Nacht über anhielt. Als der neue Tag erwachte, rissen die Wolken etwas auf und der Regen versiegte. Die Menschen lachten, plapperten erleichtert und sprangen herum, gerade so, als wären sie dem Weltuntergang entkommen. Und so war es wohl auch: Die ganze Lebensgrundlage des Clans hätte vernichtet werden können im Laufe der zurückliegenden Nacht.

Für den Moment hatte die Erleichterung ihre dumpfen Gedanken an die stumme Frau verdrängt und ihre Entschlossenheit, sie aus der Siedlung zu jagen, war in der warmen Sonne des neuen Tages geschmolzen. Mit frohen Mienen gingen alle an ihr Tagewerk. Auch die Angst, der heftige Regen könne auf den Feldern Schaden angerichtet haben, erwies sich als unbegründet und am Ende dieses ersten Tages nach der Regennacht schien es angebracht, der Göttin mit einem spontanen Fest zu danken.

Mitten in die beginnenden Festvorbereitungen platzte ein Händler, der mit seiner kleinen Karawane und lautem „Hallo“ durch das Haupttor zog. In seinem Gefolge hatte er einige schwerbeladene Lastochsen und ein paar nicht minder bepackte Träger. Der Treck hatte, so wie er aussah, sehr mit den Folgen des nächtlichen Unwetters zu kämpfen gehabt. Die Beine von Mensch und Tier waren mit Schlamm bedeckt und man sah dem Gefolge des Händlers die Müdigkeit nach einer langen Tagesreise über aufgeweichte Wege und morastigen Untergrund an. Die Schuhe der Träger waren unter der Dreckkruste kaum noch zu erkennen. Schweißdampfend stapfte der Tross in der immer noch feuchtwarmen Luft dem kleinen Versammlungsplatz inmitten der Siedlung entgegen, begleitet von ein paar Kindern des Clans, die ihrer Freude über den Besuch des Händler kreischend und lachend Ausdruck verliehen.

Die Frauen, die auf dem Platz das Fest vorbereiteten, waren nicht minder erfreut über den unerwarteten Besuch. Sie kannten den Händler gut von vielen vorangegangenen Zusammentreffen, hatten ihn aber lange Zeit nicht mehr gesehen, da er während der kalten Tage nie in ihre Gegend kam. Die Reise hierher, in diese unwirtlichen Lande im Norden sei für einen alten Mann wie ihn viel zu anstrengend, hatte er stets erklärt und das würde er wohl auch heute wieder als Entschuldigung vorbringen. Er halte sich während der dunklen Zeit lieber in seinem eigenen Heim auf und genieße die Ruhe

am warmen Feuer oder er treibe Handel in Gegenden, wo das Klima seinen morschen Knochen zuträglicher sei.
Niemand wusste genau, wie alt der Händler wirklich war. Sicher, er hatte nicht den straffen, wohlgeformten Körper eines jungen Mannes. Aber ob er wirklich schon so gebrechlich war, wie er vorgab, war nicht zu erkennen, da er die körperlichen Zeichen des Alters hinter einem mächtigen Bauch und rosigen, fetten Wangen verbarg. Auch seine beiden fehlenden Schneidezähne in der oberen Zahnreihe waren kein Hinweis auf sein Alter. Kaum jemand, den die Menschen der Siedlung kannten, hatte je den Verlust eines seiner Zähne beklagen müssen. Wenn Alter und Krankheit nagten, dann an anderen Stellen des Körpers, nicht jedoch an den Zähnen! Die fehlenden Schneidezähne des Händlers – nun, sie waren einer Rauferei unter Kollegen zum Opfer gefallen. Eine Geschichte, die er immer wieder gern zum Besten gab. Um die munteren, hellwachen dunklen Augen des Händlers spielte stets ein verschmitztes Lachen, dass ihm zusätzlich ein freches, jungenhaftes Aussehen verlieh. Und auf seinem Kopf trug er, wie immer, seine Mütze. Ob er damit den vollen Haarwuchs eines jungen Menschen bedeckte, oder das graue, vielleicht auch schüttere Haar, die Kennzeichen des Alters, das wusste niemand. Noch nie hatte ihn ein Mensch ohne diese Mütze gesehen. Ob bei Kälte oder Wärme, bei Sonne, Regen oder Schnee, ob bei Tag oder Nacht, seine Mütze behielt er stets auf dem Kopf.
Schwitzten seine Träger und die Ochsen unter der Last ihrer Waren, so schwitzte der Händler nicht minder unter der Mütze aus dem Fell eines Bären, den er selbst erlegt haben wollte.
„He, ihr Leute!“ dröhnte der Händler, als er mit seinem Gefolge auf dem Versammlungsplatz angekommen war und die Festvorbereitungen wahrnahm. „Welch wunderbarer Empfang für einen alten Freund!“ Er ließ ein herzliches Gelächter folgen. „Habt ihr mich so sehr vermisst nach all der Zeit, dass ihr mir ein Fest bereitet?“ Er machte eine kleine Kunstpause. Dann ergänzte er: „Ah, nein – ihr meint wahrscheinlich gar nicht mich! Ihr meint all die feinen Waren aus aller Welt die ich euch mitgebracht habe! Deshalb bin ich euch so willkommen! Gut, gut, mir soll es recht sein. Kommt her! Kommt aus euren Häusern und seht, was ich euch anbieten kann!“

Gisil stürzte zusammen mit Agilatrud, Durin und Igwa, angelockt von dem Lärm nach draußen. Auch aus den anderen Türen kamen die Bewohner, die an den Herdstellen im Inneren der Häuser mit den Festvorbereitungen zu tun hatten oder anderen Beschäftigungen nachgingen. Schnell bildete sich eine Menschentraube um den Händler und seinen Tross. Durin gesellte sich sofort zu Eldi, der neben einem der Ochsen stand und neugierig einige Stöcke betastete, die wie Lanzenschäfte aussahen. Wie immer war auch Puck zur Stelle und wuselte den Jungen zwischen den Beinen herum. Dem Ochsen jedoch versuchte er fern zu bleiben. Die schweren Hufe, mit denen das Lasttier ab und zu aufstampfte, flößten ihm gehörigen Respekt ein.

Eldi war mittlerweile wieder genesen und das Loch in seiner Schädeldecke hinderte ihn nicht daran, genauso vorlaut und neugierig zu sein wie vor seiner Verletzung. Seinem Freund Durin hatte er dessen Steinwurf längst vergeben und er freute sich auf jeden neuen Tag, an dem er wieder zusammen mit ihm über die Hochebene oder am Ufer von Susia entlang streifen konnte, auf der Suche nach Abenteuern.

Davon abgesehen war so ein unvorhergesehener Besuch für Eldi, wie auch für alle anderen Menschen in der Siedlung eine willkommene Abwechslung. Wussten sie doch, dass Händler, die die Siedlung besuchten, neben ihren Waren auch immer viele Neuigkeiten aus den entfernten Gegenden mitbrachten. Und dieser Händler, das wussten besonders die Kinder zu schätzen, konnte obendrein noch wundervoll spannende Geschichten erzählen.

Durin und Eldi machten sich gerade daran, die Speerschäfte näher zu untersuchen, als die markige Stimme des Händlers sie in ihren Bann zog:

„Liebe Freunde! Lange ist es her, als wir uns das letzte Mal sahen. Viele kalte Tage und Nächte sind über uns hinweg gezogen, in denen ihr ohne meine wunderbaren Waren auskommen musstet. Doch heute bin ich wieder hier und eure Not soll ein Ende haben. Seht, was ich euch gebracht habe aus den Ländern des Südens und aus den wilden Gegenden des Ostens. Kommt und seht, was ich euch anbieten kann: Beste Felle, wunderbares Leinentuch, fein gearbeitete Gewandnadeln und Halsketten für meine süßen Kleinen ...“ Er schaute die jungen Frauen der Siedlung eine nach der anderen an und zwinkerte schelmisch mit den Augen, denn ihre Blicke waren begierig und ver-

sprachen ein gutes Geschäft. Dann wandte er sich dem Ochsen zu, an dessen Last sich Eldi und Durin zu schaffen machten:
„Aaaah, wie ich sehe, gibt es in eurer Siedlung nicht nur Handwerker und Bauern. Wenn mich meine Augen nicht täuschen, wachsen da ein paar prachtvolle Krieger heran und sie wissen das Kriegswerkzeug zu schätzen, das ich mit mir führe. Wunderbare Speere, Schwerter und Äxte, von besserer Qualität, als ihr sie je in eurer eigenen Werkstatt hergestellt habt. Einige stammen sogar aus den fernen Landen hinter dem großen Wasser!" Mit einer ausholenden Armbewegung deutete er nach Westen.
„Unsere Waffen sind gut", knurrte einer der Bronzeschmiede, der in direkter Nähe des Händlers stand.
„Ja, und außerdem sind wir kein Kriegsvolk", warf Gisil erregt ein. Ihm gefiel nicht, dass der Händler mit seinen Worten die Augen der Jungen zum Leuchten brachte. „Unsere Waffen benötigen wir, um uns zu verteidigen. Nicht um in den Krieg zu ziehen. Dazu reichen unsere eigenen Waffen aus. Wir brauchen keine deiner Waffen."
„Natürlich nicht, großer Clanfürst Gisil", entgegnete der Händler, deutete eine Verbeugung an, um sich dann zu den Jungen neben seinem Ochsen zu gesellen. „Dafür braucht ihr aber vielleicht das hier ..."
Durin und Eldi wichen ein paar Schritte vom Ochsen zurück, um dem Händler nicht im Wege zu stehen, wenn er die Wunderwaffen aus den Packtaschen hervorzauberte. Aber anstatt die Waffen herauszuziehen, wühlte der Händler in einem kleineren Beutel und holte zwei bronzene Rasiermesser mit fein gearbeiteten Verzierungen ans Tageslicht. Triumphierend hielt er sie in die Höhe:
„Damit mir ja keiner unrasiert in die Schlacht zieht", donnerte er, „was würde das denn für einen Eindruck auf den Feind machen?"
Schallendes Gelächter war die Antwort auf diese gelungene Einlage. Nur Gisil lachte nicht mit. Angesichts des Kriegswerkzeuges, das der Händler mit sich führte, keimte eine alte Sorge in ihm wieder auf, die ihn schon beim letzten Besuch eines Händlers zu Beginn der kalten Tage überfallen hatte. Dieser Händler hatte von Unruhen zu berichten gewusst, von Überfällen und Gemetzel an hilflosen Bauern und Hirten. Zwar schienen diese Vorfälle, wenn sie überhaupt der Wahrheit entsprachen, weit entfernt von seinem eigenen

Machtbereich passiert zu sein und außerdem wusste niemand, ob es sich nicht nur um Streitigkeiten unter Nachbarn gehandelt hatte. Dennoch deutete einiges darauf hin, dass sich die eigene Wehrhaftigkeit vielleicht bald nicht mehr nur darauf beschränken würde, den Handelsverkehr am Fuße des Bergsporns zu kontrollieren und die Sicherheit für die Siedlung zu gewähren. Gisil spürte, dass sich die Welt wandelte. Vielleicht würden er und sein gesamter Clan sich in den Zeiten, die vor ihnen lagen, ihren Frieden mit Blut erkaufen müssen. Er dachte an seinen Sohn und seine Tochter und das ungeborene Kind in Agilatruds Bauch und er hoffte, dass diese Zeiten noch lange nicht einträfen. Dennoch beschlich ihn ein ungutes Gefühl und er beschloss, den Händler bei passender Gelegenheit zur Seite zu nehmen, um ihn zu fragen, ob er etwas von Unruhen in jüngster Zeit wisse – und vielleicht auch von einer Frau, die in diesem Augenblick in seinem Haus kauerte und noch immer nicht redete. Im Gegenteil, nach dem Auftreten der Abordnung am vergangenen Tag und den drohenden Worten der Männer, die bis an ihr Ohr gedrungen waren, hatte sie sich wieder in sich zurückgezogen. Alle Mühe Agilatruds war mit einem Schlag zunichte gemacht. Da kam der Händler gerade recht. Händler sehen viel und hören viel. Und vielleicht wusste gerade dieser Händler etwas über die stumme Frau. Vielleicht konnte er Gisils Vermutungen bestätigen, dass die Frau etwas Schlimmes erlebt haben musste. Hing ihr Auftauchen vielleicht mit den Unruhen im fernen Süden zusammen? Nein, unmöglich! In dem Zustand hätte sie es nie bis in die Nähe der Siedlung geschafft! Dennoch, der Händler war der Halm, an den Gisil sich klammern wollte.
Der Handel auf dem Platz begann. Die Träger hatten sich ihrer Waren entledigt und sie für jedermann gut sichtbar aufgebaut. Auch die Ochsen waren von ihren Lasten befreit und in einen geeigneten Pferch zu Futter und Wasser geführt worden. Alle im Dorf, die etwas anzubieten hatten, holten es herbei und versuchten es möglichst günstig gegen etwas einzutauschen, das sie besonders nötig brauchten, oder von dem sie zumindest glaubten, dass sie ohne es nicht mehr leben konnten. Der Händler kannte natürlich die Begierden seiner Kunden und so war es ein Leichtes, ein gutes Geschäft zu machen. Gern nahm er die Schaffelle, die er hemmungslos als „minderwertig" beurteilte und tauschte sie gegen einige farbenprächtige Tücher ein. Oder er nahm

den einen oder anderen mit viel Liebe und Mühe hergestellten bronzenen Armreif oder bunt bemalten Tonkrug und gab dafür die begehrten Ketten aus Glasperlen, die im Licht der Sonnenscheibe so herrlich funkelten. Natürlich fanden auch die Rasiermesser reißenden Absatz, wenngleich sie wegen ihrer kunstvollen Verzierungen teuer ertauscht werden mussten. Doch als der lebhafte Handel langsam abflachte und zum Ende kam, waren alle, die etwas eingetauscht hatten, zufrieden und niemand fühlte sich betrogen.

Die wirklich großen Geschäfte, für die es sich überhaupt erst lohnte, die mühseligen Wege quer durch das Land auf sich zu nehmen, würde der Händler jedoch später machen. Noch während der Feier, vielleicht auch erst danach, bei einem von den guten Trünken, die die Priester dieses Clans zuzubereiten verstanden, würde er mit dem Clanfürsten und mit den Oberen der Handwerker verhandeln. Er würde ihnen Bronzebarren überlassen, damit die Schmelztiegel in der Werkstatt der Bronzegießer immer gefüllt wären und er würde Salz dafür bekommen – Salz, so wertvoll wie Gold, vielleicht sogar wertvoller. Gold glänzte in der Sonne, war schön anzusehen und verlieh den hohen Frauen und den Fürsten großes Ansehen. Aber Salz? Salz hatte lebenswichtige Bedeutung! Salz glänzte nicht verführerisch, aber es machte Speisen schmackhaft, Salz machte Fleisch und andere Nahrungsmittel haltbar und sicherte denen, die es anzuwenden wussten, die Vorräte über die normale Haltbarkeit hinaus mit etwas Glück auch für schlechte Zeiten. Salz war in gewissem Maße sogar Medizin. Wer also das Salz hatte, der besaß Macht.

Gisil war solch ein „Salzfürst". Zwar lebte es sich ganz gut mit dem Wegezoll, den er von den durchziehenden Trecks erhielt. Aber der eigentliche Wohlstand des Clans gründete sich auf die salzhaltigen Quellen im Tal westlich des Bergsporns. Das wusste nicht nur der Händler, sondern auch Gisil und seine Leute kannten den Wert der kleinen weißen Kristalle als Grundlage ihres Reichtums. Und der Händler wusste, dass sie es wussten. Es war also wichtig, bei ihnen als ehrbarer Mann, vielleicht sogar als Freund zu gelten, dem man gern großzügige Tauschkonditionen gewährte. Da er Gisil und seinen Clan mochte, fiel es ihm noch nicht einmal schwer und geschah ganz ohne Berechnung, freundlich zu sein und den Menschen hier oben mit aller Ehrlichkeit zu begegnen, die einem Händler möglich war. So würde er wohl auch bei diesem Besuch ein gutes Geschäft machen und konnte bei nächster Gelegen-

heit an anderer Stelle das Salz, um jedes Körnchen feilschend, mit höchstem Gewinn wieder eintauschen und so ebenfalls am Wohlstand teilhaben, den das Salz einbrachte.
Aber neben den „wichtigen“ Geschäften, die der Händler später zu machen gedachte, gab es noch etwas, das er mit dem Clanfürsten und dessen Vertrauten in kleiner Runde besprechen musste. Es waren Dinge, die nicht dazu geeignet waren, am Feuer in großer Runde erzählt zu werden ...

Die Festvorbereitungen, die durch den Handel ins Stocken geraten waren, wurden wieder aufgenommen und wie der Händler richtig vermutet hatte, waren er und seine Träger eingeladen, an der Feier zu Ehren der Göttin teilzunehmen. Die Zeichen der Göttin ließen darauf schließen, dass es auch in Zukunft genug zu essen und zu trinken geben würde. Da wäre es nicht recht gewesen, gegenüber den Gästen mit Speisen und Getränken zu geizen. Außerdem waren die Menschen aus Gisils Clan schon immer gastfreundlich gewesen, eine Tugend, die sie angesichts einer bevorstehenden Dankesfeier sicher nicht aufgeben wollten.
Ein Feuer wurde auf dem Platz entfacht und schon bald saß man in gemütlicher Runde darum herum. Das heißt, die Männer und Jungen saßen, während die Frauen und Mädchen emsig hin und her liefen, immer darauf bedacht, dass es weder an Speisen, noch an Getränken fehlte. Zunächst bekam aber die Göttin den ihr zustehenden Anteil an den Speisen am Schrein geopfert, die Priester dankten ihr mit Gebeten und warfen für sie noch einige Hände voll Getreidekörner in das Feuer, wo sie knisternd verbrannten. Das war das Zeichen, dass die Göttin in der Mitte der Feiernden willkommen war. Danach ließen es sich die Menschen der Siedlung und ihre Gäste gutgehen. Es wurde getrunken, gegessen, gelacht und vor allen Dingen wurde erzählt.
Natürlich wollten alle Anwesenden von den Erlebnissen des Händlers hören. Er war ein weitgereister Mann, kam in Gegenden, die niemand aus dem Dorf je in seinem Leben zu Gesicht bekommen würde. Der Händler tat ihnen gern den Gefallen und begann mit tiefer, voller Stimme zu berichten. Er untermalte seine Worte mit ausgreifenden Armbewegungen, rollenden Augen, und wenn ihm selbst etwas so unbeschreiblich schien, dass Worte nicht ausreichten, sprang er urplötzlich, wie von unsichtbarer Hand in die Höhe gezogen,

auf und vollführte einen derartigen Veitstanz, dass auch dem letzten seiner Zuhörer die Wahrheit seiner Worte klar wurde.
Irgendwann kam er natürlich auch wieder auf die Dörfer zu sprechen, die auf dem Wasser schwebten. Unten, weit im Süden, wo die hohen Berge mit ihren schneebedeckten Spitzen die Wolken durchbohrten, dort hatten andere Händler sie gesehen und ihm davon berichtet. Schon bei seinem letzten Besuch hatte er den erstaunten Männern von diesem Wunder erzählt und sie hatten es nicht glauben können. Ein Dorf auf dem Wasser. Unmöglich! Doch der Händler hatte sich erregt gegen die Behauptung gewehrt, dass die Angehörigen seiner Zunft Lügner seien. Also hatte er sich umgehört und nachgeforscht. Tatsächlich hatte er erfahren, wie es den Baumeistern des Seedorfes gelungen war, eine derartige Siedlung zu errichten. Nun wusste er von den Pfählen zu berichten, die die Menschen in den See getrieben hatten und von der Plattform auf den Pfählen, auf der sie schließlich ihre Häuser errichten konnten.
Die Männer starrten wie gebannt auf den Händler und hörten ihm mit weit aufgesperrten Mäulern zu. Die Jungen in der Runde begannen sich jedoch zu langweilen. Was interessierte sie, wie man Häuser über dem Wasser errichtete? Warum erzählte der Händler nichts von wilden Tieren, die nachts sein Lager heimgesucht hatten?
„Bist du schon einmal Urs, dem schrecklichen Räuber begegnet?“ fragte Durin plötzlich. Er hatte lange mit sich gekämpft, ob er die Frage stellen sollte. Ihm waren seit dem verhängnisvollen Streit mit Eldi Zweifel gekommen, ob Urs nicht nur ein Fabelwesen war, vor dem sich die Kinder des Dorfes fürchteten. Zumindest hatte sein Vater, nachdem er ihn an jenem verhängnisvollen Tag zur Rede gestellt hatte, behauptet, dass niemand aus der Siedlung jemals einem Bären begegnet sei. Das hieß aber weder ja, es gibt Urs, noch nein, es gibt ihn nicht.
Wenn er wirklich eine Antwort haben wollte, dann konnte sie ihm wohl nur der Händler geben. Wer sonst kannte sich so gut in der Welt aus, wie dieser Mann?
Der Händler, noch ganz in Gedanken bei den Pfahlbauten, stutzte. Hastig huschten seine Augen hin und her auf der Suche nach dem neugierigen Fragesteller, bis sie schließlich an Durin haften blieben. Aber nicht nur der Händler, alle anderen Jungen und auch einige der Männer blickten Durin an.

Während die Männer verärgert schienen, dass ein kleiner Bursche ihre Erwachsenengespräche unterbrach, zerbarsten die Jungen und insbesondere Eldi beinahe vor Spannung.
„Nun", begann der Händler und kratzte sich bedächtig am Kinn, „einmal bin ich solch einer Bestie tatsächlich begegnet. Viele Tagesreisen von hier, im Osten hinter den Hard-Bergen war es, als wir aufeinander trafen. Eigentlich wollte ich nie einem Menschen davon erzählen, denn es war einer der grausamsten Tage in meinem Leben. Aber wie soll ich einem so wissbegierigen und mutigen Jungen, wie du einer zu sein scheinst, etwas verwehren?"
Diese Einleitung hatte die Neugier der Jungen bis auf die Spitze getrieben und auch die Männer hielten plötzlich den Atem an. Das schien eine wahrhaft gute Geschichte zu werden. Aber der Händler war ein Meister darin, die Spannung noch weiter zu erhöhen. Er griff sich eins der gebratenen Stücke Ziegenfleisch, welche die Frauen soeben servierten und die nach dem Hirsebrei zu Beginn der Feier endlich Genüsse versprachen, die eines ausgewachsenen Mannes würdig waren. Mit seinen kräftigen, gelblichen Zähnen riss er einen ordentlichen Bissen aus dem Fleischstück heraus. Genüsslich kauend blickte er in die Runde. Ein amüsiertes Grinsen spielte um seine Augen, als er sah, dass die, die um ihn herum saßen, selbst vor Spannung nichts von der Speise anrührten. Als sein Mund wieder halbwegs leer war, nahm er den Tonkrug und trank in tiefen Zügen.
„Aaaah", machte er schließlich und wischte sich mit dem Handrücken über den Mund, „ihr wollt also wirklich wissen, wie sich das damals zugetragen hat mit dem grausamen Räuber Urs?"
Stummes Nicken aus der Runde war die Antwort.
„Also gut ... Ich war allein unterwegs. Nur mit einem meiner Ochsen. Urs und ich begegneten uns auf einer kleinen Anhöhe, direkt vor einer steil aufragenden Felswand. Der Tag neigte sich seinem Ende entgegen und es war an der Zeit, einen Platz für mein Nachtlager zu finden. Ich kam zu dieser Felswand und entdeckte an ihrem Fuße eine Öffnung. So hoch, wie zwei Männer übereinander und gut vier Schritt breit. Ich warf einen Blick durch diese Öffnung und sah meine Vermutung bestätigt. Im Inneren breitete sich ein sehr großer Höhlenraum aus. Groß genug jedenfalls für einen Händler und

seinen treuen Lastochsen, um dort eine Nacht zu verbringen. Doch der rechtmäßige Besitzer der Höhle hatte etwas dagegen."
Der Händler unterbrach seine Geschichte und griff wieder zum Krug. Er konnte die knisternde Spannung spüren, die über der Versammlung lag. Das war gut so. Es gab nichts Schlimmeres als eine Geschichte, die Langeweile verbreitete.
„Meine Augen hatten sich gerade ein wenig an das Dunkel in der Höhle gewöhnt, als hinter mir ein schreckliches Grollen erklang. Erschrocken fuhr ich herum und sah mich ... Urs gegenüber."
Der Atem der Männer stockte. Nichts war zu hören, außer dem leisen Knacken der Holzscheite im Feuer. Auch die Frauen und Mädchen hatten ihr geschäftiges Treiben unterbrochen und sich um den Händler geschart.
„Hoch aufgerichtet hatte er sich und seine Pranken erhoben, um mich mit einem einzigen Schlag ins Totenreich zu befördern. Mein braver Ochse hatte längst das Weite gesucht und so war ich ganz auf mich allein gestellt, Auge in Auge mit der Bestie. Vorsichtig, in der Hoffnung, Urs würde es nicht merken, zog ich meine Axt aus dem Gürtel. Nur diese Axt hatte ich, um mich zu verteidigen. Ein wahrhaft armseliges Stück Bronze gegen solch eine riesenhafte, klauenbewehrte Gestalt. Doch ehe ich Urs mit meiner Axt angreifen konnte, schlug er mit seiner Pranke zu ..."
Der Händler genoss die entsetzten Gesichter seiner Zuhörer. Schon lange nicht mehr hatte er ein solch dankbares Publikum gehabt.
„Aber mit einem geschickten Satz konnte ich dem Schlag des Riesen ausweichen. So kam ich in eine günstige Position, um meine Axt gegen Urs zu schleudern. Ich legte alle Kraft in den Wurf, meine Axt flog und traf Urs am Kopf. Doch wo sie einem Krieger den bronzenen Helm samt Schädel darunter gespalten hätte, richtete sie hier nichts aus, sondern prallte von dem steinernen Kopf des Ungeheuers ab, wie ein kleiner Kiesel. Immerhin musste Urs etwas von dem Axtwurf gemerkt haben, denn noch wütender als zuvor drehte er sich zu mir um und stürzte sich auf mich. Ich wich zurück und kam ins Stolpern. Das war mein Glück, denn so traf mich seine Pranke nicht mit voller Wucht, sondern riss mir nur eine tiefe Fleischwunde in meinen Arm. Rücklings stürzte ich eine steile Böschung hinab und hätte mir sicher das Genick gebrochen, hätten die vielen Sträucher nicht meinen Sturz ein wenig

gedämpft. So landete ich zwar reichlich zerschunden, aber lebend unten in einer von Moos und Gras bewachsenen, schmalen Schlucht direkt neben einem dünnen Rinnsal. Urs war ich entkommen. Aber dort, wo er mich verletzt hatte, blutete mein Arm stark und die Wunde brannte wie Feuer. Wie sollte ich Hilfe bekommen? Mein Ochse war fort, der mich vielleicht auf seinem Rücken hätte tragen können. Ich raffte mich auf und taumelte einfach darauf los. Ich wusste nicht wohin und es war mir auch egal. Ich war vor Schmerzen wie von Sinnen."
Wieder machte der Händler eine Pause. Er wirkte erschöpft, so sehr hatte er sich bei seiner Geschichte selbst erregt. Mit zitternder Hand griff er zum Krug und führte ihn zum Mund.
„Du bist hier. Wie hast du das geschafft?" fragte eine der Frauen und erntete damit wütende Blicke der Männer. Dies war eine Männerrunde, wo Frauen zu schweigen hatten. Doch den Händler störte die Frage nicht. Frauen waren ihm als Publikum genauso lieb wie Männer.
„Nun", fuhr er zögernd fort, „die Göttin und alle ihre guten Geister hatten Erbarmen mit mir. Das Wasser des Baches gab mir ein wenig Kraft und schon nach kurzer Zeit traf ich auch meinen Ochsen wieder. Er war nicht weit weggelaufen. Ochsen sind nicht so furchtsam wie Pferde und zudem recht behäbig. Und zu meinem großen Glück hatte ich die Waren, mit denen er bepackt war, in der Höhle noch nicht von seinem Rücken genommen, so dass keine von meinen Kostbarkeiten bei Urs in der Höhle geblieben war. Ich hatte genug Kräuter und Salben in den Beuteln, so dass ich meine Wunden notdürftig versorgen konnte. Dann hangelte ich mich auf den Rücken meines Ochsen und ließ mich von ihm forttragen. Der Ochse fand ohne meine Hilfe zum nächsten Dorf, denn er kannte den Weg dorthin von vielen anderen Besuchen. Im Dorf wurde ich aufgenommen und gepflegt, bis ich, wie geplant, meinen Handel betreiben und die Rückreise antreten konnte."
Der Händler nickte bedächtig und nahm wieder einen tiefen Zug aus dem Krug. Hier war seine Geschichte zu Ende.
„Zeig uns deine Narben", forderte plötzlich einer aus der Männerrunde, der in der Siedlung als Querulant bekannt war, „die Wunden von Urs müssen doch Narben hinterlassen haben."
Der Händler blickte zu dem Mann hinüber. Seine Augen funkelten wütend.

„Ich sehe, du schenkst meinen Worten keinen Glauben! Aber ich werde dich lehren, einen ehrbaren Händler einen Lügner zu nennen!“
Der Händler sprang von seinem Platz auf, machte einen Satz auf den Mann zu und riss dabei einen Ärmel seines Gewandes hoch.
„Hier“, donnerte er aufgebracht und hielt dem Mann seinen Arm hin, „ist das Beweis genug? So und jetzt schweig!“
Schnaufend wandte er sich ab und ging zu seinem Platz zurück. Er setzte sich, griff zum Fleisch und biss genüsslich hinein. Oh nein, der Händler war nicht richtig wütend. Er spielte es nur und er hatte es geschickt verstanden, den Ungläubigen mit seinem Gebaren so zu irritieren, dass der nicht mehr genau hingeschaut hatte. Sonst wäre ihm sicher aufgefallen, dass die Narbe von einer ganz anderen und weit ungefährlicheren Verletzung herrührte. Aber ein guter Geschichtenerzähler war eben nur der, der solche Zwischenfälle zu seinem eigenen Vorteil umzuwandeln verstand, dessen war sich der Händler wohl bewusst. Und die Wirkung war tatsächlich so, wie er es erwartet hatte. Seine Zuhörer hatten verschämt die Köpfe gesenkt und schwiegen betreten.
„Was ist mit Urs geschehen?“ fragte plötzlich Eldi in das Schweigen hinein. „Hat ihn jemand getötet?“
Der Händler wiegte bedächtig den Kopf.
„Ich habe später noch viele Menschen getroffen, die in der Gegend wohnten und sie gefragt, ob jemand von ihnen den riesigen braunen Räuber aus der Höhle gesehen oder gar getötet habe. Doch niemand hat ihn jemals gesehen. Er war wie vom Erdboden verschluckt, als habe es ihn dort nie gegeben, als sei er ein Götterwesen, nur geschickt, um mich zu töten. Vielleicht war es so, ich habe zu der Zeit viele Dinge getan, die die Göttin zornig stimmen mussten.“
„Aber du lebst“, erwiderte Eldi.
Der Händler seufzte:
„Ich lebe, ja. Und ich weiß nicht einmal, ob ich es wirklich der Gnade der Göttin zu verdanken habe oder ob sie mich nur für eine spätere, weit schlimmere Strafe am Leben gelassen hat. Auf jeden Fall bin ich ihr dankbar für jeden neuen Tag, den ich noch erleben darf.“
„Und Urs? Wenn er nun seine Höhle verlassen hat, um zu uns zu kommen. Vielleicht wohnt er jetzt in den Schluchten am Lichtstein.“

„Ha!“ rief der Händler und schlug sich vor Vergnügen mit der flachen Hand auf die Schenkel. „Urs hier bei euch? Unmöglich! So ein Räuber hat sich noch nie in diese Gegend verirrt!“

Eldi ließ nicht locker:

„Weißt du das genau? Vielleicht hast du ihn in unserer Gegend nur nie zu Gesicht bekommen.“ Der Junge hatte einen scharfen Verstand. Dem Händler gefiel diese Hartnäckigkeit:

„Nun ja“, murmelte er, „ich habe auf dem Weg zu euch Spuren gesehen. In einem Waldstück nicht weit vom Lichtstein entfernt. Ich glaube, es war in der Nähe des letzten Gehöftes im Süden, das zu eurem Clan gehört. Im weichen Laub waren die Spuren nicht gut zu erkennen. Aber ihrer Größe und Form nach könnten es Abdrücke von den Pranken des grausamen Räubers gewesen sein.“ Er ließ seinen Blick in die Runde schweifen. „Also, ihr Männer, seid auf der Hut, wenn ihr auf euren Feldern seid. Wer weiß, ob euch Urs nicht genau in dem Augenblick überrascht, wenn ihr am wenigsten damit rechnet.“

Plötzlich sah sich der Händler einem Schwall von Fragen der Männer ausgesetzt, die natürlich alle mehr wissen wollten über die mysteriösen Spuren. Nur Eldi hatte plötzlich sein Interesse verloren. Vielmehr blickte er zu Durin hin, dem der Schreck ins Gesicht geschrieben stand. Eldi hatte erreicht, was er wollte. Dank seiner Fragen und der Antworten des Händlers hatte er dazu beigetragen, dass Durin der Angstschweiß auf der Stirn stand; eine späte Genugtuung für das Loch in seinem Kopf, woran Durin die Schuld trug.

Daran, dass Urs in den Wäldern am Lichtstein hauste, glaubte er nicht. Längst hatte er den Händler durchschaut. Er fühlte sich dem Mann auf eine seltsame Art verbunden und wusste, dass eine gute Erzählung nicht unbedingt der Wahrheit entsprechen musste.

Tod in den Sümpfen

Niemand hatte mehr an die stumme Frau gedacht. Mit dem Auftauchen des Händlers waren auch die letzten Gedanken an sie verflogen gewesen. Alle, sogar die Wortführer der Abordnung vom vergangenen Tag und natürlich auch die stets Unruhe stiftende Kräuterfrau, hatten den Alltag vergessen und ihre ganze Aufmerksamkeit dem Händler, seinen Waren und seinen Geschichten gewidmet.

Einzig Agilatrud hatte sich zwischendurch um die Frau gekümmert, und ihr etwas von dem Festmahl in einer Schale ins Haus gebracht und es ihr vor die Füße gestellt.

Mehr kann ich nicht für sie tun, hatte sie verbittert gedacht, wenn sie Hunger hat, wird sie schon essen.

Nachdem die Frau sich wieder verschlossen hatte, mochte Agilatrud nicht den Abend mit ihr verbringen, während alle anderen sich am Lagerfeuer vergnügten.

Als die Wortflut der Männer am Feuer zu später Stunde langsam versiegte und sich Müdigkeit breitmachte, erhob sich Gisils Frau dann aber doch, um zurück ins Haus zu gehen und nach der stummen Frau zu sehen.

Am besten, ich lege mich gleich schlafen, dachte Agilatrud, als sie sich vom Feuer entfernte. Ich bin müde und meinem Kind tut der Schlaf auch gut. Sie streichelte ihren Bauch und ein Lächeln huschte über ihr Gesicht.

Das Haus war leer. Die Schale mit dem Essen stand immer noch dort, wo Agilatrud sie lange zuvor hingestellt hatte. Das Fleisch und der Hirsebrei waren unberührt. Und die Frau war weg. Hastig durchsuchte Agilatrud das Haus nach ihr. Es gab nur wenige Winkel und Ecken, wo sie sich hätte verstecken können. Aber dort war sie nicht.

Agilatrud rannte aus dem Haus und zurück zum Feuer, hin zu Gisil.

„Die Frau ist nicht mehr da", raunte sie ihm ins Ohr. Sie versuchte, sich ihre Aufregung nicht anmerken zu lassen und damit allen zu zeigen, dass etwas passiert war.

Aber die Augen und Ohren der Männer, Frauen und Kinder am Lagerfeuer waren ohnehin nur noch halbherzig dem Händler zugewandt gewesen und der eine oder andere döste bereits, beseelt vom guten Essen und den berauschenden Trünken, vor sich hin. Plötzlich schienen jedoch alle wieder hellwach und glotzten Gisil und Agilatrud neugierig an. Es hatte keinen Zweck, ihnen etwas zu verheimlichen.

„Die stumme Frau ist verschwunden", sagte Gisil daher, ehe er von bohrenden Fragen überrumpelt wurde.

„Die Frau ist weg ...?" Schlagartig war sie wieder allgegenwärtig. „Wo ist sie hin ...? Sie streift allein durch unsere Siedlung ... Niemand gibt auf sie acht ..." Das anfängliche Gemurmel wurde immer aufgeregter und lauter. „Bestimmt läuft sie durch unsere Häuser und belegt sie mit bösen Flüchen ... Wir müssen ihr nach und sie suchen!"

„Halt!" rief Gisil, als etliche der Männer aufsprangen und in alle Richtungen davonlaufen wollten. „Wir werden sie suchen. Aber mit Ruhe und Verstand. Niemand geht auf eigene Faust!"

Die Strenge in Gisils Worten ließ die Männer verharren und sich nach einigem Zögern um ihn versammeln. Schnell hatte der Clanfürst eine Handvoll Männer bestimmt, die sich auf die Suche nach der stummen Frau machen sollten. Sie musste noch irgendwo in der Siedlung sein. Durch die bewachten Tore konnte sie unmöglich entflohen sein.

„Was für eine stumme Frau?" fragte der Händler Gisil, als die Männer aufgebrochen waren und auch alle, die nicht zur Suche eingeteilt waren, zu ihren Häusern zurückliefen, um dort nach dem Rechten zu sehen. Der Clanfürst stand im Schein des nur noch schwach flackernden Lagerfeuers und blickte nachdenklich über die Dächer der Häuser in die Dunkelheit. Er beteiligte sich nicht an der Suche. Was hätte das auch für einen Sinn gehabt? Irgendjemand würde die Frau schon aufscheuchen – früher oder später.

Gisil seufzte und wandte sich dem Händler zu. Schnell berichtete er ihm das Wichtigste von dem, was geschehen war, seit die Hütejungen die Frau gefunden hatten. Er sprach auch über seine eigenen Vermutungen, erwähnte hingegen nur am Rande die Unruhen, die sie unter den Siedlungsbewohnern ausgelöst hatte. Dabei beobachtete er das Gesicht des Händlers genau und las aus dessen Mienenspiel, dass er irgendetwas zu ahnen schien.

„Kennst du die Frau?" fragte er, nachdem er seinen Bericht beendet hatte.

Der Händler kratzte sich nachdenklich am Ohr:

„Ich weiß nicht recht. Kann sein. Kann aber auch nicht sein ...“
„Was willst du damit sagen?“ bohrte Gisil.
„Nun, ich hatte da vor wenigen Tagen eine merkwürdige Begegnung ...“
„Kannst du mir das nicht etwas genauer erklären?“ herrschte ihn Gisil ungeduldig an.
Der Händler war jedoch niemand, der sich aus der Ruhe bringen ließ, egal, wer ihn zur Eile antrieb.
„Ja ... weißt du, großer Clanfürst ... eigentlich kann es nicht sein ...“
„Was kann nicht sein?“ Der Mann machte Gisil wütend mit seinem Zögern.
„Es ist schon eine Weile her, da traf ich auf meinem Weg zu euch, etwa drei Tagesreisen von hier im Süden, einen anderen Händler. Er hockte am Wegrand, einfach so. Ein komisches Bild, wie er da im Gras kauerte, sich den Kopf hielt und vor sich hin jammerte ...“
Der Händler machte eine kleine Pause. Es hatte den Anschein, als setze er dazu an, eine von seinen Geschichten zum Besten zu geben – ganz allein für Gisil. Doch der hatte kein Interesse an einer weiteren guten Erzählung. Er wollte nur hören, was der Händler wusste; kurz und knapp und möglichst schnell!
„Lass alles Unwichtige weg“, knurrte er, „ich will nur hören, was du über die Frau weißt.“
„Sofort, großer Fürst, sofort. Aber dazu muss ich die Geschichte von Anfang an erzählen, sonst verstehst du sie nicht“, beschwichtigte der Händler. „Also, der bedauernswerte Mann dort am Wegrand war überfallen worden. Man hatte ihn niedergeschlagen und ihn all seiner Waren und seiner beiden Ochsen beraubt. Drei Männer waren es gewesen, verwegen aussehend und zu allem entschlossen. Im dichten Unterholz am Wegrand hatten sie sich versteckt gehalten, hatten ihm aufgelauert. Als ob sie gewusst hätten, dass er kommen würde ...“
„Die Frau“, drängte Gisil, „was ist mit der Frau?“
„Ja, der Mann hatte eine Frau bei sich. Jung, anmutig, goldgelbes Haar, wie die Halme des reifen Getreides und wunderschön anzusehen – so sagte er jedenfalls, denn ich selbst habe sie nicht gesehen. Die Frau war mit ihm gegangen und er hatte im Stillen gehofft, dass sie sein Weib werden würde. Als er nun überfallen wurde, hielt ihn einer der Männer fest, während die anderen

beiden nacheinander über die Frau herfielen und sie schändeten. Dann wechselten sie sich ab. Wieder und wieder quälten sie die Frau. Er musste alles mit ansehen. Es war grausam. Zum Schluss lag die Frau regungslos am Boden und die Männer ließen von ihr ab. Der Händler glaubte, sie sei tot. Dann schlugen sie ihm mit einem Knüppel über den Schädel und es wurde dunkel um ihn."
Gisil hatte angespannt zugehört. Die Beschreibung der Frau passte genau.
„Und du glaubst, diese Frau und die stumme Frau, die wir gefunden haben, könnten ein und dieselbe sein?"
„Vielleicht ... vielleicht auch nicht", blieb der Händler schwankend. „Als der bejammernswerte Mann aus seiner Ohnmacht erwachte, war jedenfalls alles weg, was er besessen hatte. Auch die Frau lag nicht mehr dort, wo er sie zuletzt hatte liegen sehen. Er hatte geglaubt, die Wegelagerer hätten sie mitgenommen. Allerdings ...", er verstummte für einen Moment und kratzte sich wieder am Ohr, „sie wäre in ihrem Zustand eine viel zu große Belastung für die Männer gewesen, wenn sie schnell verschwinden wollten. Und wenn sie tot gewesen wäre, hätten sie sicher keine Zeit für ihre Bestattung geopfert. Vielleicht hätten sie die Frau ins Unterholz geschleppt und sie dort liegenlassen. Aber auch da war sie nicht. Ich weiß das, weil ich mich umgesehen habe, ehe ich den armen überfallenen Mann zum nächsten Gehöft geschafft und in die Obhut der Bewohner gegeben habe."
„Du meinst also, die Frau war gar nicht tot und hat es aus eigener Kraft geschafft, mit ihren Verletzungen über solch eine weite Strecke bis in die Nähe unserer Siedlung zu gelangen?"
Gisil schaute dem Händler fest in die Augen. Der wich seinem Blick nicht aus, sondern antwortete nur:
„Möglich ist das schon. Wenn sie keine lebensgefährlichen Verletzungen hatte, ist sie vielleicht, nachdem die Wegelagerer verschwunden waren und keine Gefahr mehr bedeuteten, weggelaufen und voller Angst über Tage umhergeirrt, bis sie irgendwann erschöpft zusammengebrochen ist. Das kann dort gewesen sein, wo ihr sie gefunden habt. Möglich, dass sie ihrerseits geglaubt hat, der Händler, den sie begleitet hat, sei tot und könne ihr keinen Schutz mehr geben."
„Hm ...", brummte Gisli nachdenklich, „ es wäre gut, wenn du noch einige Zeit bei uns bleibst. Du musst dir die Frau ansehen und mit ihr sprechen. Erzähle

ihr von deiner Begegnung mit dem verletzten Händler. Vielleicht bringst du sie zum Reden. Das ist sehr wichtig für uns alle."

„Ich bleibe gern, großer Fürst Gisil. Deine Gastfreundschaft ist unter uns Händlern bekannt und wir müssen ohnehin noch unsere Geschäfte miteinander machen. Darüber hinaus wollte ich dich noch über einige besorgniserregende Entwicklungen weit unten im Süden unterrichten, von denen ich befürchte, dass sie bald schon die Grenzen deines Herrschaftsbereiches erreichen könnten. Je länger ich darüber nachdenke, desto mehr frage ich mich, ob dieser Überfall vielleicht schon eine Speerspitze der Unruhen war, die sich in die Flanken der nördlichen Lande gebohrt hat."

„Das sind wirklich schlimme Andeutungen, die du da machst. Aber du bist nicht der erste Händler, der mir dunkle Nachrichten bringt. Allerdings lässt mich jede neue Nachricht über das Geschehen im Süden weniger daran zweifeln, dass ihr Inhalt wahr ist. Lass uns darüber reden, wenn wir geschlafen haben und ausgeruht sind. Außerdem müssen wir erst einmal die Frau finden."

Gisil blickte sich um. Merkwürdig, dass noch niemand vom Suchtrupp mit der Frau zurückgekehrt war. Sie konnte doch nicht vom Erdboden verschluckt worden sein!

Es waren Durin und noch zwei weitere Jungen, die plötzlich aus dem Dunkel auf Gisil zugerannt kamen. Niemand hatte den Kindern Beachtung geschenkt, seit die Suche nach der Frau begonnen hatte. Niemand hatte bemerkt, dass sie ebenfalls auf Suche gegangen waren, sich jedoch ganz anderen Zielen zugewandt hatten.

„Wir wissen, wohin sie gelaufen ist", riefen sie aufgeregt über den Versammlungsplatz.

Gisil bemerkte, dass Durin etwas in der Hand hielt, das er heftig hin und her schwenkte.

„Wo ... wo ist sie?" fragte er.

„Sie ist über den Wall geflohen ... hinunter in die Sümpfe!"

„Rede nicht solch ein dummes Zeug, Junge", herrschte Gisil seinen Sohn an. „Niemand kommt über den Wall! Die Dornen der Hecken halten jeden fest und zerreißen seine Haut."

„Sie ist auf die alte Eiche geklettert. Einer ihrer Äste reicht über den Wall. Man muss nur über den Ast kriechen, um den Wall zu überwinden. Der Ast

trägt sogar eine Frau, wenn sie nicht zu schwer ist. Und am Ende des Astes braucht man sich nur fallen zu lassen. Man wird vom weichen Gras direkt hinter dem Wall aufgefangen."
„Woher weißt du das?" fragte Gisil streng.
Durin senkte den Kopf, wie ein ertappter Dieb:
„Wir ... wir nehmen den gleichen Weg ... manchmal, wenn wir heimlich hinunter ins Tal wollen ..." Er wusste, dass es den Kindern verboten war, ins westliche Tal mit seinen Sümpfen zu gehen, um dort zu spielen. Zu groß war die Gefahr, dass ihnen in dem unwirtlichen Gelände etwas zustieß. Doch gerade weil jedermann davor warnte, die Sümpfe zu betreten, lag für die Jungen ein Reiz darin, es doch zu tun. Das Tal barg die Geheimnisse und Abenteuer in sich, die Jungen wie Durin suchten.
Gisil schluckte seinen Zorn hinunter. Er würde später mit Durin über seinen Ungehorsam reden und auch darüber, wie die Jungen es geschafft hatten, unbemerkt wieder in die Siedlung zurückzukehren. Aber jetzt war erst einmal die Frau wichtig.
„Warum glaubst du, dass die stumme Frau diesen Weg genommen hat, um aus der Siedlung zu fliehen?"
„Hier ...", sagte Durin und reichte seinem Vater ein Stück Leinenstoff, das an den Rändern zerfranst war. „Sie muss sich ihr Gewand zerrissen haben. Dieser Fetzen hing an einem der Äste."
Gisil nahm seinem Sohn das Stückchen Stoff aus der Hand und betrachtete es nachdenklich. Durin konnte recht haben. Sollte nicht doch noch jemand die Frau innerhalb der Siedlung finden, war sie vielleicht tatsächlich in die Sümpfe hinunter gelaufen – und damit möglicherweise in ihr Verderben! Sie würden bis zum kommenden Morgen warten müssen, um nach ihr zu suchen. Schon bei Tageslicht war es gefährlich, in die Sümpfe zu gehen. Bei Nacht bedeutete es den sicheren Tod.

Agilatrud hatte sich nicht an der Suche nach der stummen Frau beteiligt und es stattdessen vorgezogen, zusammen mit Igwa, ihrer Tochter, im Haus auf die Rückkehr der Männer zu warten. Sie hatte sich, im Gegensatz zu den anderen Bewohnern, um die Frau gekümmert, seit man sie in die Siedlung gebracht hatte. Ihre Sorge und Mühen waren nicht von Erfolg gekrönt gewesen und nun machte sich eine gewisse Erschöpfung und Traurigkeit in ihr breit; vielleicht war es auch Trotz und der Ärger darüber, dass alle nur mit Argwohn und Verachtung auf die Frau herabgesehen hatten und niemand wissen wollte, was wirklich mit ihr geschehen war. Auch jetzt, als alle nach ihr suchten, spielte allein die Sorge um ihr eigenes Hab und Gut eine Rolle und nicht das Wohl der Frau.

Als Gisil zusammen mit Durin ins Haus kam, blickte Agilatrud ihnen erwartungsvoll entgegen. Gleichzeitig deutete sie mit einer Kopfbewegung zu Igwas Lager und legte sich einen Finger an den Mund. Das Mädchen lag zusammengerollt unter einer Felldecke und atmete ruhig und tief. Sie hatte eine kleine Holzfigur fest an ihre Brust gedrückt. Diese Figur, ein Fantasiewesenmit dem Körper eines Hundes und einem Kopf mit menschlichen Zügen, hatte Durin seiner Schwester geschnitzt. Sie liebte die Figur heiß und innig und sie konnte nicht ohne das kleine Holzwesen einschlafen. Doch mit ihm im Arm fühlte sie sich geborgen und vor allem Bösen beschützt.

Gisil zischelte seinem Sohn etwas ins Ohr, worauf der auf Zehenspitzen zu seinem Nachtlager schlich. Dann ging er zu Agilatrud hinüber und hockte sich mit einem leisen Seufzer neben sie. Flüsternd erzählte Durin seinem Weib, was er vom Händler erfahren hatte. Agilatrud nickte ab und zu verstehend. Immer klarer wurde ihr, was für ein Leid der armen Frau widerfahren war und plötzlich verstand sie alles – den verschlossenen Mund der Frau, die verzweifelten Versuche, die Schande und den Schmutz von ihrem Körper zu brennen, denn dieser Schmutz saß so fest und tief, dass Wasser nicht mehr reichte, ihn abzuwaschen. Und Agilatrud wusste nun ganz sicher, warum so schnell so viele Retter zur Stelle gewesen waren, als es darum ging, das brennende Töpferhaus zu löschen. Sie alle, oder zumindest viele von ihnen hatten in ihren Häusern, im Schutz der Dunkelheit an den Türen gestanden und der stummen Frau zugesehen, wie sie ihren nackten Körper mit dem brennenden Scheit gemartert hatte. Vielleicht waren sie fasziniert gewesen von dem unheimlichen Schauspiel, vielleicht angewidert, abgestoßen oder sogar erregt. Aber keiner, nicht ein einziger hatte Erbarmen gehabt und war der Frau zur Hilfe gekommen. Eine Schande für die ganze Siedlung! Eine Schande, die hoffentlich nicht irgendwann die Strafe der Göttin nach sich zog.

Agilatrud lag noch lange wach und die Gedanken rasten in ihrem Kopf, während ihre Kinder und Gisil neben ihr fest schliefen. Erst als die Nacht ihren Zenit weit überschritten hatte, fiel auch sie in unruhigen Schlummer.

Früh am anderen Morgen machte sich ein neuer Suchtrupp bereit, um die Sümpfe nach der stummen Frau abzusuchen. Unter ihnen waren zwei der Salzsieder, deren Arbeitsstätte am Rand der Sümpfe unten im Quellgebiet lag und die einige Erfahrung darin hatten, sich einigermaßen sicher durch das unwirtliche Gelände zu bewegen, dem sie die kostbaren weißen Kristalle abrangen. Auch Durin und sein bester Freund Eldi waren dabei. Und natürlich Puck, der beste Freund der beiden Jungen! Er könne sich ganz bestimmt als Suchhund nützlich machen, fanden die Zwei. Gisil hatte sich nur widerwillig und unter Agilatruds Protest dazu entschlossen, die Jungen mit den Erwachsenen gehen zu lassen. Aber da sie ohnehin schon einige Male unerlaubt zu den Sümpfen hinab gelaufen waren und die stumme Frau offensichtlich den geheimen Weg der Jungen gewählt hatte, ergab es durchaus einen Sinn, sie als Führer einzusetzen – zumindest bis zu den Stellen, wo es gefährlich werden konnte.
Auch der Händler ließ es sich nicht nehmen, den Trupp zu begleiten. Er versprach, sich nur dort aufzuhalten, wo es ihm erlaubt wurde. Aber es durfte nicht sein, dass er als Nachrichtenübermittler und Geschichtenerzähler in der Siedlung zurückblieb, während draußen vor den Toren die aufregendsten Dinge passierten. Er musste dabei sein, wenn die Frau gefunden wurde – tot oder lebendig, das war ihm egal. Sie war eine Fremde für ihn und ihr Schicksal berührte ihn kaum. Aber er hätte eine Geschichte zu erzählen, die ihn auf allen Handelsplätzen, die er aufsuchte, unsterblich machen würde.

Durin und Eldi leiteten den kleinen Trupp sicheren Schrittes hinunter ins Tal. Der Großteil des Weges war ohne Gefahren zu bewältigen und führte, sanft abfallend durch ausgedehnte Hutewälder, in denen sich die Schweine aufhielten, die zur Siedlung gehörten. Die Tiere lebten hier frei und ohne jede Eingrenzung. Dennoch waren es keine Wildtiere, sondern Tiere, die von den Menschen gehütet wurden und deren Fleisch ebenso auf dem Speiseplänen in der Siedlung stand, wie etwa Schaf- oder Ziegenfleisch. In den Hutewäl-

dern fanden die Schweine alles, was sie zum Leben und Wachsen brauchten. Das Erdreich und die Bäume gaben mehr als genug davon. Ob Eicheln, Bucheckern oder Wurzeln und kleines Getier im Erdboden, für die Schweine war der Tisch reich gedeckt.
Diese Region am Westhang, oberhalb der Sümpfe, hatte man völlig den Tieren überlassen. Es gab kaum einen Grund für die Menschen, sich hier aufzuhalten, zumal der Bewuchs immer dichter und schwerer zu durchdringen wurde, je näher man den Sümpfen kam. Auf die Idee, sich hier herumzutreiben, konnten nur solch dumme Jungen wie Durin oder Eldi und ihr übermütiger Hund kommen!
Niemand aus dem Suchtrupp hegte Zweifel daran, dass die Frau genau den Weg genommen hatte, auf dem die Jungen jetzt voranliefen. Sie bewegten sich entlang der sanften Einschnitte im Hang, die in der Nähe des Siedlungswalls begannen und wie Falten in einem Leinentuch unter ständigen Richtungswechseln den Hang hinunter bis zu den Sümpfen reichten. Am Fuße dieser Einschnitte war man durch das seitlich ansteigende Gelände gegen unerwünschte Blicke geschützt. Ein überflüssiger Schutz, da der dichte Baumbestand ohnehin jede Sicht verwehrte. Aber jeder, der ungesehen aus dem Blickfeld der Siedlung verschwinden wollte, würde ohne lange darüber nachzudenken diesen Weg nehmen, ob bei Tag oder Nacht, ob Bäume die Sicht versperrten oder nicht. Die Jungen taten es bei ihren unerlaubten Ausflügen und die stumme Frau hatte es gewiss auch getan.
Als der Trupp sich den Sümpfen näherte, wurden die Schritte der Männer langsamer. Hier unten war die Luft unerträglich feuchtwarm und es roch faulig. Aber das war es nicht allein, was die Männer zögern ließ. Es waren die Toten, die die Sümpfe bewohnten – böse Menschen waren sie im Leben gewesen, im Tod von der Göttin verstoßen und hierher verbannt. Sie lauerten allen auf, die leichtsinnig genug waren, in die Sümpfe zu gehen. Niemand wusste, wo es festen Boden gab und wo dichtes Moos ein stinkiges Wasserloch bedeckte. Ein falscher Tritt und die kalten Hände der Toten packten zu. Sie rissen das arme Opfer zu sich ins Wasser und ließen es nicht mehr los. Nur dumme, ungehorsame Jungen schienen den Erzählungen der Ältesten über die verstoßenen Toten keinen Glauben zu schenken. Es würde der Tag kommen, da würden sie um einen von ihnen trauern müssen.

Durin und Eldi kümmerten sich wenig um die Gedanken der Männer. Sicheren Trittes bahnten sie sich ihren Weg, einen Weg, den sie nicht das erste Mal gingen, wie es schien. Puck lief ihnen sogar voraus. Der aber verließ sich wohl auf seinen sicheren Instinkt.
Sie waren noch nicht weit gekommen, seit sie den festen Boden am Rand der Sümpfe verlassen hatten und sich vorsichtig auf dem weichen, unsicheren Grund vorantasteten, als Puck plötzlich kurz verharrte und dann laut bellend davonstürmte. Augenblicklich war er aus der Sicht des Trupps im Unterholz verschwunden.
„Puck, nein! Warte!“ schrie Durin erschrocken.
Beinahe gleichzeitig stürzten er und sein Freund Eldi dem Hund hinterher. Ebenso schnell wie ihr vierbeiniger Freund wurden sie von der grünen Blätterwand verschluckt.
Die Männer des Trupps blieben abrupt stehen und starrten den Jungen nach. Sie hatten sich von ihnen übertölpeln lassen.
„Halt! Kommt sofort zurück!“ brüllte einer der beiden Salzsieder aufgebracht. „Bleibt stehen!“ Plötzlich schrieen die Männer alle erregt durcheinander. „Es ist zu gefährlich!“
Jeder versuchte, die Jungen mehr oder weniger lautstark und drohend zur Rückkehr zu bewegen. Wenn ihnen etwas passierte, würden sie ihrem Clanfürsten nicht mehr unter die Augen treten können. Der erwartete von ihnen, dass sie die Jungen und ihren Hund unversehrt in die Siedlung zurückbrachten. Das hatte er ihnen nachdrücklich klar gemacht. Und nun das! Wieso hatte Gisil überhaupt erlaubt, dass sein Sohn und dessen Freund mitkommen durften? Warum ahtte er dem Betteln des Jungen nachgegeben? Er wusste doch, wie gefährlich die Sümpfe waren!
Aber alles Jammern und Fluchen nützte nichts. Sie mussten handeln, und zwar schnell! Zum Glück war Pucks Gekläff noch zu hören und auch die Stimmen der Jungen, die ihren Hund riefen, vernahmen sie laut und deutlich. Die beiden Salzsieder wurden bestimmt, Durin und Eldi nachzugehen und sie zurück zu holen. Der Händler wollte sich ihnen anschließen. Seine Neugier und Abenteuerlust ließ ihn alle Gefahren vergessen. Doch die Männer wiesen ihn barsch zurück und befahlen ihm, sich nicht von der Stelle zu rühren.

Ehe die Salzsieder den Jungen ins Unterholz folgen konnten, ließ sie ein schriller Schrei zusammenfahren. Es klang nach Eldi. Gleich darauf ein weiterer Schrei. Dieses Mal Durin. Die Zwei hatten Todesangst! Das Kläffen des Hundes wurde heftiger und lauter, wild und geifernd. Etwas Schreckliches war passiert! Sie hatten es kommen sehen!
Die Männer stürzten voran. Alle zusammen. Nicht nur die Salzsieder. Sie nahmen keine Rücksicht mehr auf den gefährlichen, sumpfigen Untergrund, auf die Schlingpflanzen und die kleinen Zweige, die ihnen ins Gesicht peitschten. Dann endlich sahen sie sie Jungen und atmeten erleichtert auf. Sie standen unversehrt, mit den Rücken ihnen zugekehrt vor einem Wasserloch und starrten in eine modrige, stinkende Kloake, aus der fauliges Geäst herausragte, überwuchert mit allerlei moosigem und verschlungenem Gestrüpp. Die Männer drängten sich hinter sie und schoben sie zur Seite. Dann konnten auch sie den leblosen Körper sehen, den Kopf von einem morschen Ast vollständig unter Wasser gedrückt, Arme und Beine im Geäst und in den Pflanzen verfangen. Den Männern war sofort klar, dass es nur die Frau sein konnte, die dort im Wasser lag. Sie musste in der Dunkelheit das Loch übersehen haben und hinein gefallen sein. Bei ihrem verzweifelten Versuch, sich daraus zu befreien, war sie sicher in das tückische Pflanzengeflecht geraten. Möglicherweise war dann der Ast herabgestürzt, hatte sie am Kopf getroffen und so ihr Ende besiegelt.
„Puck hat sie gefunden“, rief Durin aufgeregt und deutete auf den Hund, der immer noch wild kläffend und mit gesträubten Nackenhaaren am Rand des Wasserloches stand. Er wandte sich den Männern zu: „Ist er nicht ein guter Suchhund?“
„Er ist genauso dumm und unvernünftig, wie du und dein Freund es seid“, schnauzte der Salzsieder, der Durin am nächsten stand. „Ihr hättet tot sein können, wisst ihr das? Ab jetzt tut ihr nur noch, was ich euch sage! Und jetzt geht uns aus dem Weg und haltet euch von dem Wasserloch fern.“
Die Jungen schauten den Salzsieder trotzig an, wichen schließlich aber doch ein paar Schritte zurück und auch Puck folgte ihnen jaulend, nachdem ihm der Salzsieder einen Tritt versetzt hatte. Dann machten sich die Männer daran, die stumme Frau aus dem Wasserloch zu bergen. Sie mussten sich vorsehen, dass sie nicht selbst in der tückischen Kloake versanken und es erfor-

derte all ihre Kraft und ihr Geschick, die Tote aus dem Pflanzengewirr zu befreien.
Als die Männer zusammen mit den Jungen und ihrem Hund aus den Sümpfen wieder auftauchten und festen Boden betraten, waren ihre Kleider nass und mit Schlamm verschmiert. Die Haare klebten ihnen am Kopf und der Schweiß rann ihnen über die Stirn. In ihrer Mitte trugen sie die Frau, ein triefendes, verdrecktes, lebloses Bündel Mensch mit vor Entsetzen weit aufgerissenen, starren Augen. Ein Anblick, bei dem jetzt, da sich das Blätterdach mehr und mehr lichtete und die Sonne die stickige Dämmerung etwas erhellte, besonders den Jungen und dem Händler ein kalter Schauer über den Rücken lief.
„Arme Frau", sagte der Händler leise zu sich selbst.
Der Mann, der neben ihm ging, hatte seine Worte jedoch verstanden:
„Eine gerechte Strafe dafür, dass sie das Böse in unsere Siedlung bringen wollte", sagte er und ließ ein bitteres Lachen folgen.
„Sie war nicht böse", entgegnete ihm der Händler. „Sie war selbst ein armes, geschundenes Wesen, das nur eure Hilfe gesucht hat und aus Angst vor weiteren Qualen und Misshandlungen vor euch geflohen ist." Tiefes Mitgefühl lag in seiner Stimme.
„Was redest du da?" fragte einer der beiden Salzsieder. „Du kennst die Frau nicht. Sie ist Schuld am Brand des Töpferhauses. Und sie war stumm. Du weißt, was das bedeutet!"
„Oh ja, ich weiß, was es bedeutet. In der Welt der Geister und Dämonen. Ich weiß aber auch, was es bei dieser Frau bedeutet hat. Ganz bestimmt waren keine Dämonen in ihr. Ich kannte sie." Der Händler wandte sich angewidert von dem schrecklichen Bild ab.
„Du kanntest sie? Woher?" wollte der Salzsieder wissen.
„Fragt euren Clanfürsten", entgegnete der Händler schroff, „er wird euch erklären, was es mit der Frau auf sich hatte."

Überfälle und Raubzüge

Auf Gisils Bitte hin hatte der Händler dann doch all das noch einmal berichtet, was der stummen Frau auf ihrer Reise widerfahren war. Er hatte von dem Überfall der Wegelagerer erzählt und dass die Frau nicht stumm war, sondern die schrecklichen Erlebnisse ihr den Mund verschlossen hatten. Nicht alle Bewohner der Siedlung wollten dem Händler Glauben schenken und versuchten ihn mit allerlei Fragen der Lügerei zu überführen. Doch es gelang ihnen nicht, denn der Händler war gewitzt genug, mit geschickten Worten den Spieß umzudrehen und ihnen die Mitschuld am Tod der Frau zu geben. „Die Frau hat Hilfe gesucht!" hatte der Händler gerufen. „Stattdessen ist sie auf Misstrauen und Hass gestoßen. War das etwa eure Hilfsbereitschaft und Gastfreundschaft, wie sie unter allen Händlern gerühmt wird?"
Die Worte des Händlers hatten schließlich dazu geführt, dass sich Betroffenheit und ein schlechtes Gewissen unter den Einwohnern breitgemacht hatte. So war es für Gisil ein Leichtes gewesen, für die Frau ein würdiges Begräbnis zu verlangen. Sie sei zwar keine von ihnen gewesen, hatte Gisil gesagt, aber er und alle Einwohner der Siedlung seien mit Schuld daran, dass die Frau in den Sümpfen zu Tode gekommen sei. So sei es nur recht, ihr ein würdiges Begräbnis in der Höhle zu gewähren, damit die Göttin sich ihrer erbarme und sie in ihr Reich aufnehme.
Niemand hatte dem Clanfürsten widersprochen und so hatten sie die stumme Frau schon am nächsten Tag, nachdem der Händler und sein Gefolge abgereist waren, für das Begräbnis hergerichtet. In ein schlichtes, sauberes Leinengewand gekleidet, mit geschlossenen Augen und friedlichem Gesichtsausdruck hatte sie auf der Bahre gelegen. So hatten sie die Frau zur Höhle am Lichtstein getragen und sie wie üblich ohne Grabbeigaben und ohne die ausgedehnten Feierlichkeiten in einer schlichten, aber würdevollen Zeremonie neben den Ahnen des Clans in der Höhle bestattet.

Seit dem Begräbnis der stummen Frau hatte der Mond nun schon zum dritten Mal abgenommen und war wieder zur vollen Leibesfülle angewachsen. Das Leben in der Siedlung verlief seitdem ohne Zwischenfälle und niemand

dachte noch an die zurückliegenden Ereignisse oder gar an die Sorgen zu Beginn der warmen Zeit, als der Regen ausgeblieben war. Nach dem Brand des Töpferhauses und dem tags darauf folgendem Unwetter hatten sich Sonne und Regen in schöner Regelmäßigkeit abgewechselt und die Früchte auf den Feldern versprachen reiche Ernte. Ochsen, Ziegen, Schafe und Schweine waren wohlgenährt und der Handel blühte.
Ganz besonders das Salz aus den Quellen unten im Tal war begehrt wie nie und fast täglich kamen neue Händler, allein mit dem Ziel, ihre Waren gegen das weiße Gold einzutauschen. In der Werkstatt des Bronzegießers stapelten sich die Barren Rohmaterial und auch sonst waren die Lager mit den unterschiedlichsten Tauschwaren gut gefüllt.
Sorge hatten lediglich die Salzsieder, die unten im Tal Schwerstarbeit verrichten mussten, um den Salzbedarf zu decken. Auch die Männer, die den Holznachschub für die gefräßigen Siedefeuer gewährleisteten, quälten sich im Schweiße ihres Angesichts. Vom ersten Sonnenstrahl des Tages bis zum letzten rodeten und schlugen die Holzfäller die Bäume und verarbeiteten sie mit ihren Äxten zu Holzscheiten für die Siedeöfen. Die Sieder wiederum arbeiteten mit nackten Oberkörpern in der stickigen Luft des Tales, schöpften und leiteten das Wasser der Salzquellen zu den Feuerstellen, wo sie es in der Hitze der Siedefeuer in zahlreichen kleinen Tongefäßen verkochten, bis nur noch die Salzkristalle zurückblieben. Waren die kleinen Gefäße vollkommen mit Salz gefüllt, dienten sie als Verpackung für die wertvolle Ware. Natürlich achteten die Sieder genau darauf, dass zunächst der Eigenbedarf an dem gewonnenen Salz gedeckt war, ehe auch nur ein Kristall getauscht wurde.
Gisil, der Clanfürst, trug längst wieder ein Lachen im Gesicht. Er dachte kaum noch an die beängstigenden Mitteilungen, die der Händler ihm und den Dorfältesten gemacht hatte, nachdem sie die stumme Frau in den Sümpfen gefunden hatten und noch vor seiner Rückkehr zu den Handelsplätzen im Süden und Westen. In den südlichen Landesteilen schien es in der jüngsten Vergangenheit zu Übergriffen marodierender Banden gekommen zu sein. Besonders weniger wehrhafte und verstreut liegende einzelne Gehöfte waren angeblich rücksichtslosen Plünderern zum Ofer gefallen, die auf gut ausgebildeten Reitpferden und bis an die Zähne bewaffnet die Höfe angegriffen, ausgeraubt und niedergebrannt hatten. Die Männer hatten sie getötet und die Frauen geschändet.

So hatte es der Händler berichtet und Gisil in Unruhe versetzt. Insbesondere der Überfall auf seinen Händlerkollegen und dessen Begleitung, die stumme Frau, hatte den Clanfürsten in dem Zusammenhang große Sorge bereitet. Die Wegelagerer liefen noch frei herum und niemand wusste, ob es eine Verbindung zwischen ihnen und den Banden im Süden gab. Auf jeden Fall schien sich zu bestätigen, was Gisil schon vor den vergangenen kalten Tagen zu Ohren gekommen war. Was damals noch wie eine gut erzählte Geschichte geklungen hatte, von der niemand wusste, ob sie der Wahrheit entsprach, entpuppte sich mehr und mehr als grausame Wirklichkeit. Und es ging dabei auch nicht um eine begrenzte Fehde unter Nachbarn.

Der Clanfürst war kurz nach der Abreise des Händlers mit zwei seiner Männer, die normalerweise die Handelswege überwachten, zu den Leuten seines Clans aufgebrochen, die weit von der Siedlung entfernt an den Rändern seines Machtbereiches lebten. So wie sie auf ihren kleinen Gehöften mit gerade mal einem Langhaus und ein oder zwei Ställen ohne jeden Schutz wohnten, schienen sie ihm besonders gefährdet. Bisher war es nicht nötig gewesen, sich gegen mehr als vereinzelte Wildtiere und die Unbilden des Wetters zu wehren. Doch angesichts dieser neuen Bedrohung konnten die Hofbewohner ebenso leicht Opfer jener Räuber und Mörder werden, wie die Menschen, von denen der Händler berichtet hatte. Zwar hatten sich die Überfälle weit entfernt von den Grenzen zu Gisils Machtbereich zugetragen, aber der Händler hatte es für nötig gehalten, ihn darüber zu informieren, und er hatte zudem seine Befürchtung geäußert, die Banden könnten irgendwann ihre Überfälle auch in den Norden verlagern. Der Wohlstand des „Salzfürsten" und seiner Clanangehörigen war weithin bekannt und weckte gewiss Begehrlichkeiten. Möglicherweise waren jene Krieger nicht einmal um ihres eigenen grausigen Mordhungers willen unterwegs, sondern im Auftrag eines fremden Clanfürsten, der sich die Besitztümer seiner reichen nördlichen Nachbarn aneignen wollte.

Gisil hatte bei seinen Besuchen die Bewohner der Gehöfte aufgefordert, die Schutzmaßnahmen zu verbessern und die Hecken um ihre Gehöfte zu verstärken und zu wehrhaften Schutzwällen auszubauen. Bei seiner Rückkehr hatte er den Bronzegießer und dessen Helfer angehalten, ihre Produktion zu steigern und vermehrt Kriegswaffen herzustellen, die er dann auf jene beson-

ders gefährdeten Gehöfte am Rand seines Machtbereiches bringen ließ, um die Wehrhaftigkeit der wenigen dort lebenden Männer zu erhöhen.
Es war eine beschwerliche und langwierige Arbeit gewesen, denn die Gehöfte waren nur auf Umwegen zu erreichen. Kam man schon zu Pferd nicht durch das sumpfige und kaum zu durchdringende Tal im Westen, so war es unmöglich, auf direktem Weg Waren durch das Tal zu befördern. Es blieben also neben dem großen Handelsweg an der östlichen Flanke des Bergsporns und am Fuße des Lichtsteins entlang nur die kaum als Weg zu bezeichnenden Pfade, über die man auf halber Höhe der Hänge, die das Tal begrenzten, die Gehöfte erreichte.

Nach einiger Zeit angespannten, angstvollen Wartens, in der jedoch keine weiteren schlimmen Nachrichten die Siedlung erreicht hatten, war wieder Normalität in Gisils Leben eingekehrt und er hatte sich den alltäglichen Geschäften zugewandt, bei denen er als Clanfürst allerlei zu bedenken hatte

und ihm keine Zeit blieb, sich Sorgen zu machen über Dinge, die weit entfernt passiert waren. Was zum Schutz seines Clans getan werden musste, hatte er getan.
Doch dann, eines Tages, als das Leben in der Mittagshitze scheinbar zum Erliegen gekommen war, schleppten sich einige zerlumpte Gestalten den Weg zur Siedlung hinauf. Einer der Hirten bemerkte sie zuerst. Er hatte sich mit seinem Hund vor der sengenden Sonne in den Schatten einer Eiche geflüchtet und dort vor sich hin gedämmert, während nur wenige Schritte entfernt seine Kühe träge malmend auf der Weide standen und mit ständigen Schlägen ihrer Pinselschwänze versuchten, sich der lästigen Fliegen zu erwehren. Plötzlich mischte sich in das einschläfernde Summen der Insekten, das Zwitschern der Vögel und das Rascheln des Laubes im ab und zu auflebenden Wind ein leises Knurren seines Hundes. Er blinzelte unter seinen Augenlidern hervor und sah, dass sein treuer Gefährte den Kopf gehoben hatte und angespannt und mit gespitzten Ohren den Hang hinauf blickte. Beinahe gleichzeitig vernahm er ein schwaches Jammern und ein Greinen wie von Kindern. Verärgert über die Störung wandte er seinen Kopf den Geräuschen zu. Und dann sah er sie. Oben, wo der Hang in die Hochebene überging, taumelten zwei Frauen und ein alter Mann, gebeugt und mühsam um jeden Schritt ringend, der Siedlung entgegen, während zwei kleine Kinder plärrend an den Kleiderfetzen hingen, die die zerschundenen Leiber der Frauen bedeckten. Der alte Mann schien dem Tod näher zu sein als dem Leben. Gestützt auf einen Knüppel setzte er einen Fuß vor den anderen, ächzend unter der Last eines Bündels auf seinem Rücken. Auch seine Kleidung konnte man kaum noch als solche bezeichnen und wie es dem Hirten auf den ersten Blick schien, hatte er noch nicht einmal Schuhe oder Sandalen an den Füßen. Jede der fünf armseligen Figuren, soviel war auch ohne nähere Betrachtung zu erkennen, musste Schlimmes durchgemacht haben, denn geschwärzte Gesichter, Arme und Beine, dazu blutverkrustete Wunden und Haare, die offensichtlich mit Feuer in Berührung gekommen waren, deuteten darauf hin, dass sie nur mit Mühe einem Unglück entkommen waren und dringend Hilfe benötigten.
Der Hirte warf einen kurzen Blick auf seine Kühe, die keine Anstalten machten, sich mehr als nötig zu bewegen. Er würde sie eine Weile sich selbst

überlassen können. Ohne weitere Zeit zu verlieren, sprang er auf, machte seinem Hund ein Zeichen, ihm zu folgen und hastete die kurze Strecke den Hang hinauf, auf die zerlumpten Fremden zu. Er war jetzt hellwach.
„He! Hallo!“ rief er ihnen entgegen, noch ehe er sie erreicht hatte. „Wer seid ihr? Was ist passiert?“
Die drei Erwachsenen stapften weiter stöhnend und ächzend vor sich hin, ohne auf sein Rufen zu reagieren. Nur die beiden Kinder warfen ihm einen Blick zu, um beinahe gleichzeitig noch lauter und in noch höheren Tönen zu plärren und sich angstvoll an die Frauen zu pressen.
Der Hirte hatte die kleine Gruppe erreicht und stellte sich ihr in den Weg. Sein Hund gesellte sich zu ihm. Die Nackenhaare aufgerichtet, knurrte er drohend.
„Still!“ befahl der Hirte.
Erst jetzt nahmen ihn die beiden Frauen und der alte Mann wahr. Sie hielten an und hoben langsam ihre Köpfe. Leere Augen starrten ihn an. Kein Leben schien mehr in ihnen zu sein, weder Angst noch Hoffnung sprachen aus ihnen oder irgendeine andere Reaktion auf seine Anwesenheit.
„Wasser ...“, kam es unvermittelt und kaum hörbar aus dem Mund der jüngeren der zwei Frauen.
Der Hirte spürte, dass es keinen Zweck hatte, die Geschundenen mit Fragen zu quälen. Später, in der Siedlung, würden sie sicher reden. Zunächst aber musste sich der Heiler ihrer annehmen, damit ihre Wunden behandelt werden konnten und sie wieder zu Kräften kamen.
„Kommt“, sagte er daher nur und wandte sich dem alten Mann zu. Er nahm ihm das Bündel von den Schultern und stütze ihn behutsam. So geleitete er sie zur Siedlung. Sein Hund lief ihnen voraus und kündigte sie aufgeregt kläffend an, so dass er die kleine Gruppe wenig später durch das übliche Spalier neugieriger Gaffer zum Haus des Heilers führen musste.

Es war nicht möglich, die beiden Frauen und den alten Mann zum Sprechen zu bewegen. Die erlebten Schrecknisse schienen ihnen den Mund verschlossen zu haben. Und die zwei Kinder taten nicht mehr, als sie bisher auch getan hatten – sie greinten, heulten und klammerten sich an die Frauen. Die Erinnerung an die stumme Frau und ihre Schreckenserlebnisse war plötzlich

wieder wach und mahnte die Menschen der Siedlung, nicht noch einmal den Fehler zu begehen, der die stumme Frau damals in den Tod getrieben hatte.
Irgendwann stammelte der alte Mann zwischen Röcheln und Ächzen einige unzusammenhängende Brocken vor sich hin, die auf ein Feuer deuteten, das ihre Häuser zerstört hatte. Spät am Abend hatte der Heiler ein Einsehen und drängte darauf, nicht weiter auf die geschundenen Menschen einzureden, sondern ihnen etwas Ruhe zu gewähren.
Gisil war tief beunruhigt. Alles an den Neuankömmlingen wies darauf hin, dass es sich bei ihrem Unglück nicht um ein Schadensfeuer gehandelt hatte, hervorgerufen durch eine Unachtsamkeit oder durch einen bösen Streich der Natur. Die Wunden am Körper dieser Menschen trugen Merkmale von Gewalteinwirkung. Dunkle Vorahnungen begleiteten Gisil in die Nacht.
Noch vor Sonnenaufgang am nächsten Tag erschien einer der Priester bei Gisil. Er brauchte den Clanfürsten nicht zu wecken. Der hatte die ganze Nacht wachgelegen und sich seinen sorgenvollen Gedanken hingegeben.
„Es war ein Überfall", raunte der Priester leise, um Agilatrud und die Kinder nicht zu wecken, die sich unruhig auf ihren Lagern unter den Fellen räkelten.
Gisil nickte: „Ich habe es gewusst."
„Der Alte hat geredet. Die Göttin muss ihm die Bilder eingegeben haben. Es sah aus, als spräche sie aus seinem Mund. Ins Leere hat er gestarrt und von unvorstellbaren Gräueltaten erzählt, so als habe er Wahnvorstellungen ..."
„Was genau hat er gesagt?" zischelte Gisil unruhig.
„Es waren berittene Männer. So viele wie Finger an zwei Händen sind. Sie haben geplündert, geschändet, gemordet. Und zum Schluss die Häuser angezündet." Der Priester zog Gisil mit sich vor das Haus. „Alle sind tot. Es war großes Glück, dass die Fünf überlebt haben. Offenbar glaubten die Mörder, sie hätten alle getötet. Aber die Fünf hatten sich in dem Durcheinander davonmachen und verstecken können. Sie haben alles mit ansehen müssen. Gisil, du musst handeln! Es sind Leute aus unserem Clan!"
„Ich weiß", schnaubte Gisil entschlossen. „Ich habe es immer gewusst, dass es eines Tages geschehen würde. Seit der Händler mir damals von den Überfällen berichtete, habe ich es gewusst."

„Es ist eines der großen Gehöfte an der Grenze im äußersten Süden, das sie überfallen haben. Du darfst nicht zu lange zögern. Sie werden nicht aufhören, sondern auch die anderen Gehöfte als leichte Beute ansehen. Die wenigen Männer dort können sich einer derart kampferprobten Horde nicht erwehren."

Gisil blickte den Priester entschlossen an: „Ruf den Rat zusammen. Wir müssen schnell eine Entscheidung treffen."

Schon nach kurzer Zeit war es Gisil gelungen, eine kleine Armee um sich zu scharen. Nicht alle Männer waren im Kampf geübt, aber sie hatten Mut und würden nicht zurückweichen, wenn es darum ging, ihr Leben und das ihrer Familien zu verteidigen. Zudem waren alle leidlich gute Reiter und kamen mit fast jedem Reitpferd zurecht, wenn es nur einigermaßen gut ausgebildet war. Zum Glück besaßen die meisten der Männer, die Gisil begleiten wollten, selber wenigstens zwei Pferde auf ihren Höfen. Die wenigen, die zu Fuß in die Siedlung gekommen waren, wurden mit Pferden aus Gisils Besitz versorgt. Auch Waffen gab es in der Siedlung genug, so dass Gisils Männer dem Feind an Beweglichkeit und Waffenstärke sicher ebenbürtig waren. Darüber hinaus waren sie ihren Gegnern zahlenmäßig überlegen. Wenn man den Angaben des Alten Glauben schenkte, war die Mörderbande nur halb so groß, wie Gisils Gefolgschaft. Und es bestand Hoffnung, auf einen Feind zu treffen, der weniger furchterregend war als angenommen, denn heimtückische Mörder, die ahnungslose und wehrlose Menschen überfielen, mussten nicht zwangsläufig mit gleicher Kampfeskraft einem entschlossenen Gegner in offener Schlacht entgegentreten. Allein die wenig geschützten Körper der Männer seines kleinen Heeres machten Gisil etwas Sorgen. Das Kriegshandwerk bestimmte nicht den Tagesablauf seines Clans und dementsprechend herrschte in der Siedlung ein Mangel an schützenden Kleidungsteilen, wie etwa Bronzehelmen, Knie- und Ellenbogenschutz, Halsmanschetten oder gar bronzenen Schutzpanzern. Doch ohne diese starren und schweren Rüstungsteile waren sie andererseits viel beweglicher und außerdem hatte nichts in den Worten des Alten darauf hingedeutet, dass die Mörder durch entsprechende Schutzpanzer gewappnet waren.

Sie ritten in der Abenddämmerung, wollten die Kühle der Nacht nutzen, um möglichst schnell, aber dennoch nicht zu erschöpft an ihr Ziel zu gelangen. Außerdem würden sie so länger neugierigen Augen verborgen bleiben und auf einen unvorbereiteten Feind treffen, wenn der sich dem nächsten Gehöft im Grenzland nähern sollte.

Zuvor hatten sie in einer ausgiebigen Opferzeremonie am Lichtstein die Göttin um Beistand und Hilfe bei ihrem Feldzug angefleht. Alle Menschen, die man in der Siedlung nicht benötigt hatte und die den heiligen Berg aus eigener Kraft erreichen konnten, hatten an der Opferfeier teilgenommen. Sie hatten nicht gewusst, was die Göttin an Opfergaben für den Schutz des kleinen Heeres und für den Sieg über die Mörderbande verlangte. Noch nie hatten die Menschen aus Gisils Clan einer solchen Prüfung gegenüber gestanden. Noch nie hatten sie die Göttin um Kriegsglück anflehen müssen. Also hatten sie über die Maßen gegeben, in der Hoffnung, es entspräche dem Lohn, den die Göttin für solch gewichtigen Beistand verlangte. Etliche Scheffel Getreide und Salz, Speisen in tönernen Gefäßen, nicht nur eine Ziege, sondern gleich drei waren ihnen die Gnade der Göttin wert gewesen. Sie hatten am Lagerfeuer getanzt, hatten über dem Feuer gebratenes Ochsen- und Schaffleisch gegessen und sich mit einem anregenden Gebräu aus der Küche der Priester in Kampfesstimmung gebracht. Sie waren voller Optimismus gewesen und hatten am Ende der Feier die Gewissheit des Sieges in ihren Herzen getragen.

Danach war die kleine Armee, von Gisil angeführt, ohne weitere Verzögerung aufgebrochen, während alle anderen sich auf den Rückweg zur Siedlung gemacht hatten. Einen kleinen Zwischenfall hatte es zuvor aber noch gegeben, als sich Durin widerspenstig gezeigt hatte und mit den Männern reiten wollte, anstatt zur Siedlung zurückzukehren. Schon als Gisil seine Armee zusammengestellt hatte, war er von seinem Sohn bedrängt worden, der unbedingt bei dem Feldzug dabei sein wollte. Gisil hatte es ihm verwehrt, ihn, als er weiter fordernd auf ihn eingeredet hatte, mit strengen Worten in seine Schranken verwiesen. Doch so leicht hatte sich Durin nicht abschrecken lassen. Er hatte gewartet, bis die Zeremonie am Lichtstein zu Ende gewesen war und dann, im Angesicht der Göttin und aller Anwesenden von seinem Vater das Recht eingefordert, als Sohn des Clanfürsten an dem Feldzug teil-

zunehmen und so seinen Teil zum Schutze des Clans beizutragen. Er hatte gewusst, auf diesem heiligen Berg würde ihn sein Vater nicht mit seinem Zorn überschütten können. Hätte er die Gnade der Göttin nicht aufs Spiel setzen wollen, hätte er der Forderung seines Sohnes zustimmen müssen.
Doch Gisil war nicht wütend geworden. Er hatte seinen Sohn nur milde lächelnd angesehen und dann gesagt:
„Jeder hat heute seine Aufgabe. Du bist nun bald ein Mann. Und deshalb sollst du für die Zeit meiner Abwesenheit die Verantwortung eines Fürsten tragen. Deine Aufgabe ist es, zurückzukehren und die Siedlung an meiner statt vor Schaden zu bewahren. Sei wachsam, mein Sohn. Es sind böse Zeiten."
Dann hatte er sich umgedreht, war auf sein Pferd gestiegen und mit seinen Männern in die Nacht geritten. Zurückgeblieben war ein verwirrter und zugleich stolzer Durin.

Geburt

Der Mond hatte bereits ein gutes Viertel seiner Fülle wiedererlangt, seit das kleine Heer in jener lichtlosen Nacht gen Süden geritten war, um die Mörderbande aufzuspüren und zu vernichten.
Der Morgen dämmerte gerade herauf, als Gisil mit seinen Männern in die Siedlung zurückkehrte. Müde und zerschunden sahen sie aus, sie waren übersät mit vielen kleinen Schrammen und Kratzern, einige von ihnen auch mit größeren Wunden, die schneller Behandlung bedurften. Aber sie hatten die Kämpfe alle überlebt – bis auf einen Mann, den Sohn eines Bauern von einem der Gehöfte im Norden, das der Siedlung am nächsten lag. Der Leichnam lag auf eine Bahre gebunden, die aus zwei schlanken, faustdicken Ästen bestand, mit einigen dünneren Weidenästen als Abstandshalter dazwischen. Diese Konstruktion war mit weiteren, biegsamen Ästchen verflochten und mit Ziegenfellen abgedeckt, so dass daraus eine stabile Liegefläche entstanden war. Die vorderen, längeren Enden der beiden Äste, die die Holme der Bahre bildeten, hatte man, ähnlich der Deichsel eines Ochsenkarren, mit einem provisorischem Geschirr aus Seilen am Pferd des Toten festgebunden, einmal vorn zwischen Hals und Schulterblättern und noch einmal weiter hinten am Bauch des Tieres. Die kurzen Enden der Holme lagen am Boden auf. So führte einer der Männer das Pferd mit der Bahre und dem Toten darauf an einem Strick hinter sich her.
Mit dem Toten hatten nicht nur Gisil und sein kleines Heer einen schweren Verlust zu beklagen, sondern auch dessen Familie. Der junge Mann war der einzige männliche Nachkomme des Bauern gewesen, dessen Lebenslicht in nicht allzu ferner Zukunft ebenfalls zu erlöschen drohte. Seine kränkliche Frau und die zwei sehr schwächlichen Töchter konnten das Gehöft dann wohl nicht allein weiter bewirtschaften. Der Tod des einzigen Sohnes, er würde nicht nur Trauer über die Familie bringen, sondern auch die Sorge um das eigene Überleben.
Die wenigen Männer, deren Wunden dringender Behandlung bedurften, blieben in der Siedlung und wurden in die Obhut des Heilers und seiner Helfer gegeben. Alle anderen, die nicht in der Siedlung lebten, kehrten gleich nach der Ankunft zu ihren Höfen zurück. Dort war in der Abwesenheit der

Männer viel Arbeit liegengeblieben, die vor den nächsten kalten Tagen nachgeholt werden musste.
Gisil war mit wenigen harmlosen Blessuren aus der Schlacht zurückgekehrt. Er ließ sich nicht viel Zeit, seine Familie zu begrüßen, oder sich von den zurückliegenden, schweren Tagen zu erholen. Nachdem er sich vergewissert hatte, dass in der Siedlung alles zum Besten stand und es insbesondere Agilatrud und dem heranwachsenden Kind in ihrem Bauch gut ging, machte er sich sofort auf, den Eltern die traurige Nachricht vom Tod ihres Sohnes zu überbringen. Er ritt gemeinsam mit den Männern, die an seiner Seite gekämpft hatten und nun zu ihren Familien zurückkehrten. Die Begleitung seiner Gefährten, zumindest auf dem ersten, längeren Abschnitt dieses schweren Weges, tat ihm gut. Das letzte Stück jedoch musste er allein reiten, ebenso, wie er dem Oberhaupt der Familie und dessen Frau allein gegenübertreten musste. Er wusste, es würde sein schwerster Kampf werden, schwerer noch, als die Kämpfe, die er zusammen mit seinen Männern mit Schwert und Speer ausgefochten hatten. Er war es, der die Männer zum Kampf gerufen hatte, und so fühlte er sich auch verantwortlich für jeden einzelnen Mann und dessen Familien. Einer der Familien hatte er nun den Sohn genommen. So sah er es, denn er hätte alle seine Begleiter lebend zurück bringen müssen! Auch wenn er vom Verstand her wusste, dass ein Krieg Opfer forderte, fühlte er sich schuldig. Mit dieser Schuld musste er leben, und das konnte er nur, wenn er dem alten Mann demütig unter die Augen trat und ihn um Vergebung bat für den Verlust seines Sohnes. Darüber hinaus würde er der Familie anbieten, einen oder zwei junge, kräftige Männer aus der Siedlung auf den Hof zu entsenden, damit sie helfen konnten, die Felder zu bewirtschaften. Neben dem Tod des Sohnes sollte die Familie nicht auch noch den Niedergang ihres Heimes und ihrer Lebensgrundlagen zu beklagen haben.
Während Gisils schwerem Ritt wurde der Leichnam des jungen Mannes in der Siedlung für die Beisetzung in der Höhle im Lichtstein vorbereitet. Der Mann war im Kampf für die Angehörigen des Clans und für seinen Clanfürsten gestorben. Er sollte mit allen Ehren, die eines ruhmreichen Mannes würdig waren, in der Höhle der Göttin übergeben werden. Die Ahnen in der jenseitigen Welt sollten sehen, dass er nicht nur ein einfacher Bauernsohn war, sondern dass er sich mit seinen Taten Ehre und Ansehen erworben hatte.

Nach den Beisetzungsfeierlichkeiten, an denen neben der Familie des Toten auch alle seine Gefährten aus der Schlacht teilgenommen hatten, gab es endlich Gelegenheit, am großen Lagerfeuer inmitten der Siedlung bei Essen und Trinken von dem Feldzug gegen die Mörderbande zu erzählen. Alle Zurückgebliebenen hatten sich bisher in Geduld geübt, angesichts der traurigen Umstände einer Bestattung und der schwer Verwundeten, die zunächst zu Kräften kommen sollten.
Nun aber brach sich die Neugier Bahn und Gisil bestimmte einen Mann aus der Gruppe seiner Weggefährten, dessen Erzählkunst im ganzen Clan bekannt war. Er sollte anstelle des Clanfürsten von ihrem Feldzug berichten. Alle Augen hingen gebannt an den Lippen des Erzählers, als der sich räusperte und schließlich zu sprechen begann:
„Es war ein beschwerlicher Weg, den wir zurücklegen mussten. Wie ihr wisst, kommt selten jemand von uns in diese Gegenden und um möglichst schnell unser Ziel zu erreichen, nahmen wir nicht den Handelsweg, sondern ritten durch Landstriche, die noch nie mit einem Ochsengespann befahren wurden. Wir waren zu Pferde, das machte es uns zumindest dort leicht, voranzukommen, wo die Bäume und das Strauchwerk nicht zu dicht standen. An anderen Stellen wiederum mussten wir uns mit unseren Schwertern einen Weg bahnen. Ein wirklich beschwerliches Unterfangen."
Einige der Zuhörer räusperten sich unruhig. Sie wollten keine lange Vorgeschichte hören. Das schien der Erzähler verstanden zu haben:
„Nun ja, wir ritten also zuerst zu den Wohnstätten, über welche die niederträchtigen Mörder Tod und Verderben gebracht hatten", berichtete er weiter. „Dort sahen wir uns um und hofften auf Zeichen und Hinweise, die etwas über die Bande verraten hätten. Aber wir fanden nichts anderes, als Tod und Zerstörung. Verkohlte Reste der niedergebrannten Häuser, wohin das Auge sah. Dazwischen verstümmelte Leichen oder das, was die Aasfresser von ihnen übriggelassen hatten. Und ein erbärmlicher Gestank machte uns das Atmen schwer."
Bei diesen Worten des Erzählers hatten die beiden überlebenden Frauen und der alte Mann ihre Köpfe gesenkt und unter ihren Schulterumhängen verborgen. Sie waren an ihren Körpern wieder genesen, aber die grausamsten Stunden ihres Lebens hatten sie während ihrer Zeit in der Siedlung noch nicht vergessen können. Wenigstens die beiden Kinder, die ebenfalls das sinnlose Schlach-

ten auf ihren Heimathöfen überlebt hatten, schienen sich wieder ihres Lebens zu freuen und tollten mit den anderen Kindern der Siedlung munter herum.
Nach einer kleinen Pause berichtete der Erzähler weiter. Sie hatten die Leichen in der Nähe der niedergebrannten Häuser zusammengetragen und notdürftig mit Steinen bedeckt. Für eine würdige Bestattung an angemessener Stelle war keine Zeit geblieben. Danach waren die Männer zum nahe gelegenen Nachbargehöft geritten.
Die Menschen dort hatten natürlich von dem Überfall gehört und später auch gesehen, was geschehen war. Doch anstatt auf dem zerstörten Gehöft Ordnung zu schaffen und die Toten zu bestatten oder aufzubahren, hatten sie Reißaus genommen und sich hinter ihrem eigenen Schutzzaun verschanzt, um vor Angst zitternd auf die Mörderbande zu warten. Sie hatten dank der Redseligkeit eines vorbeiziehenden Händlers schon vor dem Überfall von den Raubzügen der Bande unten im Süden gewusst. Aber solche Ereignisse waren ihnen zu weit entfernt erschienen, als dass sie sich darum Sorgen gemacht hätten. Ihnen war es damit nicht anders ergangen, als Gisil und den Leuten in der Siedlung, als sie das erste Mal von den Überfällen gehört hatten. Doch dann war das Unheil bei ihren Nachbarn eingekehrt und sie hatten sofort gewusst, dass ihnen möglicherweise dasselbe Schicksal drohte. Dennoch hatten sie es versäumt, Männer aus ihren Reihen nach Hilfe auszusenden.
So war es ein Glück gewesen, dass sich die Überlebenden des Überfalls gen Norden zum Sitz ihres Clanfürsten aufgemacht hatten, anstatt auf dem Gehöft ihrer direkten Nachbarn, mit denen sie seit langer Zeit im Streit lagen, Schutz zu suchen. Wahrscheinlich hätten Gisil und die Leute in der Siedlung ohne diesen Umstand nie etwas von dem Überfall erfahren und die Mörderbande hätte ungehindert weiter wüten können.
Als Gisil und seine Männer den Hof erreicht hatten, waren sie nicht eben freundlich empfangen worden. Zwar waren die Bewohner nicht für einen Kampf gerüstet gewesen, hatten es aber doch geschafft, Gisils kleines Heer direkt am Schutzzaun in ein Scharmützel zu verwickeln. Gisil und seine Männer hatten Mühe gehabt, den Hofbewohnern deutlich zu machen, dass sie Freunde und Clanangehörige waren und dass sie ihnen zur Hilfe im Kampf gegen die Mörderbande gekommen waren. Erst da hatte man sie eingelassen und verschämt willkommen geheißen.

Noch ein weiteres, von der Stätte des Überfalls recht weit entfernt gelegenes Gehöft gehörte zu den drei Ansiedlungen des Clans an den südlichen Grenzen und Gisil hatte es für möglich gehalten, dass es ebenfalls schon ins Blickfeld der Mörderbande geraten war. Wenn die Bande wieder zuschlagen sollte, dann würde es eines der beiden Gehöfte treffen. Das war seine Überlegung gewesen und er hatte beschlossen, in der Mitte zwischen den beiden Ansiedlungen zu lagern, um das Gehöft, das die Mörder als nächstes angreifen würden, schnell erreichen und verteidigen zu können. Er hatte aus seinen Reihen Späher bestimmt, die die Gegend weiträumig durchstreifen sollten, um nach der Bande Ausschau zu halten und ihr Kommen frühzeitig zu melden. Das war nicht immer leicht gewesen, bot der teilweise dichte Baumbestand sich nähernden Reitern doch sehr gute Deckung. Dann hatte man sich mit allen Männern auf dem Gehöft verschanzen wollen, welchem sich die Mörder näherten, um ihnen dort einen überraschenden Empfang zu bereiten. Während die Späher ihre Augen offen hielten, um jede verdächtige Bewegung, jeden Knacken eines Astes, jede Staubwolke am Horizont, sofort zu melden, hatten Gisil und die übrigen Männer seines Heeres zusammen mit den Bewohnern der Gehöfte noch einmal die Schutzwälle mit allerlei Hecken und Gestrüpp verstärkt und alle Gerätschaften zusammengetragen, die irgendwie als Waffen zu gebrauchen waren. Ein paar alte, stumpfe Äxte und schartige Sicheln waren letztendlich alles gewesen, was einigermaßen brauchbar erschien und Gisil hatte eingesehen, dass es ihm und seinen Männern allein überlassen blieb, sich den Mördern in den Weg zu stellen. Die Bauern auf den Gehöften hatten nicht den Anschein erweckt, als könnten sie ihre Sicheln zu mehr gebrauchen als zur Ernte des Getreides.
Eines Abends schließlich waren sie gekommen. Eine kleine Gruppe Reiter, tatsächlich nur etwa halb so viele wie in Gisils Heer. Verwahrlost hatten sie ausgesehen, nicht etwa wie Krieger mit schimmernden Brustpanzern und Helmen. Die Leinenkleider und Umhänge zerlumpt, die Haare lang und verfilzt unter den Pelzmützen und Lederkappen hervorquellend, nackte, verdreckte Beine und Arme, einige der Gesichter von dichten Bärten eingerahmt, so hatten sich die Mörder dem Gehöft genähert, das in direkter Nachbarschaft zu dem zuvor überfallenen lag. Speere und Schwerter hatten zu ihren Waffen gehört. Mehr hatten sie nicht für nötig gehalten, um ein wehrloses Gehöft

zu überfallen und zu zerstören. Auch hatten sie keine großen Anstrengungen unternommen, ihr Nahen so lange wie möglich geheim zu halten. Sie schienen sich ihrer Sache vollkommen sicher zu sein und hatten offenbar weder Gegenwehr, noch Hinterhalt befürchtet. Merkwürdig waren den Spähern lediglich die unberittenen Pferde erschienen, die die Mörder mit sich geführt hatten. Aber schnell war ihnen klar geworden, dass es sich bei den Tieren um Lastponys handeln musste, denen wohl später die Beute aus der Plünderung des Gehöftes aufgebürdet werden sollte.
Die Mörder waren ahnungslos in ihr Verderben geritten. Gut vorbereitet und getarnt hatten Gisil und seine Männer auf dem Gehöft gelauert und die Bande kommen lassen. Vielleicht hätten die Eindringliche sich wundern sollen, dass sie am Schutzwall, der das Gehöft umgab, nicht auf Widerstand gestoßen waren, aber ihre Gier hatte sie jegliche Vorsicht vergessen lassen. So war die Überraschung perfekt gewesen, als plötzlich und unerwartet bewaffnete Männer aus der Dunkelheit hervorgesprungen und über sie hergefallen waren. Aber die Mörder waren geübte Kämpfer gewesen, die ihren weniger kampferprobten Gegnern heftigen Widerstand geleistet hatten. Doch der Entschlossenheit und der Überzahl von Gisils Männern hatten sie letztendlich nichts entgegenzusetzen gehabt und sie waren alle niedergemacht worden.
Nach diesem Sieg hatten sich Gisil und seine Männer von den dankbaren Bewohnern des Gehöftes nur notdürftig ihre Wunden versorgen lassen. Eilig hatten sie die Bahre für den Toten gezimmert, um dann ohne ein Abschiedsmahl oder andere Verzögerungen nach Hause zu reiten. So schnell es ging, hatten sie in die Siedlung und auf ihre eigenen Gehöfte zurückkehren wollen, denn sie waren keine Krieger und ihr Handwerk war ein anderes, wesentlich friedlicheres. Sie wurden zuhause gebraucht und es schien nicht nötig, noch länger zum Schutz der Gehöfte dort im Süden zu verweilen. Es würde sich schon bald herumsprechen, dass ein schlagkräftiges Heer die Mörderbande vernichtet hatte und dass die Gehöfte auch in der Zukunft nicht schutzlos sein würden. Niemand würde es so schnell wieder wagen, sie anzugreifen.
Als der Erzähler seinen Bericht beendet hatte, brach Jubel aus. Sogar der Bauer und seine Frau, die um ihren Sohn trauerten, lächelten. Stolz schimmerte in ihren Augen. Wie die, die überlebt hatten, war auch ihr Sohn ein Held. Vielleicht noch ein wenig mehr, als die anderen, denn er hatte sein Leben gegeben.

Und Gisil, ihren Clanfürsten, sahen sie nicht mit Verbitterung an, sondern als einen Mann, der seine Leute nicht nur im Frieden, sondern auch im Kampf zu führen wusste. Insbesondere in seiner Demut, als er ihnen die Nachricht vom Tod ihres Sohnes überbracht hatte, hatte er die Größe eines wahren Fürsten offenbart. Das würden sie ihm nie vergessen.

Der Krieg gegen die Mörderbande geriet langsam in Vergessenheit und in der Siedlung kehrte wieder Ruhe ein. Das Leben folgte dem gewohnten Rhythmus, bestimmt von großen und kleinen Freuden oder Sorgen und täglicher Mühsal. Die fünf Überlebenden des Überfalls waren in der Siedlung geblieben. Niemand hatte sie wieder fortjagen wollen. Wo hätten sie auch hingehen sollen? Zu ihren ungeliebten Nachbarn? Da fühlten sie sich in den Häusern der Siedlung hoch oben auf dem Bergsporn und in der Nähe ihres freundlichen Clanfürsten wesentlich wohler und darüber hinaus gut behütet. Zudem gab es genug Arbeit für die beiden Frauen, wie auch für den Alten und die zwei Kinder, so dass niemand von ihnen das Gefühl haben musste, er sei unnütz oder führe ein faules Leben zu Lasten der anderen Bewohner.

Allein Gisil schien nicht recht zur Ruhe zu kommen. Tief in seinem Inneren spürte er, dass sich eine Veränderung im Leben seiner Familie anbahnte. Schon kurz nachdem er mit seinen Männern aus dem Süden zurückgekehrt war, hatte er sich von Agilatrud berichten lassen, wie sich Durin in seiner Rolle als Stellvertreter des Clanfürsten benommen hatte. Es war seine Absicht gewesen, dem Jungen zu zeigen, was es hieß, beizeiten Verantwortung zu übernehmen. Einen Clan zu führen, war etwas anderes, als Ziegen zu hüten, Streiche zu spielen, oder unerlaubt in die Sümpfe zu laufen. Auch wenn Durin noch nicht erwachsen war, so war er doch schon alt genug, um eine Ahnung vom dem zu bekommen, was ihn als Nachfolger des Clanfürsten erwartete.

Agilatrud hatte seine Freude und Hoffnung, die er mit Durins Nachfolge verband, getrübt.

„Er hat sich bemüht“, hatte sie gesagt, „und er hat auch einige kleine Entscheidungen mit Weisheit und Würde getroffen. So wie es einem Jungen in seinem Alter eben möglich ist. Aber er war nicht glücklich dabei.“

„Warum?“ hatte Gisil gefragt. „Macht es ihn nicht stolz, das Erbe seines Vaters anzutreten?“

„Oh doch“, was Agilatruds Antwort gewesen. „Es macht ihn sogar sehr stolz. Aber seine Freunde ... Sie haben sich plötzlich so eigenartig ihm gegenüber benommen. Sie waren nicht mehr so vertraut. Sie zeigten Zurückhaltung und übertriebene Unterwürfigkeit.“

Gisil war darauf verärgert gewesen:

„Als Clanfürst muss man das ertragen. Man kann nicht der Freund von Jedermann sein. Man muss lernen, Entscheidungen zu treffen, die nicht allen gefallen. Und man muss lernen, über Menschen zu herrschen.“

Agilatrud hatte ihm Recht gegeben. Doch dann hatte sie etwas hinzugefügt, was ihn tief getroffen hatte:

„Gisil, ich weiß, es wird dir nicht gefallen, aber tief in seinem Inneren will Durin nicht dein Erbe antreten. Er trägt eine ganz andere Sehnsucht in sich.“

„Was meinst du damit“, hatte Gisil sie mit brüchiger Stimme gefragt.

„Er will weg. Er will die Welt kennen lernen. Er ist viel zu neugierig, um in der Siedlung zu bleiben. Er schaut schon jetzt voller Sehnsucht über den Wall und mit seinem Herzen schaut er weit über die Grenzen deines Machtbereiches hinaus.“

„Hat er dir das gesagt?“

„Nicht so direkt. Aber ich weiß es. Ich bin seine Mutter."
„Und?" hatte Gisil darauf voller Unruhe gefragt. „Was willst du ihm sagen, wenn er dich fragt, ob er gehen kann?"
„Wenn der Zeitpunkt gekommen ist, wird er dich fragen. Und wenn er das tut, dann möchte ich, dass du ihm erlaubst, fortzugehen."
„Warum verlangst du das von mir?" Gisil hatte nicht glauben wollen, dass Agilatrud es ernst meinte.
„Weil du ihn liebst", hatte Agilatrud ihm entgegnet. Eine Antwort, die keiner weiteren Erklärung bedurfte.
In der Folgezeit hatte Durin seinen Vater tatsächlich immer wieder mit Fragen bedrängt, über die Welt, die sich außerhalb der Siedlung und hinter dem Lichtstein oder hinter den Baumwipfeln der fernen Wälder verbarg. Er wollte wissen, wohin sich Susia, der Fluss unten im Tal, schlängelte und er fragte, woher die Händler kamen und wohin sie gingen. Es war eine Unruhe in dem Jungen, die weit mehr war als die normale Neugier der anderen Jungen. Nun konnte es auch Gisil nicht mehr verborgen bleiben und er wusste, dass Agilatrud Recht gehabt hatte: Da war eine Sehnsucht in dem Jungen, die sich mit jedem Händler, der die Siedlung ansteuerte oder an ihr vorbeizog, verstärkte.
Gisil bemerkte die fiebrigen Blicke seines Sohnes, wenn er den Reisenden mit ihren Waren hinterher sah. Seine schwache Hoffnung, in Durin doch noch einen würdigen Nachfolger als Clanfürsten zu bekommen, schwand. Noch kurze Zeit konnte er bestimmen, was sein Sohn zu tun hatte. Noch war er ein Kind. Aber schon bald sollte er in die Gemeinschaft der erwachsenen Männer aufgenommen werden. Dann würde es nicht mehr lange dauern, bis Durin seinen Entschluss gefasst hatte. Er würde allein, oder mit einem der Händler fortgehen und niemand würde ihn zurückhalten. Sollte er, Gisil, das Bleiben seines Sohnes erzwingen? Er kannte seinen Sohn gut genug. Er war von seinem Blut und er trug den Mut seines Vaters und die Entschlossenheit seiner Mutter in sich. Gisil wusste, er würde Durin nicht zurückhalten können, wenn es soweit war. „Du musst ihn gehen lassen, weil du ihn liebst", hatte Agilatrud gesagt. Ja, so war es! Er würde seinen Sohn nicht am Gehen hindern. Auch seine Tochter musste er eines Tages gehen lassen. Sie würde in einem anderen Clan, in einer anderen Sippe einen Mann finden, um mit ihm ihre Familie zu gründen. Das war der Lauf des Lebens, dem sich kein Vater

entziehen konnte, wie schwer ihm das Abschiednehmen auch immer fiel. Und wenn er daran dachte, wusste er, dass es ihm sehr schwer fallen würde, schwerer, als er es sich in seinen schlimmsten Träumen hatte vorstellen können.
Gisils Ängste um den Verlust seiner Kinder verblassten jedoch, wenn er an das neue Leben dachte, das in Agilatruds Bauch heranwuchs. Ihr Leib wölbte sich unter ihrem schlichten, bequemen Leinenkleid und Gisil konnte sich nicht erinnern, dass ihre Rundung vor der Geburt seines Sohnes und seiner Tochter auch so mächtig gewesen war. Sollte Agilatrud einen Jungen gebären, dann konnte er Durin ohne Wehmut und ohne Sorge um die Zukunft ziehen lassen. Sein Clan bekäme einen würdigen Nachfolger als Fürsten. Gisil müsste ihn natürlich vom Tag seiner Geburt an auf diese Aufgabe vorbereiten, denn wenn sein eigener Lebensweg nicht übermäßig lang werden sollte, und die Göttin ihn zur rechten Zeit zu sich riefe, dann konnte er nicht damit warten, bis der Knabe ein Mann war. Sein Sohn und Nachfolger würde schon an der Schwelle zum Erwachsensein die große Verantwortung übernehmen müssen.
Je näher der Tag der Niederkunft rückte, desto mehr umsorgte Gisil sein Weib. Er begann sogar, seine Geschäfte, die ihm als Clanfürst oblagen, zu vernachlässigen, so dass ihn Agilatrud ein ums andere Mal in gespieltem Unmut daran erinnern musste, dass eine Schwangerschaft keine Krankheit sei und andere seiner Aufmerksamkeit und Fürsorge mehr bedurften. Gisil ließ sich jedoch nicht beeindrucken und überschüttete Agilatrud mit liebevoller Zuneigung und gutgemeinten Ratschlägen, die alle erfüllt waren mit der Sorge um ihr Wohl und das seines ungeborenen Sohnes. Ja, er hatte sich mittlerweile in die absolute Gewissheit hineingesteigert, dass das Kind in Agilatruds Bauch ein Junge sei.
Dann, eines Morgens, als habe Gisil es voraus gesehen, konnte sich Agilatrud nicht von ihrem Lager erheben. Aber es waren nicht die normalen Wehen, die sie in schmerzhaften Krämpfen schüttelten. Dazu war es noch zu früh. Schweißgebadet und mit schmerzverzerrtem Gesicht lag sie stöhnend auf dem Mattengeflecht und Gisil wusste nicht, was er tun sollte. Voller Angst um sein Eheweib lief er im großen Wohnraum seines Hauses, in dem sich alles Leben der Familie abspielte, hin und her und wusste nicht, was er tun sollte. Bei der Geburt seiner beiden anderen Kinder war er von dem Heiler und der Kräuterfrau, die bei allen Geburten half, aus dem Haus geschickt worden, als die Wehen einsetzten. So hatte er nur wenig von Agilatruds Schmerzen miterlebt und zudem gewusst, dass diese Art Geburtsleiden dazugehörten und ganz normal waren.

Aber die Schmerzen, die Agilatrud jetzt hatte, waren nicht normal!
Inzwischen waren auch Durin und Igwa aufgewacht und starrten mit schreckgeweiteten Augen auf ihre Mutter.
„Mama, was hast du?“ jammerte Igwa.
Vom Lager der Mutter kam nur ein leises Stöhnen.
„Was ist mit ihr, Papa?“ wandte sich Igwa an Gisil. Auch Durin sah seinen Vater fragend an.
„Ich weiß es nicht“, schnaufte Gisil erregt und schlug mit der flachen Hand wütend gegen einen der Stützpfeiler, die dem Dach und dem ganzen Haus die nötige Stabilität verliehen.
Beinahe gleichzeitig fuhr er herum und blickte irritiert zu einem der Regale, das mit dem Pfeiler verbunden war und auf dem dicht an dicht Tonkrüge und Keramikschalen standen. Die Erschütterung, ausgelöst durch Gisils Schlag, hatte zwei der ganz vorn auf dem Regal stehenden Schalen ins Rutschen gebracht, so dass sie zu Boden gefallen und zersprungen waren. Dieser kleine Unfall schien ihn zur Besinnung zu bringen, denn sofort ging er zum Lager seines Weibes hinüber und kniete sich neben sie:
„Agilatrud, was hast du? Was soll ich tun? Sag‘ es mir. Du darfst jetzt nicht schwach werden!“
Agilatrud quittierte Gisils Flehen mit einem gequälten Lächeln. Schweißperlen standen ihr auf der Stirn, ein sicheres Zeichen, dass sie Schmerzen hatte, gegen die sie sich mit aller Macht stemmte.
„Hol den Heiler“, flüsterte sie, „er weiß, was zu tun ist.“
Gisil wandte sich zu Durin:
„Lauf! Hol‘ du den Heiler. Ich muss hier bleiben. Sag‘ ihm, deiner Mutter geht es sehr schlecht. Er muss sich beeilen!“
Das Dämmerlicht des frühen Morgens drang durch die Türöffnung und erhellte den Raum nur notdürftig. Dennoch sah Durin die Angst im Angesicht seines Vaters und er sprang von seinem Lager hoch. Stand es wirklich so schlimm um seine Mutter? Ja, es musste so sein, denn noch nie hatte er seinen Vater derart verstört erlebt. Er nahm sich nicht die Zeit, seine Sandalen anzuziehen und zu schnüren. So wie er auf seinem Nachtlager gelegen hatte, rannte er aus dem Haus, hinüber zum Haus des Heilers.
„Und du, Igwa, schür‘ das Feuer“, fuhr er seine Tochter barsch an. Er ertrug es nicht, dass das Mädchen dort saß und ihn mit schreckgeweiteten Augen anstarrte.

„Na los, nun mach schon!" kommandierte er schroff.
Igwa schossen die Tränen in die Augen und heulend schlich sie zur Herdstelle, um die Glut anzufachen. Wenn der Heiler kam, würde er heißes Wasser brauchen, das wusste Igwa genau, denn als ihr Großvater im Sterben gelegen hatte, war es auch so gewesen. Heißes Wasser, so glaubte sie, war das Wichtigste bei der Behandlung von Kranken. Sei es, um einen Kräutersud zu bereiten oder die Leinentücher damit zu tränken. Sie wartete nicht, bis ihr Vater sie aufforderte, Wasser zu holen, um es über dem Feuer zu erhitzen. Sie schnappte sich einfach einen der großen Krüge und rannte hinaus, um ihn mit Wasser aus der Zisterne am Rand des Versammlungsplatzes zu füllen. Es tat gut, etwas tun zu können. Das lenkte sie ab von ihrer Mutter, die vielleicht sterben musste.
„Bitte, bitte, nimm sie mir nicht weg", flehte Igwa im stummen Gebet zur Göttin, als sie am Schrein vorbeikam, auf ihrem Weg zur Zisterne, „und meinen neuen Bruder auch nicht!"
Als Igwa mit dem gefüllten Krug ins Haus zurückkehrte, war der Heiler bereits da. Auch die Kräuterfrau, von der sie wusste, dass sie bei den Geburten half, war gekommen. Sie kniete neben dem Lager ihrer Mutter, der sie vorsichtig den Bauch abtastete. Ihr Vater redete leise auf den Priester ein. Igwa konnte nicht verstehen, was er sagte, aber er war sehr aufgeregt, das sah sie ihm an.
Als der Heiler sie bemerkte, unterbrach er sein Gespräch mit Gisil und wandte sich ihr zu:
„Oh, du hast schon Wasser geholt? Du bist eine gute Tochter", sagte er. „Stell den Krug an die Feuerstelle und geh dann nach draußen zu deinem Bruder."
„Aber ich will bei Mutter bleiben", widersetzte sich Igwa.
„Nein, du wirst gehen", entgegnete der Heiler bestimmt und blickte für einen Moment auf Gisil, „zusammen mit deinem Vater. Wenn wir deiner Mutter helfen sollen, können wir keine Störung gebrauchen."
Gisil ballte drohend die Fäuste und wollte dem Heiler etwas entgegnen, doch der legte ihm nur die Hand auf die Schulter und sagte mit ruhiger Stimme:
„Ich werde tun, was in meiner Macht steht. Agilatrud wird wieder gesund werden und ein kräftiges Kind zur Welt bringen ... wenn die Göttin es will."
„Wenn die Göttin es will ..." Diese letzten Worte des Heilers klangen in Gisils Kopf nach, als er mit Igwa an seiner Hand und einem letzten Blick auf Agilatrud das Haus verließ.

Vor dem Haus ließ er Igwa los und schickte sie fort. Sie solle mit den anderen Kindern spielen, sagte er ihr. Sein Weg hingegen führte ihn direkt zum Schrein der Göttin. Er kam mit leeren Händen und er wusste nicht, ob die Göttin ihn überhaupt beachten würde, wenn er ihr keine Opfergaben zum Geschenk machte. Trotzdem ließ er sich vor dem Schrein auf die Knie fallen und gab der Göttin seine ganze Ohnmacht und Hilflosigkeit preis. Der große, mächtige Clanfürst entblößte sich vor der viel größeren Macht und bat so inbrünstig wie noch nie in seinem Leben um Hilfe, um Hilfe für sein Weib und das ungeborene Kind in ihrem Leib.
Plötzlich spürte er, wie seine Hände ergriffen wurden. Durch seine tränenbenetzten Augen erblickte er Durin und Igwa. Links und rechts hatten sie sich neben ihn gekniet und ihre Hände fest um die seinen geschlossen. Zusammen mit ihm wollten sie um Hilfe für ihre Mutter bitten. Ein warmes Gefühl durchströmte Gisil in diesem Augenblick und diese Geste seiner Kinder erschien ihm wie die Antwort der Göttin auf sein Flehen:
„Sie wird leben, Gisil", hörte er die Göttin sagen, „und dein ungeborener Sohn auch."

Die Göttin hatte Wort gehalten und mit den beschwörenden Worten und heilenden Säften des Heilers und den kundigen Händen der Kräuterfrau war Agilatrud nach zwei Fiebernächten voller wirrer Träume und dem stummen Flehen des neben ihrem Lager wachenden Gisil langsam wieder zu Kräften gekommen. Bis zum Ende ihrer Schwangerschaft hatte sie sich zwar schonen müssen und die Tage oft auf ihrem Lager zugebracht.
Doch dann, eines frühen Morgens war es soweit und nach einer kurzen Zeit emsigen Treibens im Haus des Clanfürsten, die er selbst und seine Kinder nervös wartend im Freien verbrachten, wurde Gisil hineingerufen und konnte gleich danach wieder nach draußen treten. In seinem Arm hielt er ein kleines krähendes Bündel Mensch, warm eingewickelt in Fell und Leinendecken.
„Mein Sohn!" rief er stolz den versammelten Einwohnern der Siedlung zu. „Euer zukünftiger Fürst!"
Und in diesen beiden Worten lag die Gewissheit, dass sein Geschlecht in seinen Kindern fortbestehen würde. Über seinen Tod hinaus. An diesem Ort und in fernen Gegenden. Es war nicht zu Ende.

Wir stehen ganz am Anfang

Nein, es war damals nicht zu Ende und das ist es heute erst recht nicht! Im Gegenteil, wir stehen noch ganz am Anfang. Das ist der gemeinsame Tenor von Archäologen und Anthropologen.
Wo die einen hoffen, durch zusätzliche Grabungen im Umfeld der Lichtensteinhöhle nach und nach weitere Funde zutage zu fördern und so dem Bild menschlichen Lebens und Wirkens in der Bronzezeit Mosaikstein um Mosaikstein hinzufügen zu können, da gelangen die anderen in ihren Labors dank umfangreicher DNA-Analysen zu Erkenntnissen, die bisheriges Wissen als Irrtum entlarven.
Nichts scheint in Stein gemeißelt oder gar für die Ewigkeit festgeschrieben. Alles ist im Fluss und was wir heute zu wissen glauben, muss schon morgen in den Fachbüchern umgeschrieben werden.
Zuerst mussten die Archäologen die Theorie von der Lichtensteinhöhle als Kultopferstätte begraben. Die Anthropologen hatten ihnen einen Strich durch die Rechnung gemacht und mit ihren Ergebnissen der Knochenuntersuchungen den, besonders von einigen Medienvertretern gepflegten, Mythos von makabren Ritualmorden auf dem Lichtenstein zerstört.
Aber das war noch lange nicht alles, was im anthropologischen Institut in Göttingen im Zusammenhang mit den gentechnischen Untersuchungen der bronzezeitlichen Gebeine ans Tageslicht gekommen war.
Im April 2008, genauer gesagt, am letzten Dienstag im April, hatte ich dann das Glück, Informationen aus erster Hand zu erhalten, die dem „Mann von der Straße“ normalerweise nie zu Ohren kommen.
Auf Einladung der verantwortlichen Projektleiterin für die DNA-Analysen der bronzezeitlichen Gebeine, Frau Dr. Hummel, war ich nach Göttingen ins anthropologische Institut gefahren, bereit für eine Reise in den biochemischen Mikrokosmos meiner Vergangenheit.
Hier hatte man mich also als Nachfahren „entdeckt“, hinter den Mauern dieses altehrwürdigen Hauses an der Göttinger Bürgerstraße, das mit Überresten ehemaligen Lebens in Form von Schädeln, Skelettteilen, ganzen Skeletten und Mumien vollgestopft ist. Hinter Glas fristen diese Exponate auf

allen Gängen und Fluren ihr Dasein und bilden für den Besucher ein skurriles Spalier. Es ist ein Gruselkabinett der besonderen Art, dessen morbides Flair mich sofort gefangen nahm und mir sicher depressive Gedanken beschert hätte, wäre da nicht eine äußerst aufgeschlossene und sehr lebendige Wissenschaftlerin gewesen, die nichts Ehrenrühriges darin sah, einen von anthropologischer Sachkenntnis unbelasteten Normalbürger in die Geheimnisse ihrer Arbeit einzuweihen. Im Gegenteil, Frau Dr. Hummel schien es geradezu Freude zu bereiten, mir als betroffenen Nachfahren jener Bronzezeitmenschen ihre DNA-Untersuchungen leicht verständlich zu erklären.
Kein Wunder, dass mich angesichts der tiefgekühlten Originalknochen, die meinen Stammbaum ganz plastisch widerspiegelten, stumme Ehrfurcht überfiel. Unglaublich, was für eine Menge an Informationen in solch uralten Skelettteilen stecken kann! Und noch unglaublicher, dass ich die gleichen Informationen auch in mir habe und sie tagtäglich mit mir herumtrage.
Aber die für mich besonders wichtigen Erkenntnisse der DNA-Analysen waren ja nur ein kleiner Ausschnitt des ganzen Bildes, ließ ich mir sagen. Nur ein flüchtiger Blick durchs Schlüsselloch! Es fallen nämlich bei solchen Untersuchungen auch immer Informationen ab, die von ganz grundsätzlicher Bedeutung sind. So werden nicht nur Wissenschaftler aufhorchen, wenn im Zusammenhang mit derartigen Untersuchungen plötzlich das Wort AIDS ins Spiel kommt.
Klar, ich habe mich natürlich sofort gefragt, was denn Aids mit den Knochen meiner Vorfahren zu tun hat. Eine einfache Frage, der eine ebenso einfache Antwort folgte:
Bekannt war bisher, dass es eine bestimmte genetische Disposition gibt, hervorgerufen durch eine Mutation, die bei Reinerbigkeit zu einer weitgehenden Immunität gegenüber dieser Immunschwächekrankheit führt und bei Mischerbigkeit zumindest einen langsameren Krankheitsverlauf zur Folge hat.
Bisher wurde angenommen, dass sich diese Mutation zur Zeit der großen Seuchen im Mittelalter ereignete und Menschen mit dieser Disposition eine bessere Überlebenschance hatten, was wiederum eine Verbreitung dieser Mutation begünstigte.
Diese Annahme, die auch in die Fachbücher Eingang fand, muss jetzt allerdings, nach der Untersuchung der DNA „meiner“ Ahnen, revidiert werden. Schon vor fast dreitausend Jahren wurden in der Lichtensteinhöhle vier Men-

schen mit jener genetischen Disposition bestattet, die zu einem langsameren Verlauf der Immunschwächekrankheit geführt hätte. Für jemand, der Aids immer unter den Plagen der Neuzeit eingeordnet hat, war diese Information schon eine ziemliche Überraschung und ich überlegte, ob und in welchem Zusammenhang Aids wohl damals eine Rolle gespielt haben könnte. Gab es etwa sexuelle Ausschweifungen mit rituellem Charakter hoch oben auf dem Lichtenstein zwischen Himmel und Erde, denen die Strafe in Form der berüchtigten Immunschwächekrankheit auf den Fuß folgte? Drogenexzesse mit verunreinigten Spritzen kamen wohl kaum in Frage! Aber wer weiß schon, welche Süchte und Veranlagungen damals entsprechende Krankheiten nach sich gezogen haben.

Ich denke aber, der Begriff „Aids" hat vor dreitausend Jahren ebenso wenig existiert, wie die Erkenntnis, dass „Safer Sex" davor schützt, sich zu infizieren. Da das HIV-Virus und damit die Immunschwächekrankheit Aids erst sehr viel später nachgewiesen und benannt wurden, reime ich mir das so zusammen, dass die populären Aids-Forschungen diese bestimmte Disposition, die einen verlangsamten Krankheitsverlauf zur Folge hat, erkannt haben und diese Strukturen jetzt eben auch bei „meinen" Bronzezeitmenschen vorlagen. Aber daraus zu folgern, die Menschen vor dreitausend Jahren haben sich mit der Seuche unserer Zeit herumgeschlagen, ist pure Spekulation. Niemand weiß, ob es die Immunschwächekrankheit damals überhaupt gab.

Und noch eine höchst interessante Geschichte konnten die Göttinger Anthropologen aus den Gebeinen der Lichtenstein-Bronzezeitmenschen herauslesen: Manche von uns kennen den Begriff „Milcheiweiß-Unverträglichkeit". Hin und wieder müssen Eltern bei ihren Kindern diese Unverträglichkeit auf recht unangenehme Weise feststellen, basiert doch die Ernährung der ersten Lebensmonate oft auf Produkten mit Milcheiweiß. Dabei ist diese Unverträglichkeit eigentlich normal.

„Hört sich komisch an, ist aber so", hieße es jetzt in einer sehr bekannten Fernsehsendung für Kinder. Und es gibt tatsächlich eine ganz einfache Erklärung dafür. Zunächst muss vorweg geschickt werden, dass auch „meine Bronzezeitmenschen" ab einem Alter von vielleicht vier oder fünf Lebensjahren kein Milcheiweiß mehr vertrugen. Und das hatte einen ganz praktischen Grund. Die neugeborenen Kinder wurden damals ganz selbstverständlich mit Muttermilch ernährt. Es gab nichts anderes, abgesehen vielleicht von tierischer Milch. Das war von der Natur ebenso vorgesehen, wie der Schutz der Mutter. Schutz der Mutter? Genau! Denn um die Mütter nicht vollständig „auszusaugen" und ihnen die Regeneration zu ermöglichen, reagierten die Kinder ab einem gewissen Zeitpunkt allergisch auf Milchprodukte. Die Natur hatte ein Erbarmen mit den armen Müttern – man frage sich mal, warum man auch von „Mutter Natur" spricht – und richtete es so ein, dass die lieben Kleinen den weißen Lebenssaft verschmähten und sich anderer Nahrung zuwandten.

Da wundert man sich doch, warum unsere zivilisierte Gesellschaft heutzutage mit Milchprodukten geradezu überschwemmt wird und Kuhmilch immer noch als der „Starkmacher" gepriesen wird. Kaum jemand, der darauf allergisch reagiert und sich nicht genüsslich den milchigen Verlockungen hingibt!

Nun, eine mögliche Erklärung wäre vielleicht die, dass es in früheren Zeiten, zum Beispiel in der Bronzezeit, immer wieder Hungersnöte gab. Auf der Suche nach Nahrung kam dann notgedrungen auch Kuhmilch auf den Speiseplan. Und es gab schon damals Menschen, die Milch von Kühen vertrugen. Mögen sie zu jener Zeit vielleicht als krank gegolten haben; ihre „Krankheit" hat ihnen jedenfalls geholfen, Hungersnöte zu überleben, indem sie sich mit Kuhmilchprodukten ernähren konnten. Auf der Strecke blieben folglich die, denen das Milcheiweiß schwerste Probleme verursachte und die daher nicht auf diese „Ersatznahrung" ausweichen konnten. Logische Folge eines solchen Prozesses? Genau, die mit der Unverträglichkeit haben einen Nachteil und die mit der Milcheiweiß-Verträglichkeit haben einen Überlebensvorteil. So kehrt sich der Prozess um und heute sind die mit der Unverträglichkeit die „Kranken". So verrückt ist das Leben!

Ach übrigens, was noch viel verrückter ist – viele Asiaten vertragen keine Milchprodukte. Diese Tatsache an sich ist natürlich nicht verrückt, sondern vielmehr der Umstand, dass dennoch ein reger Export von Milcheiweißprodukten in diese Regionen stattfindet. Naja, vielleicht gewöhnen sich die Menschen dort ja mit der Zeit daran ...

Ja, was soll ich noch berichten? Es war ein aufschlussreicher Besuch im anthropologischen Institut, ich habe eine ausgesprochen spannende Zeitreise erleben dürfen und dabei einige „Aha-Erlebnisse" gehabt. Auf jeden Fall aber bin ich meinen Vorfahren aus der Bronzezeit wieder ein kleines Stückchen näher gekommen. Wir sind uns jetzt nicht mehr so fremd, wie zu Beginn der Geschichte.

Epilog

Die Entdeckung Amerikas

Fragen über Fragen – bei aller Erkenntnis, bei allem Wissen über meine Vorfahren bleibt doch Vieles im Dunkeln. Ich frage mich jetzt oft, ob ich in meiner Einzigartigkeit hinsichtlich meiner nachgewiesenen Abstammung auch wirklich der Einzige, oder wenigstens der Eine von den beiden Einzigen bin. Uns beide hat man entdeckt, dem Zufall sei Dank! Aber das schließt ja nicht aus, dass es irgendwo auf der Welt noch viel mehr von uns „Einzigartigen" gibt.
Man muss sich nur mal klarmachen, wie ein solcher Stammbaum aufgebaut ist, an dessen äußerstem Ast ich hänge wie ein reifer Apfel. Eine Abstammung, wie bei mir nachgewiesen, beruht auf einer durchgängigen männlichen Linie. Das heißt, ausgehend von meinen Bronzezeit-Vorfahren muss aus jeder Ehe- oder Liebesbeziehung mindestens ein Sohn hervorgegangen sein, der dann wiederum mindestens einen Sohn gezeugt hat, der darauf seinerseits ... und so weiter, und so weiter.
Zudem erscheint mir die Wahrscheinlichkeit, dass in manchen Partnerschaften auch mal mehrere Söhne das Licht der Welt erblickt haben, recht hoch. Und damit natürlich auch die Wahrscheinlichkeit, dass diese Brüder ihrerseits mehrere Söhne gehabt haben können. Ist schon klar, wo das dann geendet hat, oder? Nein, nicht in der Überbevölkerung des Sösetals! Wohl eher haben sich die männlichen Nachfahren meiner Bronzezeit-Vorfahren über den ganzen Erdball verstreut ausgebreitet und wenn man die Möglichkeit hätte, in Kanada, Südafrika, Australien und wer weiß, wo sonst noch gezielt Speichelproben zu nehmen und die DNA dann ebenso gezielt auf die Verwandtschaft mit meinen Vorfahren hin zu untersuchen, würde ich wohl erstaunt sein, wie meine Sippe im Laufe der Jahrtausende angewachsen ist. Sicher sind auch ein paar der Stammbaumäste irgendwann abgestorben, aber bestimmt nicht alle. Meiner jedenfalls nicht! Der ist bis heute gediehen und gewachsen. Das weiß ich ja nun.
Und ich weiß auch, oder darf es zumindest annehmen, dass meine Bronzezeit-Verwandten wohlhabend und mit gewissen Privilegien ausgestattet waren. Vielleicht waren sie tatsächlich Clanfürsten oder in anderen gesell-

schaftlich hochrangigen Stellungen. Gut möglich, dass sich die nachfolgenden Generationen in entsprechenden Positionen gehalten und auf einem gewissen gesellschaftlichen Niveau weitergelebt haben. Ob vor Ort im Bereich des Sösetals oder an anderen Orten der Welt, das mag niemand mit Bestimmtheit sagen.

Aber nehmen wir einmal an, wenigstens immer einer der vielen männlichen Nachfahren, bis hin zu mir, ist stets an Ort und Stelle geblieben, hat geheiratet, Kinder gezeugt und konnte jeweils mindestens einen seiner Söhne überzeugen, ebenfalls zuhause zu bleiben und Papas Lebenswerk weiterzuführen. Dann müssen meine Vorfahren recht geschickt und schlitzohrig den Unbilden der kleinen und großen geschichtlichen Ereignisse aus dem Weg gegangen sein. Sie müssen immerhin die Römer, Tillys Heerscharen im 30-jährigen Krieg, Napoleon, Pest, Cholera und zwei Weltkriege überlebt haben, um nur einige Großereignisse zu nennen. Von den vielen kleinen Stolpersteinen in allen Epochen, die ein Menschenleben so kompliziert und auch gefährlich machen konnten, ganz zu schweigen.

Zu gern male ich mir aus, wie es meine Vorväter immer wieder geschafft haben könnten, sich aus allem herauszuhalten, was sie vielleicht den Kopf gekostet hätte. Mit ihrer vererbten Schlitzohrigkeit und Geschäftstüchtigkeit haben sie sich vielleicht zu allen Zeiten und für alle Führungen unentbehrlich gemacht und entsprechende Positionen bekleidet, die sie weder an vorderster Front gesehen haben, noch an oberster Stelle in den Machtzentralen. Immer schön im Hintergrund und unantastbar. Vielleicht waren sie aber auch nur vorausschauender als andere und hatten diesen untrüglichen Überlebensinstinkt, dieses Gespür für heraufziehende Gefahren. Möglich auch, dass sie von jeher rechtzeitig das sinkende Schiff verlassen haben, um sich in irgendeine Ecke des Planeten zu verkrümeln, wenn es mulmig wurde und nach überstandener Gefahr zurückgekehrt sind, um sich eine neue Existenz aufzubauen oder die alte Existenz ungerührt fortzuschreiben.

Übrigens, die Römer – ich hatte sie ja schon kurz erwähnt – also, die Römer waren vielleicht sogar dafür verantwortlich, dass einer meiner Vorfahren beim größten geschichtlichen Ereignis dabei gewesen ist, das die christliche Welt kennt – nämlich der Kreuzigung Jesu auf Golgatha. Eine verrückte Idee, ich weiß. Niemand hat dafür einen Beweis, aber möglich wäre es gewesen.

Man stelle sich nur vor, die Römer, die ja bekanntlich vor Christi Geburt auch durch unsere Lande gezogen sind, haben einen oder mehrere Männer aus meiner Ahnenlinie gefangen genommen. Kräftige Männer aus dem feindlichen Germanien hat Rom immer gern versklavt, um sie dem Volk im Kolosseum als Gladiator, oder zumindest als Löwenfutter zu präsentieren. Vielleicht wurde mein Vorfahre aber nicht im Kolosseum verheizt, sondern stattdessen für gute Sesterzen auf dem Sklavenmarkt in Rom an einen römischen Senator verhökert. Bei dem ist er dann dank seiner schon genannten genetisch begründeten Qualitäten schnell zum persönlichen Ratgeber aufgestiegen und hat später sogar die Rechte eines römischen Bürgers verliehen bekommen. Danach ist er aus Liebe zu seiner neuen Heimat in die Legion eingetreten und in gehobener militärischer Position schon bald nach Judäa abkommandiert worden, just zu der Zeit, als dort ein charismatischer Wanderprediger die Bildfläche betrat und die Menschen mobilisierte ...

Ein anderer meiner Anverwandten hat sich vielleicht irgendwann einmal als Händler versucht, oder als Berater irgendeines Feldherren und ist, wie es das Schicksal für ihn vorgesehen hatte, an der Nordseeküste, im friesischen Flachland hängengeblieben und hat Söhne gezeugt, aus deren Verbindungen Söhne hervorgegangen sind, deren Söhne wieder Söhne bekamen, von denen einer unbedingt Maler sein wollte und sich später ein Ohr abschnitt. Ich weiß, der hieß nicht Huchthausen, aber was spielt die Namensgebung in meiner fantastischen Spurensuche schon für eine Rolle? Namen, insbesondere Nachnamen, tauchen ohnehin erst recht spät in meiner Ahnengeschichte auf. Ich weiß ja noch nicht einmal, ab wann wir Huchthausens „Huchthausen“ hießen!

Wenn ich also das Namensproblem beiseite lasse und weiter über das weitverzweigte Geäst meines Stammbaumes nachdenke, dann frage ich mich natürlich, ob alle Anverwandten aus meiner Linie so geschäftstüchtig und wohlsituiert waren, wie unsere Urväter in vorchristlicher Zeit. Gab es nicht vielleicht das eine oder andere schwarze Schaf darunter, und wenn ja, wer könnte das gewesen sein? Wo finden sich zum Beispiel die Wurzeln des berüchtigten Jack the Ripper? Oder die von Fritz Honka, dem Massenmörder aus deutschen Landen? Nicht zu vergessen Klaus Störtebeker. Gut, ich will nicht weiter in dieser Richtung forschen. Es wären wahrlich keine Anver-

wandten, auf die ich stolz sein könnte. Ich möchte noch nicht mal in meiner Fantasie meinen Stammbaum mit ihnen beflecken.
Viel interessanter ist da schon die Frage, wer an der Seite von Christoph Kolumbus den Fuß auf den Boden der Neuen Welt gesetzt hat. Ein Weggefährte, dessen Wurzeln auf meine Lichtenstein-Vorfahren zurückgehen? Ein Verwandter aus meiner Ahnenreihe? Oder ist es sogar Kolumbus selbst, der nicht nur Amerika entdeckt hat, sondern obendrein einen Platz in meinem Stammbaum beansprucht? Nein, wohl eher nicht. Mein Verwandter war nicht Kolumbus, sondern einer von seinen Mitreisenden, der dann auch prompt auf dem vermeintlich neu entdeckten Kontinent geblieben ist und sich dort vermehrt und nach Nord und Süd ausgebreitet hat. Es würde mich nicht wundern, wenn Lichtenstein-Blut sogar in den Adern eines der amerikanischen Präsidenten geflossen ist oder fließt ...
Ja, ja, ich höre schon auf! Ehe meine Fantasie völlig mit mir durchgeht. Aber mal ehrlich, die Verlockung ist schon sehr groß, sich auf solch einer fantastischen Zeitreise in aberwitzige Theorien zu versteigen.
Und das alles nur, weil ich arglos und ohne Hintergedanken an jenem 20. Januar 2007 mit einem Wattestäbchen eine klitzekleine Speichelprobe aus meiner Mundhöhle genommen und in die Hände neugieriger Göttinger Anthropologinnen gelegt habe.
Hoch lebe die Wissenschaft!

Zu guter Letzt ...

... weiß ich nun auch, wer zusammen mit mir das Tandem der beiden Nachfahren bildet. Die Spekulationen um die zweite Person, deren DNA sogar eine noch höhere Übereinstimmung mit den Genen der Bronzezeitmenschen aufweisen sollte, schossen schon seit geraumer Zeit ins Kraut und auch ich hatte mir Gedanken über meinen Nachfahren-Partner gemacht, mich zuweilen in Spekulationen verstiegen, ohne der Wahrheit nahe zu kommen. Sein Name war lange Zeit ein wohlgehütetes Geheimnis gewesen und wäre es bis zur Eröffnung des HöhlenErlebnisZentrums in Bad Grund sicher auch geblieben. Doch wie so oft laufen Wunschvorstellungen und reale Planungen nicht immer konform und so konnte auf Dauer nicht geheim bleiben, was bis zu einem Wunsch-Zeitpunkt eigentlich niemand wissen sollte.

Wie schwer es dem Betroffenen selbst und vielleicht auch Dr. Flindt, dem Kreisarchäologen, gefallen sein muss, das Geheimnis zu wahren, mag ich nicht abschätzen. Wo der eine sich selbst zurücknehmen musste und nicht sagen durfte: „Seht her, ich bin's!", da musste sich der andere wahrscheinlich bohrender Fragen erwehren. Letztendlich aber konnten die „Geheimnisträger" nicht mehr schweigen und so erreichte auch mich im Juni 2008 die Nachricht: Der Uwe ist es ... Uwe Lange aus Nienstedt!

Ja klar! Wer auch sonst? schoss es mir durch den Kopf. Sein Name stand auf der Liste der hochgehandelten Kandidaten für den zweiten Nachfahren schon immer sehr weit oben. Nun weiß ich endlich, wer mit mir das Duo bildet und ich gestehe ihm gern zu, dass er in der Übereinstimmung der DNA dieses Quäntchen näher dran ist an unseren Vorfahren aus der Bronzezeit, als ich.

Für Uwe Lange, der mit berechtigtem Stolz auf einen Stammbaum zurückblicken kann, in dem sogar ein Förster Bürgermeister auftaucht, ehe es seine Ahnen auf die andere Seite der Söse nach Nienstedt verschlagen hat, bildet das Untersuchungsergebnis der Speichelprobeaktion sicher den vorläufigen Höhepunkt seiner Ahnenforschung.

Für uns Förster und Nienstedter Einwohner jedoch ist nun endlich klar, was wir schon immer gewusst haben: Die beiden wichtigsten Nachfahren können nur aus unseren Reihen kommen! Zwar haben wir, das Völkchen am nördlichen Rand des Lichtensteins, uns dem Rest der Welt gegenüber schon immer recht selbstbewusst gezeigt, aber mit uns als bestätigte Nachfahren hat unser kollektives Ego wohl ein paar zusätzliche Streicheleinheiten bekommen. Damit können wir es in Punkto Selbstbewusstsein endlich mit den Bayern aufnehmen und demnächst wird man das berüchtigte „Mir san mir!" nicht nur südlich des Weißwurstäquators hören, sondern auch in Förste und Nienstedt.

Aber mal im Ernst: Mir persönlich wäre es genauso recht gewesen, wenn der zweite Nachfahre nicht aus Förste oder Nienstedt gekommen wäre. Klar, es ist eine imageträchtige Angelegenheit für ein Dorf, jemanden in den eigenen Reihen zu haben, der auf 3000 Jahre alte Vorfahren zurückblicken kann. Plötzlich gibt es auf der Landkarte der Presseagenturen und Fernsehsender dort, wo die Nachfahren wohnen, nicht mehr nur einen weißen Fleck.

Ich hätte einem Ort wie Eisdorf, Marke oder Dorste seinen „eigenen" Nachfahren ebenso von Herzen gegönnt. Warum auch nicht? Es geht doch nicht um ein einzelnes Dorf! Vielmehr wird es Zeit, dass wir uns als eine regionale Gemeinschaft begreifen, die die Knochenfunde der Lichtensteinhöhle als Geschenk sehen sollte, ein Geschenk, das es für die gesamte Vorharz-Region zu nutzen gilt! Die Zeiten werden nicht unbedingt besser und wir sollten den Herausforderungen gemeinsam begegnen. Kleinkariertes Kirchturmdenken wird uns kaum weiterhelfen und der Ruhm wäre nur von kurzer Dauer.

Mit dem HöhlenErlebnisZentrum in Bad Grund wurde nun ein Anfang gemacht. Aber es ist eben erst ein Anfang ...

Danksagung

Dieses Buch wäre nicht geschrieben worden ...
... wenn meine Frau meine „kreativen Phasen", gepaart mit völliger Geistesabwesenheit nicht so geduldig ertragen hätte. Zum Glück gibt es unseren Hund Jamie und sein einnehmendes Wesen – der Gute ist seinem Frauchen in der Zeit, als dieses Buch entstand, ein wahrer Freund geworden.

Dieses Buch wäre nicht geschrieben worden ...
... wenn Manfred Huchthausen mir nicht sein „Nachfahren-Ich" geliehen hätte. Als er erfuhr, dass er ein Nachfahre der Bronzezeitmenschen aus der Lichtensteinhöhle ist, war er sofort bereit, mir seine Gedanken für mein Buch zu überlassen – zugegeben, manche Gedanken hat er erst gedacht, nachdem ich sie aufgeschrieben und ihm zu lesen gegeben habe.

Dieses Buch wäre nicht geschrieben worden ...
... wenn Dr. Stefan Flindt mir nicht mit leuchtenden Augen so viel archäologisches Fachwissen anvertraut hätte. Seine Begeisterung für die Zeit vor unserer Zeit hat mich fasziniert und angesteckt. Und sein Geständnis, er hätte dieses Buch liebend gern selbst geschrieben, habe ich als zusätzlichen Ansporn empfunden.

Dieses Buch wäre nicht geschrieben worden ...
... wenn Frau Dr. Susanne Hummel mir und meiner Frau keinen Einblick in die fantastische Welt der Anthropologie gewährt hätte. In einem Göttinger Café nahm sie uns mit auf die Reise in die unglaubliche Welt der DNA-Analysen. Es war einer jener Nachmittage, von denen man sich wünscht, sie würden nicht zu Ende gehen – jedenfalls nicht so schnell.

Und natürlich wäre dieses Buch nicht geschrieben worden ...
... wenn die Grabstätte im Lichtenstein nicht von Höhlenforschern entdeckt worden wäre.

Alle Genannten haben dieses Buch erst möglich gemacht.
Ihnen gilt mein Dank!

Der Nachfahre Manfred Huchthausen mit Dr. Stefan Flindt (links) und dem Autor (rechts).
Foto: Wolfgang Böttner, Osterode am Harz